UN HÉROS POUR BRYN

UN HÉROS POUR BRYN (DELTA FORCE HEROES, TOME 6)

SUSAN STOKER

REMERCIEMENTS

Tracy, merci de me laisser utiliser ta ville, tes enfants, ton mari, le métier de ton mari et ta maison survivaliste dans mon histoire. Même si je te taquine pour avoir acheté une « propriété survivaliste », elle est vraiment belle. Quand est-ce que tu m'y invites de nouveau ?

PROLOGUE

— Regarde-moi, exigea une voix dure.

Détachant les yeux de l'endroit où son bras disparaissait sous le métal du véhicule militaire, Dane Munroe leva le regard vers l'homme agenouillé à ses côtés. Immense et menaçant d'aspect, ses prunelles d'un brun perçant étonnamment emplies de compassion provoquèrent un début de détente chez Dane.

— Tu ne détournes plus jamais les yeux de mon visage. C'est un ordre. Compris ?

— Oui, monsieur, croassa Dane.

Son corps passait en état de choc, il le savait, pourtant cet ordre lui donnait un point sur lequel se concentrer autre que la douleur insupportable qui l'assaillait. Alors il garda les yeux levés vers le visage de l'homme agenouillé au-dessus de lui.

Ses coéquipiers étaient morts, ça aussi, il le savait. La première fois qu'il avait repris connaissance, il avait vu les morceaux de corps éparpillés partout. À sa droite, Quiz, à qui il manquait la moitié de la tête. À sa gauche, Bear, sans ses jambes. Ses amis. Les hommes pour qui il aurait volontiers donné sa vie. Partis en une fraction de seconde.

Tout s'était passé si vite. Un instant, ils étaient assis dans la jeep, à l'affût d'éventuels explosifs camouflés, et l'instant d'après, il se retrouvait allongé sur le sol du désert, un bras coincé sous l'enchevêtrement de métal qui leur servait de véhicule et dans lequel il roulait précédemment. Dane n'avait pas la moindre idée de la manière dont il avait survécu au carnage qui l'entourait.

Et plus important, pourquoi il y avait survécu.

L'homme à son chevet et ses camarades étaient apparus de nulle part. Tout était plongé dans le silence, les oreilles de Dane sifflaient à cause de l'explosion, et puis soudain, les autres gars étaient là. Ils ne portaient pas d'uniforme mais étaient vêtus en noir de la tête aux pieds. Leurs cheveux étaient plus longs que ne l'autorisait l'armée et ils avaient des barbes qui masquaient en partie leurs traits. Dane aurait pu s'inquiéter d'être à nouveau capturé par l'État islamique, sans la présence de cet homme penché au-dessus de lui et son accent clairement américain. À la seconde où cet homme parla, il sut qu'ils étaient des siens. La Delta Force. Les gentils.

— Fletch, Hollywood, prenez-le par ce côté. Blade et Coach, de l'autre. Vous allez le soulever doucement, délicatement, sans gestes brusques. Beatle et Ghost, dès que le 4x4 est soulevé, vous le tirez vite, mais dans un mouvement contrôlé. Pigé ?

Les six interpellés acquiescèrent et se mirent en position. Celui qui avait pris la tête de l'opération se pencha sur Dane et le regarda droit dans les yeux. Le blessé remarqua brièvement la super cicatrice qui lui zébrait le visage, mais il souffrait trop et le choc était trop intense pour qu'il comprenne vraiment ce qu'il voyait.

— Voilà ce qui va se passer et comment : je pense que tu es au courant qu'on est des cibles faciles, là où on est, il faut donc qu'on change de place. Or on ne peut faire ça tant que tu fais ta sieste sous la jeep, poursuivit-il avec un grand sourire – à croire qu'ils étaient tranquillement en train de discuter dans un bar aux États-Unis. Du coup, on va sortir ce 4x4 de là et t'embarquer vite fait, bien fait. Je ne vais pas te mentir : ça va faire mal. Un mal de chien.

— Comment je peux me rendre utile ? demanda Dane entre ses dents serrées.

— Franchement ? La seule chose qui puisse nous aider, c'est que tu restes calme. Mon équipe et moi, on s'occupe du reste.

Dane déglutit péniblement et hocha une fois la tête. Il n'aimait pas ça, mais en l'occurrence, il était impuissant. Jamais il ne se tirerait de là sans eux. Il ignorait d'où ces gars étaient sortis, mais dans son métier, à cheval donné on ne regardait pas les dents.

— C'est quoi, ton petit nom ? croassa-t-il.

— Truck.

Dane ne put réprimer le sourire désabusé qui lui étira les lèvres.

— Ça tombe bien, dis donc.

Le côté droit de la bouche de son interlocuteur remonta dans un sourire de guingois. Le bonhomme portait une barbe fournie, à l'instar de ses camarades, mais qui ne cachait pas la grande cicatrice noueuse qui barrait le côté gauche de son visage. Car les poils ne poussaient pas sur la cicatrice, ce qui laissait une large bande de peau creusée dans sa barbe.

— Et toi ?

— Fish, répondit Dane, les dents toujours serrées.

— Alors, Fish, tu penses que tu vas réussir à garder le silence ? J'ai de la morphine et je peux t'assommer, si tu ne t'en sens pas capable. À toi de voir.

— Pas un son ne sortira de ma bouche, mais j'en veux bien un peu, histoire de calmer la douleur. Ça ne serait pas une mauvaise idée.

Jamais il n'avait éprouvé pareille douleur que celle qui l'assaillait là. Même pas au cours des quelques jours qu'il avait passés en tant qu'invité de l'État islamique. Leurs ennemis les avaient pourtant joyeusement battus, ses collègues et lui, mais au final, ce n'était qu'une balade de santé, par comparaison avec la douleur qu'il éprouvait maintenant. Seulement, si tentante que soit l'idée d'être complètement drogué et de ne plus avoir à s'occuper de rien, il préférait de loin savoir ce qui se passait autour de lui. Si ce devaient être ses ultimes moments sur terre, autant être réveillé et conscient. Sans doute une réaction imbécile, mais bon, jamais personne n'avait dit qu'il était le type le plus malin du monde.

Truck ne perdit pas de temps à lui poser plus de questions. Il se contenta d'opiner du chef, puis il se tourna vers l'un des autres, à qui il adressa un geste du menton. Rapidement, on injecta à Dane une dose de morphine et l'équipe se plaça aux postes qui leur avaient été assignés afin de soulever la jeep.

Au lieu de regarder autour de lui ce qu'ils faisaient, Dane garda les yeux fixés sur le visage de Truck, comme il le lui avait ordonné.

— Prêt ? demanda calmement l'armoire à glace.

Dane hocha la tête et pinça les lèvres, préparé à la

douleur qui ne manquerait pas de fuser sitôt que le véhicule serait hissé de son bras. Il lui fallut rassembler chaque once de volonté pour se retenir de hurler dans les instants qui suivirent. Jamais de toute sa vie il n'avait ressenti de souffrance aussi extrême.

Les hommes soulevèrent le 4x4 aussi facilement que s'il était en contreplaqué et pas en métal et, aussitôt, des mains le saisirent aux chevilles et le tirèrent prestement à l'écart de l'épave, en même temps que Truck l'attrapait par les bras et serrait. Fort. Dane cambra le dos sous les vagues immédiates de la douleur inouïe qui déferla de ce garrot humain.

Des mots nageaient autour de lui, mais il n'en comprenait aucun. Les dents serrées et concentré sur la cicatrice au visage de Truck qui se tordait et ondulait tandis que ce dernier parlait à ses coéquipiers, il refusa de s'évanouir. Si quoi que ce soit tournait mal et que les terroristes intervenaient, il voulait, non, il *devait*, être en mesure de se protéger. Chose qui lui serait impossible s'il était inconscient.

Au bout d'un moment, il réalisa qu'ils étaient en mouvement. On le hissa sur l'épaule de l'un des hommes et Truck marcha à côté de lui, sa grande main toujours fermement arrimée à son bras mutilé.

— Je vais le perdre ? voulut savoir Dane, les yeux toujours braqués sur Truck.

L'autre homme ne chercha pas à enjoliver la vérité et comprit sur-le-champ que Dane parlait de l'extrémité de son membre.

— Probable. Tu es droitier ou gaucher ?

— Gaucher.

— Merde, commenta Truck sèchement, sans une trace de pitié dans la voix.

— Pourquoi vous ne l'avez pas bandée ? Ça ne serait pas plus facile et ça ne laisserait pas moins de traces si vous la bandiez ?

Dane écarta de son esprit l'idée de perdre sa main, voire le bras tout entier. Il se focalisa sur les yeux de Truck comme on le lui avait ordonné, sans se soucier pour le moment de l'endroit où ils allaient. Poser des questions, ça lui permettait d'omettre la douleur... dans une certaine mesure.

Truck haussa les épaules.

— J'peux pas. J'ai ton artère radiale entre mon pouce et mon index, là.

— Bon sang.

— Non, tout va bien. T'inquiète. La situation est sous contrôle.

Dane lâcha un petit rire, puis il pinça à nouveau les lèvres et ravala de justesse un cri aussitôt qu'il lui échappa. Il savait que les artères radiale et cubitale étaient connectées à la brachiale. Et si l'artère brachiale était fichue, il se viderait de son sang en l'espace de dix minutes. Conclusion : l'armoire à glace qui cheminait si tranquillement à côté de lui tenait littéralement sa vie entre ses grands doigts.

Se rappelant les soldats de sa section, y compris celui qui avait été affecté au groupe à la dernière minute, Dane demanda :

— Et les autres ?

Truck lui répondit par un rapide « non » de la tête.

Dane ferma les yeux et prononça une brève prière

pour les soldats qui, apparemment, n'avaient pas survécu à l'explosion.

— On va où ? demanda-t-il tout bas.

— On franchit deux collines, jusqu'à une petite ville où on connaît des habitants qui t'emmèneront à la base américaine la plus proche. Tu y seras en sécurité.

— Et ça ne va pas vous mettre en danger, vous ?

Dane n'était pas idiot. Des soldats réguliers ne s'attarderaient pas dans de petits villages, pour aider des Américains blessés sur la ligne de front. La dernière chose qu'il souhaitait, c'était les mettre dans le pétrin ou compromettre soit leur position, soit leur mission. Tout ça parce qu'ils l'auraient aidé.

Mais la réponse de Truck fut brève et succincte.

— Non.

Dane avait toutes les peines du monde à garder les yeux ouverts. La douleur qui irradiait dans son bras augmentait à chaque pas. Il avait mal à la tête à cause de sa position renversée et, alors qu'ils traversaient le désert, il était en état d'alerte maximum. Bref, autant de choses qu'il n'aimait pas dans sa situation présente, pourtant il devait faire confiance à Truck et à son équipe pour le tirer de là vivant. À ce stade, il n'avait pas d'autre choix, littéralement.

Alors qu'ils avançaient péniblement, les doigts de Truck ne bougeaient pas d'un iota. Même englués de sang et poisseux, ils restaient fermement serrés autour de l'artère à l'intérieur du mélange de chair déchirée et d'os qui avaient été son bras, empêchant le sang d'imbiber le sable du désert sous leurs pas.

Après ce qui lui sembla des heures mais qui n'avait probablement duré qu'une trentaine de minutes, ils arrivèrent dans un village. Prenant soin de rester dans l'ombre, les sept hommes progressaient comme un seul, en parfaite cadence. Si Dane n'avait pas été au milieu d'eux, il ne les aurait pas repérés, il en était certain.

Ils pénétrèrent sous une petite hutte et Dane se sentit déposé au sol. Là encore, la poigne de Truck ne faillit pas, il s'agenouilla au sol à côté de lui. Les autres étaient en mouvement constant et, si Dane les entendait parler en fond sonore, il garda les yeux collés à Truck.

— Ça va ? lui demanda ce dernier à voix basse. (Dane opina du chef.) Tout ira bien maintenant. Tu as fait le plus dur.

— C'est-à-dire ? Vous laisser vous coltiner tout le boulot ?

— Rester en vie, répliqua aussitôt Truck.

Dane haussa sa bonne épaule.

— Pour le moment, je ne suis pas sûr que ce soit une si bonne nouvelle que ça.

Truck serra la mâchoire et plissa les paupières. Il se pencha vers Dane et gronda sur un ton furibond :

— Ne fais pas ça. Ne t'avise pas de faire ça, bon sang. Je n'ai pas passé quarante minutes à tenir ta putain de vie entre mes mains pour que tu ailles abandonner maintenant. T'as plutôt intérêt à te reprendre et à te battre. Je n'ai pas pu sauver ta section, mais je te jure que je vais te sauver, toi. Putain de Dieu, je monterai au ciel te botter le cul si tu oses ne serait-ce qu'envisager de me claquer entre les pattes. Je ferai des séances de Ouija et je rappellerai ton esprit sur terre pour te harceler jusqu'au bout de l'éternité si tu meurs. Pigé ?

Dane était conscient d'avoir un choix à faire et c'était pile-poil maintenant. Ici. Au milieu du désert, avec des ennemis de partout et les doigts de cet inconnu qui le maintenaient en vie. Il n'était pas heureux de ce qui s'était passé et savait que ce qui suivrait serait encore plus dur que tout ce qu'il avait traversé de sa vie.

Il ferma les yeux pour la première fois depuis que Truck lui avait ordonné de regarder son visage. Il prit une profonde inspiration et les rouvrit.

Sur la mine sérieuse de l'homme qui lui avait sauvé la vie. Alors Dane hocha la tête.

— Pigé.

Truck acquiesça à son tour.

— Bien. Alors voilà ce qui va se passer, maintenant. On va te plonger dans le coaltar, je vais recoudre cette fichue artère, suffisamment pour qu'elle tienne jusqu'à ce que tu aies droit à une opération digne de ce nom, et puis tu vas très probablement être rapatrié à la base américaine en Allemagne. Là, ils vont te rafistoler et faire ce qu'il faudra. Quand tu te réveilleras, tu seras en bonne voie de guérison et en chemin pour la maison, aux États-Unis.

— Et j'entendrai à nouveau parler de toi ?

— Comment tu t'appelles ?

— Dane Munroe.

Truck opina du chef.

— Oui, tu auras de mes nouvelles, Fish. En fait, tu vas même sans doute te lasser de moi. Je t'ai sauvé la vie et je ne prends pas ça à la légère. Il y a trop de soldats que je n'ai pas été en mesure de sauver. Alors oui, tu auras de mes nouvelles. Rappelle-toi cette conversation, parce que je serai carrément furax si tu ne me réponds pas au téléphone.

— Je décrocherai.

— Bien. Ghost ? Il est prêt.

Le regard de Dane pivota de Truck à son côté droit, où il vit l'un des autres hommes s'agenouiller à son côté, une seringue à la main.

— Prêt ? lui demanda le fameux Ghost, désireux d'entendre la confirmation de sa propre voix.

— Ouais.

Ghost esquissa un mouvement de la tête, puis il se pencha et lui injecta un produit dans la veine de son bras valide. Ensuite, il posa la main sur l'épaule de Dane.

— Je ne vais pas te mentir, les quelques mois à venir vont craindre. Grave. Mais tu as tenu jusqu'ici, il y a plein de bonnes choses qui t'attendent à la maison. Je le sais. Ne lâche pas Truck.

La dernière chose dont se souvint Dane, ce fut d'avoir retourné la tête vers Truck et entrevu la vilaine cicatrice sur son visage tandis qu'autour, le monde devenait flou.

1

———

Dane jeta un coup d'œil à son téléphone portable quand l'appareil se mit à sonner. Il songea à l'ignorer, mais rejeta la pensée dès qu'elle se fut formée. Il savait que Truck se contenterait de rappeler jusqu'à ce qu'il finisse par décrocher. Il ne s'était hasardé qu'en de rares occasions à éviter ses appels au cours des derniers mois... et Truck lui avait fait savoir sans ambiguïté que s'il recommençait, il le trouverait non seulement lui, mais toute son équipe sur le pas de sa porte. Comme il ne savait pas si son ami disait vrai ou non, Dane avait décidé de pécher par excès de prudence : ça ne l'étonnerait pas que cet homme mette sa menace à exécution. Il décrocha en soupirant :

— Dane.

— Salut, Dane. C'est Truck.

Dane leva les yeux au ciel.

— Je sais. Quoi de neuf ?

— Qu'est-ce que tu fabriques ? Je te dérange ?

— Je fais des courses.

— Il est 1 h 30 du matin.

— Et alors ?

Il y eut un bref moment de silence avant que Truck ne commente :

— Tu continues à combattre ton démon, c'est ça ?

— Ça va mieux.

Dane n'avait pas parlé de ce qui se passait dans sa tête avec beaucoup de gens. Mais Truck était l'une des très rares personnes qui savaient que les événements survenus au Moyen-Orient continuaient à l'affecter.

Truck n'avait jamais reculé quand il s'agissait d'évoquer ces événements. Il l'appelait tout le temps, nommant ses coups de fil une « thérapie forcée » ou quelque chose dans le genre. Dane avait d'autres amis, mais aucun comme Truck. Aucun qui comprenne exactement ce qui lui arrivait. Aucun qui lui ait littéralement sauvé la vie.

Il avait eu des coéquipiers, à une époque, et s'était dit qu'il avait perdu cette camaraderie pour toujours. Mais à force de passer du temps pour récupérer à Austin, ce qui lui avait permis de connaître Truck et son équipe de soldats de la Delta Force, il avait beaucoup progressé sur le chemin de la guérison. Pourtant ça n'avait pas fait disparaître son syndrome de stress post-traumatique.

Se retrouver dans une foule, entouré de gens, c'était difficile pour lui. Rationnellement, Dane savait qu'une embuscade le visant était fort peu probable. De même qu'une bombe dissimulée dans un parking encombré de voitures. Mais émotionnellement, c'était une tout autre histoire. Il pouvait gérer des feux d'artifice, des coups de feu, du sang... Même les douleurs fantômes dans sa main qui n'était plus là ne le décontenançaient pas. En revanche, se retrouver entouré de gens, ou bien un orage inopiné, c'était quelque chose qu'il n'arrivait toujours pas à surmonter. Et les choses avaient empiré depuis que Kassie, la femme de son ami Hollywood, avait été kidnappée, quelque mois plus tôt.

Il avait déménagé dans l'Idaho avec l'espoir de goûter enfin un peu de paix, mais sa paranoïa s'était aggravée, au lieu de diminuer. Il était plus facile de faire des courses au milieu de la nuit, quand l'affluence était moindre.

— Tu ne t'es pas mis à boire du sang ou quelque chose dans le genre ? plaisanta Truck.

— Pas encore, lâcha Dane d'une voix traînante. Tu appelles pour savoir si je suis devenu un vampire ?

— Plus ou moins.

— Bon sang, grommela Dane. Je n'ai pas besoin d'une baby-sitter.

— Tant mieux, parce que tu es bien trop vieux pour moi.

Truck ne manquait jamais une occasion.

Un mouvement sur sa gauche retint l'attention de Dane. Il tourna la tête et vit l'une des employées du magasin qui garnissait des rayonnages. Il fronça les sourcils, irrité. Ce n'était pas la première fois qu'il apercevait cette femme-ci. Chaque fois qu'il faisait ses courses, elle semblait le suivre à travers le magasin. Elle ne regardait jamais vraiment dans sa direction, mais demeurait à l'autre extrémité de l'allée où il se trouvait, à faire semblant d'arranger les rayonnages. Il travaillait à surmonter sa paranoïa, mais il savait que cette surveillance dont il faisait l'objet n'était pas le fruit de son imagination.

Au lieu de tourner le dos à cette femme, il se faufila entre les rayons et chercha à esquiver son regard.

— Écoute, j'ai un empêchement, là. Il faut que je règle le truc.

La voix de Truck perdit ses intonations taquines, décontractées.

— Rapport de situation, ordonna-t-il.

— Inutile de péter un plomb, le prévint Dane à voix basse.

Il savait qu'il devait calmer Truck avant que celui-ci appelle des renforts. Il ignorait où se trouvait son ami pour l'heure, mais n'avait aucun doute sur sa capacité à lui procurer de l'aide jusqu'à son trou perdu de l'Idaho en un quart d'heure, voire moins si le besoin s'en faisait sentir. C'était cette certitude, profondément enracinée en lui, comme quoi Truck et son équipe couvraient ses arrières, qui aidait Dane à ne pas perdre les pédales.

— Y a une nana qui me suit.

Pendant une seconde, le silence retentit à l'autre bout de la ligne. Puis Truck s'enquit, incrédule :

— Une nana ?

— Oui.

— Mais c'est génial ! s'exclama Truck d'une voix soulagée où pointait même une touche d'excitation. Ne va pas l'effaroucher, Dane.

— Ce n'est pas ce que tu crois. Elle m'espionne.

La voix de Truck s'était réchauffée et n'avait pas perdu la moindre once de chaleur en dépit de l'affirmation de Dane.

— Si tu l'intéresses, fonce. Mets un terme à cette période de disette.

— Tu ne m'as pas entendu, abruti ? Elle m'espionne.

— De quoi elle a l'air ?

Dane soupira d'exaspération. Truck n'allait pas lâcher l'affaire.

— Ce n'est pas que ça ait de l'importance, mais elle doit faire à peu près trente centimètres de moins que moi, moche comme un pou et malsaine... vu qu'elle me suit dans le magasin chaque fois que je me pointe.

— J'ai l'impression qu'elle te correspond à la perfection. Fais-moi confiance, il y a quelque chose dans le fait d'avoir une femme plus petite que soi à ses côtés, ça donne l'impression d'être le seul rempart entre elle et le monde.

— Merde, Truck. Elle m'espionne, bon sang !

Dane savait que son pote avait un faible pour la meilleure amie de la femme d'un gars de son équipe, mais essayer de le brancher avec quelqu'un qui l'espionnait était ridicule.

— Peut-être. Peut-être pas.

— Cette conversation est terminée.

— Appelle-moi demain et raconte-moi ce qui se passe, lui ordonna Truck.

— Enfoiré, murmura Dane en raccrochant.

Oui, il appréciait vraiment ce type, mais Truck pouvait être un sacré casse-couilles parfois.

En repensant aux dernières semaines, Dane se rendit compte de la fréquence exacte avec laquelle il s'était trouvé dans ce magasin... sans voir cette femme. Ça n'aurait pas dû être aussi surprenant, vu la régularité de sa routine depuis qu'il s'était établi dans la petite ville de Rathdrum, Idaho. C'était une minuscule communauté aux abords de Cœur d'Alene. Assez petite pour qu'il ne panique pas quand il avait à sortir pour ses affaires, mais pas aussi grande que la ville voisine. Il pouvait encore s'y perdre, sans toutefois avoir à surveiller ses arrières en permanence.

Mais il n'aimait pas la sensation qui lui remontait le long de l'échine. Un petit bout de femme avait réussi à passer sous son radar. Était-ce la raison pour laquelle ses sens tournaient en surrégime ? Même quand il avait fait semblant d'examiner un rayonnage devant lui, il avait vu l'employée tourner la tête pour l'observer depuis l'autre extrémité de l'allée. Elle affichait la mine sérieuse de qui éprouve beaucoup de compassion.

Mince ! Il n'avait pas besoin de la pitié de qui que ce soit. Même si c'était quelqu'un d'aussi quelconque que cette femme.

Dane n'avait pas menti à Truck. C'était une toute petite créature, du moins comparée à lui. Elle avait les cheveux bruns, retenus en arrière par une longue queue de cheval basse. Elle portait un jean et des baskets qui avaient vu des jours meilleurs. Un tablier marron, au logo du magasin, lui enveloppait la taille. Les cordons qu'elle avait noués dans son dos pendaient presque jusqu'au sol. Elle portait aussi un T-shirt bleu marine à manches longues. Dane aurait été bien incapable de dire quel genre de corps elle avait, car le tablier dissimulait toutes les courbes qui pouvaient être les siennes.

Il se tenait loin d'elle, mais s'il avait dû deviner, il aurait dit qu'elle devait mesurer au moins trente centimètres de moins que son mètre quatre-vingt-cinq.

Il n'aurait sans doute pas dû se mettre dans tous ses états, ce n'était pas comme si elle représentait une vraie menace pour lui, vu sa taille, mais elle le mettait mal à l'aise et, en se rendant soudain compte qu'elle l'avait lorgné chaque fois qu'il était venu faire ses courses, il se rappelait toutes les fois où, sur le terrain, il s'était senti observé... et pourchassé.

Ayant pris sa décision, il serra les dents, pivota et se dirigea vers l'extrémité de l'allée où elle se trouvait. Il allait tuer ça dans l'œuf ici même et tout de suite. Personne ne persécutait Dane Munroe. Plus maintenant. Plus jamais.

Bryn Hartwell redressait les boîtes de mélange à pancakes comme si son travail en dépendait. Elle avait appris, au cours des dernières semaines, que si elle avait l'air affairée, l'homme ne la remarquait pas. La première fois qu'elle l'avait vu remontait à un mois. Elle venait tout juste de débuter au magasin, car elle avait besoin de quelque chose qui la tienne occupée pendant la nuit. Il avait franchi les portes à grandes enjambées, si vite que les chiens de l'enfer semblaient avoir été lancés à sa poursuite.

Il n'avait pas perdu de temps à déambuler dans les allées, il avait attrapé ce qui lui tombait sous la main droite : de la nourriture typique pour célibataire. Il gardait son panier accroché au coude gauche. Elle ne lui aurait sans doute pas accordé de deuxième regard s'il n'avait eu un air hanté au fond des yeux. Ses prunelles ne cessaient jamais de se déplacer, vérifiant les lieux autour de lui. Quand il y avait un autre client, il quittait l'allée occupée pour n'y revenir que quand elle était vide. S'il y avait trop de monde dans le magasin, il se contentait de tourner les talons et de partir, préférant y effectuer une nouvelle visite quand il était totalement vide.

Quelque chose en lui l'attirait. Elle ignorait son histoire, mais elle était certaine qu'il en avait une. Ce fut seulement lors d'une visite suivante, quand elle remarqua la prothèse à son bras gauche, qu'elle fit le lien. Cet homme était un soldat – ou un ancien soldat – brisé, mais beau et bien bâti. Il avait bataillé avec son panier à plus d'une reprise et seulement attrapé ses achats à l'aide de son bras droit. Il n'achetait que ce dont il avait besoin à court terme, ce qui expliquait pourquoi elle le voyait aussi souvent.

Bryn avait mémorisé ce qu'il aimait manger au bout de trois visites seulement, puis elle avait passé les deux jours suivants à réarranger tout ce qu'il achetait régulière-ment afin que ces produits se trouvent sur les rayons du milieu, et pas tout en bas ou tout en haut. Elle avait noté avec plaisir qu'il n'avait plus besoin de se hisser ou, au contraire, de se plier jusqu'au sol, pour les atteindre.

Il n'aimait pas non plus se trouver à proximité des autres clients. Bryn avait fait de son mieux pour détourner les quelques visiteurs tardifs des allées qu'il fréquentait en général. Ce n'était pas une tâche facile et elle savait que les autres la pensaient folle, mais pour le moment, son stratagème avait fonctionné. Le soldat avait l'air plus à son aise quand il pouvait entrer et sortir du magasin sans se retrouver à proximité de qui que ce soit.

Elle comprenait tout à fait. Elle-même n'était pas très à l'aise avec autrui. Elle n'arrivait pas à communiquer avec la plupart des gens et la sensation était à l'évidence réciproque.

Elle avait passé toute sa vie dans des classes spécialisées, le genre d'endroits censés la nourrir et l'aider à devenir un membre productif de la société. Quelqu'un destiné à faire de grandes choses : soigner le cancer, découvrir des planètes perdues, de nouvelles espèces... Mais la seule chose que Bryn ait jamais eu envie de trouver, c'était un ami qui ne la regarderait pas comme si elle était un spécimen sous microscope, avec qui elle pourrait piquer des fous rires, faire du shopping ou simplement s'asseoir sur un canapé pour regarder un film idiot.

Mais sa capacité à multiplier des nombres à trois chiffres de tête dès l'âge de quatre ans l'avait empêchée d'atteindre ce but. Ses parents ne la comprenaient pas. Ses professeurs étaient gênés par sa présence : ils se contentaient de lui soumettre des feuilles d'exercices et de lui répéter combien elle était intelligente... puis de la faire passer dans la classe supérieure.

Elle avait été évaluée par un psychologue clinique quand elle avait à peu près huit ans et on avait dit à ses parents que ces tests montraient chez elle une intelligence supérieure, flirtant toutefois avec le syndrome d'Asperger. Cela ne signifiait rien pour Bryn, pourtant ils avaient été irrités par ce compte rendu. En définitive, il y avait des aspects du syndrome d'Asperger qui correspondaient à cent pour cent à Bryn, comme le fait d'être la dernière à comprendre la chute d'une plaisanterie, ou de se laisser complètement absorber par une tâche et de perdre tout le reste de vue. Mais il y avait également des tas de choses qu'éprouvaient la plupart des enfants victimes du syndrome d'Asperger et qui ne s'appliquaient pas à sa personne, comme remarquer des petits sons qui passaient en général inaperçus ou être fascinée par les dates ou les chiffres.

Le psychologue avait précisé à ses parents qu'elle était extrêmement intelligente, mais qu'elle avait du mal à faire usage de bon sens. Autrement dit, on leur avait expliqué que Bryn avait un cerveau connecté de façon différente que chez la plupart des gens.

Elle ignorait si c'était vrai ou faux, mais elle avait tendance à se perdre et oubliait parfois de faire le plein d'essence alors que son réservoir était presque à sec. Vers l'âge de seize ans, elle était titulaire de deux licences, d'un master en physique et elle avait commencé un doctorat.

Le jour où elle avait eu dix-huit ans, Bryn avait quitté la maison de ses parents à Baltimore, dans le Maryland. Elle avait voyagé à travers le pays, habitant une petite ville après l'autre pour finir par s'établir dans l'Idaho. Ses parents lui avaient dit qu'elle ne pouvait vivre seule, qu'elle avait besoin d'un tuteur, mais elle était déterminée à leur prouver qu'ils avaient tort. Elle ne voulait ni n'avait besoin de personne pour la superviser en permanence. Elle était peut-être différente, en revanche elle était tout à fait capable de vivre seule.

En fait, Bryn ne connaissait pas ses parents si bien que ça, car elle avait passé la plus grande partie de son existence loin d'eux, dans des écoles spécialisées. Elle n'était revenue habiter chez eux que quand elle travaillait sur son doctorat. Puis elle avait quitté le Maryland et tous ceux qui la connaissaient. Pour recommencer sa vie. Mais ça n'avait pas été facile.

Elle était toujours bizarre.

Elle ne s'insérait pas dans la société.

Pas du tout.

Et tout le monde était au courant.

La plupart du temps, ça ne l'inquiétait pas, mais il y avait des moments où elle se languissait de pouvoir s'assimiler aux autres gens. De se fondre dans le paysage.

Elle avait l'impression que l'homme étonnant du magasin éprouvait le même sentiment. Quelque chose en elle avait envie de le protéger de ce qui provoquait son malaise. Elle ignorait pourquoi. Elle savait seulement qu'elle devait le faire.

C'était fou, vraiment. L'homme était grand et costaud. Ce n'était pas comme s'il était incapable de veiller sur lui-même. Il avait des cheveux courts, noirs, le visage hérissé d'un début de barbe, il portait des bottes noires et un jean. On était au printemps, les températures étaient encore un peu fraîches et elle ne l'avait jamais vu vêtu autrement que du blouson de cuir qu'il portait en ce moment. Si Bryn l'avait rencontré ailleurs que dans ce magasin, elle aurait été terrifiée, tant il était intimidant. Mais à force de le voir acheter des spaghettis, des conserves de haricots rouges et du papier toilette – il préférait les énormes rouleaux, doux et costauds, assez onéreux, aux petits rouleaux meilleur marché –, elle le voyait comme une personne.

Perdue dans ses pensées, elle s'était déplacée pour ranger distraitement les bouteilles de sirop tout au bord du rayonnage, de façon à ce que leur étiquette soit tournée vers l'extérieur, quand elle jeta un coup d'œil au bout de l'allée où elle avait vu l'homme pour la dernière fois. Il était au téléphone, fronçant les sourcils à l'intention de son correspondant.

Mais il avançait désormais à grandes enjambées dans sa direction. Droit sur elle. En fait, il la dévisageait... et il avait l'air furieux.

Poussant un cri, Bryn s'écarta des rayonnages. Il ne l'avait jamais vraiment regardée auparavant. Pas une seule fois. Elle avait été ravie d'avoir pu échapper à son radar, mais à l'évidence, il l'avait repérée. Mince !

Il se mit à parler avant d'être parvenu jusqu'à elle.

— Pourquoi est-ce que vous me suivez ?

Bryn ouvrit la bouche, mais rien n'en sortit. Elle n'avait jamais contemplé cet homme que de loin. Mais de près ? Elle ne pouvait que le dévisager.

Il était beau.

Quand il s'arrêta pile devant elle, elle tendit lentement la main et lui planta le doigt dans la poitrine avant de réfléchir à ce qu'elle faisait.

Elle voulait voir s'il était réel. Pour s'assurer qu'elle ne rêvait pas.

À son contact, il hoqueta et sa main droite surgit, afin de lui attraper le doigt dans une poigne d'acier. Il ne dit rien, mais continua à la fixer du regard.

Bryn était incapable de faire autre chose que scruter ses yeux gris acier. Autour de son doigt, sa main était chaude et, si on lui avait posé la question, elle aurait pu jurer qu'elle sentait cette chaleur se propager à travers sa main à elle et son bras pour remonter vers sa poitrine. Et non. Ce n'était pas un rêve.

Ils se tinrent ainsi le temps d'un battement de cœur, son doigt enfermé dans la paume de l'homme, avant qu'il ne rompe le charme en la repoussant et en reculant d'un pas.

— C'est quoi, ce bordel ?

— D... désolée, bégaya Bryn. Je...

— Pourquoi est-ce que vous me suivez ? répéta-t-il en la fixant d'un regard mauvais.

Bryn fit ce qu'elle faisait toujours. Elle lui dit exactement la vérité. Elle n'avait jamais été une bonne menteuse, incapable de comprendre vraiment pourquoi les gens s'y résolvaient.

— Parce que vous êtes mal à l'aise quand vous vous trouvez avec des gens. Je m'en suis aperçue et j'ai eu envie de vous aider. Je m'efforce d'éloigner les autres clients des allées où vous vous trouvez quand vous faites vos courses. Cela semble fonctionner. Vous êtes plus calme, ces derniers temps. Même si vous n'avez pas l'air calme en ce moment. Est-ce que votre bras vous fait souffrir ? Vous n'avez pas autant de produits que d'habitude dans votre panier. Est-ce que votre prothèse monte jusqu'en haut de votre épaule ? Je ne sais pas, même si c'est évident qu'elle est assez récente pour vous. Je suis désolée, d'ailleurs. Vous n'avez pas besoin d'aide en quoi que ce soit ? J'ai déplacé les produits que vous achetez souvent sur les rayons du milieu. J'espérais que ça vous aiderait.

Comme il l'observait, les sourcils froncés, elle continua de parler. D'expliquer. De tenter d'éclaircir les différents points afin de ramener la sérénité sur le visage de l'inconnu.

— Je m'appelle Bryn. Je travaille ici. Je ne dors pas beaucoup, donc j'ai pris ce boulot il y a environ un mois. Je vous ai vu faire vos courses et j'ai deviné que vous vous sentiez très mal. Alors j'ai arrangé ça. Vous devriez vraiment manger mieux. Vous achetez trop de pâtes. Les experts vous diraient que vous devez consommer l'essentiel de vos glucides le matin et après avoir fait de l'exercice. Vous devriez vous contenter de protéines, le soir. Vous avez vraiment besoin de davantage de légumes dans votre alimentation. Je sais qu'ils s'abîment plus vite, mais vous venez ici au moins trois fois par semaine, de toute façon, donc ça n'est pas un problème. Je peux vous donner des conseils, si vous en avez besoin.

Si c'était possible, l'homme avait l'air encore plus désemparé, donc Bryn poursuivit, dans l'espoir de le mettre à l'aise :

— Je ne sais pas ce qui vous est arrivé, mais c'est vraiment un endroit sûr, ici. Vous ne devez pas être inquiet en venant faire vos courses chez nous. Je veille sur vous, donc vous pouvez venir plus tôt, si vous voulez. Je commence à travailler vers 23 heures et je rentre chez moi vers 3 heures. Ce n'est qu'un travail à temps partiel, mais...

— Arrêtez de me suivre.

Les mots avaient été prononcés d'une voix basse et dure.

— Oh, mais je...

— Je pense ce que je dis. La dernière chose dont j'ai besoin, c'est d'une fille bizarre dans votre genre, qui me suit, me harcèle, commente la nourriture que j'achète. Je me moque bien de savoir combien d'heures vous dormez par nuit ou ce que vous pensez de mes habitudes alimentaires. En revanche, ça me dérange que vous me persécutiez et que vous me mettiez mal à l'aise.

Bryn recula d'un pas. Curieusement, elle ne s'attendait pas à l'hostilité qui émanait de cet homme.

— Je ne voulais pas... Je...

Il l'interrompit une fois de plus :

— Si je vous revois encore une fois, j'appelle les flics. C'est évidemment la dernière fois que je fais mes courses ici, mais si je vous aperçois en train de me reluquer où que ce soit d'autre, je porte plainte pour espionnage et harcèlement. Pigé ?

Bryn leva les yeux vers ceux de l'homme devant elle et son cœur se serra. Elle avait récidivé. Une fille bizarre. Elle était une fille bizarre. Une zarbi. Une cinglée. Une détraquée. Une asociale. Une ringarde. Un rebut. Tous les noms d'oiseaux qu'on lui avait donnés au cours des années flottaient dans son cerveau.

— Pigé ? répéta l'homme d'une voix plus dure.

Bryn s'empressa de hocher la tête. Elle avait oublié qu'il était là. Ça lui arrivait en permanence. Elle se perdait dans ses pensées. Se mordillant la lèvre, elle regarda l'homme la contourner en laissant beaucoup d'espace entre eux, comme s'il jugeait son étrangeté contagieuse. Il s'éloigna en reculant, sans lui tourner le dos jusqu'à ce qu'il ait disparu au coin de l'allée.

Bryn revint à son travail sans rien voir, sans même réfléchir à la tâche en cours. Ses mains continuèrent automatiquement ce qu'elles étaient en train de faire avant, à savoir réaligner les rayonnages.

Elle n'avait jamais que tenté de l'aider. Ces derniers temps, il avait presque semblé détendu quand il faisait ses courses. Mais elle avait tout gâché. Maintenant, il devrait aller jusqu'à Post Falls pour ses achats. C'était plus grand que Rathdrum, mais moins que Cœur d'Alene, et le trajet lui prendrait bien plus de temps en voiture que s'il venait ici.

Ce n'était pas acceptable. C'était sa faute, elle devait réparer.

Bryn attendit que l'homme se trouve au niveau des caisses. Un adolescent répondant au prénom de Willy était de service. La manager de nuit, une femme de quarante ans et quelques appelée Monica, bavardait avec une autre employée, près de l'entrée du magasin. Bryn se dirigea vers elle, ôta son tablier et le lui tendit.

— Je démissionne.

Elle avait prononcé ces mots d'une voix forte, afin que l'homme devant le tapis roulant puisse l'entendre.

— Quoi ? s'écria Monica, à l'évidence confuse. Vous n'avez débuté que le mois dernier.

Bryn porta son regard sur l'homme qui lui avait redonné espoir pour la première fois depuis des années, avant de l'écraser sous ses grosses bottes noires.

— Et aujourd'hui, je démissionne. Je ne reviendrai pas.

Elle pria pour qu'il ait saisi le message.

— Oh, mais... d'accord. Ne pourriez-vous pas terminer votre service ? Nous venons de recevoir une grosse livraison, à l'arrière du magasin.

Bryn brûlait de demander à cette femme pourquoi, s'il y avait une grosse livraison, elle restait ici, à tuer le temps avec une autre employée, mais elle se mordit la langue et étouffa cette impulsion, *in extremis*.

— Non, j'y vais. Merci pour la chance que vous m'avez donnée de travailler ici, mais... je m'en vais, maintenant.

Elle n'adressa plus un regard à l'homme. Elle avait fait ce qu'elle devait faire. Il était désormais libre de continuer à faire ses courses à Rathdrum. Il était originaire de cet endroit. Pas elle. Bryn n'appartenait pas vraiment à un endroit en particulier.

« Fille bizarre ». Les mots retentissaient en écho dans son esprit.

Monica s'empara du tablier qu'elle lui tendait et Bryn

se tourna vers la porte. Elle traversa le parking et sortit de sa poche la clé de sa Toyota Corolla des années 1990. Elle n'avait jamais eu de sac à main, parce qu'intelligente comme elle l'était, elle oubliait toujours l'endroit où elle l'avait posé. Bryn retint son souffle en tournant la clé, priant pour que la voiture démarre. Ce fut le cas, Dieu merci, et elle quitta le parking pour se diriger vers son petit appartement. Le ton cinglant de l'homme vint la déchirer une fois de plus.

« Fille bizarre ». Oui, elle l'était bel et bien. Elle n'avait jamais été que ça. Ses épaules s'affaissèrent alors qu'elle prenait le chemin de sa maison.

* * *

Dane tendit sa carte de crédit à l'adolescent, sans pour autant quitter des yeux la femme étrange qui venait juste de sortir. Il s'était imaginé qu'elle allait l'attendre pour le confronter quand il quitterait le magasin, mais il la vit traverser le parking plongé dans l'obscurité pour se diriger vers un tacot blanc, merdique, et démarrer. Il se perdait en conjectures quand la manager, une femme entre deux âges, s'approcha du garçon qui empaquetait ses courses, après avoir débité sa carte de crédit.

— Je n'arrive pas à croire qu'elle ait démissionné comme ça. (Le garçon se contenta de hausser les épaules.) Je veux dire, elle travaillait bien. Un peu étrange, mais elle arrivait toujours à l'heure et ne causait aucun problème. À part insister pour que certaines personnes ne se rendent pas dans certaines allées, parfois.

Dane ne cacha même pas qu'il tendait l'oreille à la conversation.

La manager surprit son regard et, heureuse de jouir de l'attention de quelqu'un, puisque l'adolescent ne se montrait guère intéressé, elle poursuivit :

— Je veux dire, sérieusement, elle ne se montrait jamais impolie, mais elle disait aux clients qu'ils devaient attendre parce qu'elle venait juste de passer la serpillière dans cette allée, ou bien elle leur demandait ce qu'ils avaient sur leur liste et les entraînait vers une allée différente où elle les aidait dans leurs courses. Hyper bizarre, si vous voulez mon avis. Mais je ne me serais jamais douté qu'elle allait prendre ses cliques et ses claques et démissionner. Il est impossible de dénicher de bons employés, à l'heure actuelle.

L'adolescent se racla la gorge et tendit ses sacs en plastique à Dane.

— Oh, désolée. Je ne voulais pas parler de toi, Willy, fit la femme, dans une tentative de rétropédalage.

— Passez une bonne nuit, lança l'adolescent à Dane, d'un ton morne.

— Merci.

Dane referma la main sur les sacs et se dirigea vers la porte que l'étrange femme venait de franchir. Il s'arrêta une fois dehors et examina les environs. Rien. Elle n'était pas ici, sa voiture avait disparu. Elle venait vraiment de démissionner et de partir.

Pour la première fois, Dane commença à se sentir coupable.

— Merde, jura-t-il dans sa barbe.

Elle avait démissionné à cause de lui. Et pas parce qu'il l'avait menacée d'appeler les flics. Sans trop savoir comment, il devinait que ce n'était pas le cas. Elle avait agi ainsi pour qu'il n'ait pas à aller faire ses courses ailleurs. À l'évidence, elle savait aussi bien que lui qu'il s'agissait de l'unique supermarché de Rathdrum. Il lui avait dit qu'il ne reviendrait pas et elle avait démissionné afin qu'il puisse venir faire ses courses ici sans s'inquiéter de l'avoir dans ses pattes.

Il n'avait pas vraiment compris ce qu'elle avait fait pour lui jusqu'à ce que la manager le lui explique. Elle avait vraiment éloigné des clients pendant qu'il choisissait ses produits. Il ne l'avait pas remarqué. Et s'il ne lui avait pas dit le fond de sa pensée, elle aurait sans doute continué à le faire.

Bryn. Même son prénom était inhabituel.

Dane déverrouilla son pick-up et déposa ses deux sacs de courses dans le coffre, puis grimpa sur le siège conducteur et referma sa portière. Il se passa la main sur le visage. Pourquoi se sentait-il coupable ? Aucune idée. C'était elle qui l'avait espionné. Il n'avait rien fait de mal. Rien. Alors pourquoi se sentait-il aussi mal ?

Peut-être parce que Bryn l'avait vu. Vraiment vu. Elle avait vu la prothèse de son bras et les difficultés qu'il avait parfois à attraper certains produits sur les étagères trop hautes ou trop basses. Il réfléchit un instant et réalisa qu'un grand nombre des aliments qu'il achetait avaient été déplacés sur des rayons plus accessibles. Ce n'était pas nécessaire, mais elle l'avait fait parce qu'elle pensait ainsi l'aider.

Et il ne pouvait nier qu'en retenant les autres clients loin de lui pendant qu'il faisait ses courses, elle avait réduit son stress. Il n'avait jamais aimé tourner le dos aux gens. Le fait qu'il lui ait fallu quatre semaines pour la remarquer signifiait qu'elle avait été bonne dans ce qu'elle faisait.

Dane tourna la clé dans le contact, heureux que le véhicule démarre aussi facilement. C'était la première chose qu'il avait faite après avoir déménagé dans l'Idaho : acheter un nouveau pick-up, fiable. Alors qu'il quittait le parking et s'engageait dans la direction opposée à celle que Bryn avait empruntée, il se rappela son sermon, comme quoi il mangeait trop de glucides... et sourit.

À l'instant où ses lèvres se retroussèrent, il se figea. À quand remontait la dernière fois où il avait souri ? Vraiment souri ? Il ne parvenait pas à s'en souvenir. Merde.

2

Bryn s'efforçait de se concentrer sur la grille de mots croisés devant elle. Qu'elle tentait d'utiliser comme moyen de se distraire. Car quelque chose la perturbait. Là, juste là, dans un coin de son cerveau, et pourtant elle ne parvenait pas à mettre le doigt dessus. Alors elle s'était dit que, peut-être, si elle se lançait dans l'un de ses chers mots croisés, ça se débloquerait comme par magie.

Hélas, ça ne fonctionnait pas très bien, sans doute parce que les mots et leurs définitions n'étaient pas assez complexes. Tout le monde savait que « métallisé », c'était « argenté » et, que quand l'indice était « fait de façon irréfléchie », la réponse était « négligemment ».

Elle songea à sa vie et se demanda ce qu'elle fichait, nom de Dieu. Elle avait vingt-sept ans et pourrait sans doute travailler pour n'importe quelle entreprise ou association, au lieu de quoi elle s'était perdue au fin fond de l'Idaho, pour s'occuper des stocks d'une bibliothèque municipale. Un constat qu'elle faisait sans mépris, juste pragmatique. Elle était intelligente. Plus qu'intelligente.

Depuis toujours. Seulement, la fréquentation de certains des plus grands esprits du monde avait fini par l'ennuyer. Elle voulait vivre. Parcourir le monde et le découvrir. Pas rester assise derrière un microscope ou un ordinateur, ou discuter boutique, toute sa vie durant, avec d'autres génies.

C'était vraiment ça, vivre ? Peut-être. Peut-être pas.

Alors elle s'occupait la tête avec ces mots croisés qu'elle adorait.

De temps en temps, elle passait un coup de fil à l'un des scientifiques avec qui elle travaillait jadis, histoire de voir sur quoi il planchait et d'échanger des points de vue. Et elle téléchargeait les dernières thèses en date de Yale et de Harvard, pour le fun.

Ouais, ben ça lui occupait peut-être l'esprit, n'empêche qu'elle souffrait de sa solitude.

Elle en était consciente : elle n'était pas douée avec les gens. À cause de sa fâcheuse tendance à dire ce qu'elle pensait, que ce soit adéquat ou pas. En plus, elle savait beaucoup trop de trucs inutiles, qu'elle étalait dès qu'ils lui passaient par la tête.

Déménager d'une petite ville à l'autre, ça avait été amusant, au début. Voir le monde et tout ça, sauf que chaque déménagement n'avait fait que mettre le doigt une fois de plus sur son incapacité à se fondre dans son environnement humain.

Avec un soupir, elle posa le menton sur ses mains. *Je devrais peut-être m'installer à Washington ou à Los Angeles. Une grande ville. Il y a forcément des solitaires comme moi, dans une grande ville. Je ressortirais sans doute moins du lot, s'il y avait plus de gens autour de moi.*

Elle écarta cette idée immédiatement. Elle n'aimait

pas ça, les grandes villes. Trop de gens, trop d'immeubles et trop de dangereux criminels en quête de leur prochaine proie. Or, elle le savait, elle était une proie extrêmement facile. Car elle jugeait les autres sur leur bonne tête et avait toutes les peines du monde à se rendre compte quand on lui mentait.

Sans compter qu'elle détestait voir tous ces sans-abri, dans les grandes villes. Ils étaient sa faiblesse. Ça ne lui semblait pas juste qu'elle puisse vivre au chaud et en sécurité, quand il y avait des hommes, des femmes, des enfants et des animaux domestiques obligés à dormir dans la rue. Elle leur donnait toujours de l'argent. Chaque fois. Quand elle avait vécu à Chicago, elle en était venue à croire qu'ils discutaient d'elle dans son dos et se racontaient combien elle se laissait attendrir facilement, parce que, tous les jours, ils paraissaient plus nombreux, sur son trajet entre chez elle et le supermarché du coin de la rue où elle travaillait.

À la fin, c'était devenu tellement délirant qu'elle devait prendre le bus pour parcourir les quatre pâtés d'immeubles jusqu'au travail, pour s'éviter d'en croiser autant et donc de distribuer autant d'argent.

Pour la énième fois, elle se prit à regretter de ne pas avoir de frère ou de sœur à qui parler. Qui la soutiendrait. Mais non. Elle n'avait personne. Cette pensée-là aussi, elle l'écarta : trop déprimante. Inutile de soupirer après quelque chose d'impossible.

Elle cilla et tourna les yeux vers la pendule : 1 h 45 du matin.

Ses pensées revinrent vers l'homme qu'elle avait servi au supermarché. Sa taille et sa carrure, qui repoussaient toute personne susceptible de profiter de lui, et elle se demanda s'il avait quelqu'un pour s'occuper de lui. Sans doute pas, vu la façon dont il avait réagi quand elle l'avait fait ; à croire qu'elle lui avait enfoncé un couteau dans la poitrine. Repenser à la manière dont il s'en était pris à elle, quand elle lui avait offert son aide, la semaine précédente, la poussa à se demander s'il était en train de faire ses courses, en ce moment. Elle s'inquiétait que des gens ne l'embêtent. Que s'allume à nouveau cette expression hantée dans ses yeux, comme avant qu'elle n'intervienne en sa faveur.

Bryn ferma les yeux et s'octroya une petite leçon de morale.

Il n'a rien apprécié de tout ce que tu as fait pour lui, idiote. C'est un grand garçon, capable de s'occuper de ses problèmes tout seul. Tu es un monstre. Tu le sais, il le sait et il ne veut pas te revoir. Il a dit qu'il allait appeler les flics, tu te rappelles ?

Ses yeux se rouvrirent brusquement quand elle comprit enfin ce qui la turlupinait : l'orage.

Plus tôt dans la soirée, il y avait eu un de ces drôles d'orages de printemps. En général, ils ne la dérangeaient pas, mais ce soir, elle était agitée et avait sursauté à chaque coup de tonnerre et à chaque éclair qui éclairait son petit appartement.

Et si le tonnerre lui rappelait la guerre ? Et s'il avait un flashback et que son état empirait ?

Elle n'avait pas la moindre idée de l'endroit où il habitait, mais elle éprouva soudain un intense besoin de le voir. De s'assurer qu'il allait bien.

Avant qu'elle ait le temps de réfléchir à ce qu'elle faisait, elle était en branle.

Même en sachant que l'homme serait furax s'il la voyait, Bryn ne s'arrêta pas pour y réfléchir. Elle laissa parler la voix dans un coin de sa tête, qui lui soufflait que s'il avait des problèmes avec l'orage, il ne serait pas sorti faire ses courses mais resté terré chez lui, où que ce soit, à essayer d'étouffer le son du tonnerre. Doucement, elle referma la porte derrière elle, prenant soin de ne pas réveiller son vieux voisin d'en face.

L'air sentait le pin et les feuilles mouillées... une odeur qui la faisait sourire, en temps normal. Mais ce soir, elle la remarqua à peine en grimpant dans sa petite voiture. Sa Corolla achetée pour une bouchée de pain deux ans plus tôt, et qui arrivait maintenant au bout du rouleau. Il lui fallut trois tentatives avant qu'elle démarre enfin. Bryn jeta un coup d'œil à la jauge à essence : un quart. Bon. Parfois elle oubliait de la remplir, heureusement ce n'était pas le cas ce soir, au moins.

Sur la route vers le supermarché, elle débattit avec elle-même.

Je ne vais pas rentrer. Je vais juste vérifier si son pick-up est sur le parking. Si c'est le cas, je fais demi-tour et je rentre à la maison.

Il ne voudra pas te voir.

Je sais, c'est pour ça qu'il ne saura jamais que je suis passée.

Et s'il n'y est pas ?

Je tournerai un peu dans les parages pour voir si j'aperçois son pick-up.

Non, ça n'est pas du tout du harcèlement.

Bryn plissa le nez et poussa un soupir. Elle était devenue forte pour les conversations avec elle-même, d'autant plus qu'elle n'avait vraiment pas grand monde à qui parler. Ça n'était pas rationnel, elle le savait bien, mais quelque chose en elle refusait qu'elle laisse tomber et reste à la maison.

En pénétrant sur le parking du supermarché, elle constata immédiatement qu'il n'y était pas. Il n'y avait que quelques véhicules et aucun pick-up. Sans couper le moteur, de peur qu'il ne redémarre pas, elle tambourina du bout des doigts sur le volant. Puis, sa décision prise, elle fit demi-tour et sortit du parking.

La nuit était calme. Il y avait peu de circulation et elle en profita pour balayer les rues du regard, en quête du moindre signe du véhicule de cet homme. À l'autre bout de la ville, elle le repéra enfin. C'était son véhicule, elle en était sûre. Tout neuf. Vert foncé. Autocollant de l'armée sur la vitre arrière. Elle n'en revenait pas de sa chance. Elle se gara sur un parking gravillonné devant un bar miteux du nom de Smokey's, aussi loin que possible du pick-up afin qu'il ne la remarque pas.

Rathdrum n'était pas très grand, mais il était 2 heures du matin et ce n'était pas la meilleure partie de la ville. Elle aurait pu partir, satisfaite de constater qu'il n'était pas terré chez lui, en proie à d'horribles flashbacks, si, à cet instant, la porte ne s'était ouverte sur un homme, le bras passé autour d'une femme. Il portait un jean sombre, un T-shirt couvert d'une veste en cuir et une longue barbe qui aurait eu grand besoin d'un petit coup de ciseaux. Ses cheveux étaient gras et lui retombaient autour du visage. Perchée sur des talons vertigineux, la femme avait une jupe en cuir noir qui cachait tout juste ses parties intimes et une brassière blanche tirée tellement bas que Bryn voyait presque les tétons qui s'en échappaient.

La météo avait quelque peu perdu de la froideur de l'hiver, mais il ne faisait certainement pas assez doux pour justifier une tenue de la sorte. L'homme avait un bras passé autour de sa taille et, sous les yeux de Bryn, il la fit pivoter contre son torse et baissa la tête. Au lieu de l'embrasser, il descendit plus bas, pour enfouir le visage dans un ample décolleté.

La femme partit d'un rire aigu et enfonça une main dans les cheveux de la nuque de l'homme. Sous le choc, Bryn suivit son autre main qui plongeait vers la braguette de son cavalier.

Rougissante, elle détourna la tête du couple et de leur accouplement érotique. Elle avait déjà eu des relations sexuelles, mais pas de cette façon. Rien à voir. Les trois fois où elle avait couché avec un homme, c'était clinique : elle n'avait pas réussi à éteindre son cerveau et avait posé bien trop de questions sur ce qu'il faisait, ce qu'il voulait qu'elle fasse, comme toujours, comme à chaque rencontre. Alors dès que l'homme avait joui, il avait roulé sur les draps, remercié Bry et pris la tangente. La laissant perdue et surprise que les femmes aient envie de sexe.

Mais à voir la passion entre ces deux-là, juste devant la porte, elle songea qu'il devait y avoir autre chose. Elle risqua un nouveau coup d'œil et constata que l'homme était désormais sur une moto et la femme montée derrière lui. Elle avait enfilé la veste en cuir de son partenaire et, collée contre son dos, les bras noués autour de lui, elle lui caressait le ventre, les cuisses, l'entrejambe. Bryn la vit se frotter contre lui quand ils quittèrent le parking pour prendre la direction du centre-ville.

Elle déglutit avec peine et décida d'aller jeter juste un bref coup d'œil à l'intérieur du bar minable, histoire de vérifier que l'homme qu'elle avait cherché allait bien. Si c'était un bar de motards, il ne devait pas être dans son élément. Non que ce soit son style d'établissement à elle non plus, aucun bar ne l'était, mais bizarrement, elle n'arrivait pas à repartir sans rien faire.

Il se trouvait probablement avec une femme mais, si cette pensée lui fit mal, elle ne la détourna pas de sa mission. Cet homme la touchait, et ce, depuis la première fois qu'elle l'avait vu, et elle voulait – non, elle *devait* – s'assurer que l'orage ne l'avait pas affecté outre mesure.

Elle empocha ses clés et se dirigea vers la porte. Sur un dernier regard à l'insigne clignotant – elle remarqua qu'il s'agissait en fait du Smokey's Bar, le dernier mot n'était pas visible depuis la rue dans le noir, car les ampoules étaient grillées –, elle tira sur la porte et entra.

La première chose qu'elle remarqua, c'était qu'il n'y avait quasiment personne. Malgré la présence de plusieurs voitures sur le parking, les seules personnes présentes à l'intérieur étaient un barman, deux serveuses qui ramassaient des bouteilles vides et balayaient le sol, et l'homme qu'elle était partie chercher.

Affalé sur un coude au bout du bar, tournant le dos au mur. La fumée dans ce bouge était si dense, en plus de l'âcre odeur de cigarette froide et de bière renversée, que Bryn se mit à tousser.

— On est fermés, aboya le barman.

Hochant la tête, Bryn recula d'un pas en direction de la porte. L'homme était là, visiblement en bonne santé. Il était temps de partir avant qu'il ne la remarque et appelle les flics comme il l'en avait menacée.

Comme si les mots du barman l'avaient réveillé, il releva la tête, la tourna vers l'autre type et bredouilla :

— Un autre.

— Non. La dernière tournée, c'était y'a trente minutes

et t'es complètement bourré. Il est l'heure de rentrer, mec.

— Il me faut une autre bière, insista-t-il.

— Et j'ai dit « non », répéta le barman. Regarde un peu autour de toi. T'es le dernier. Le bar est fermé. Allez, paie ta note et fiche le camp.

— Chier, jura l'homme.

Puis il tendit la main droite vers son portefeuille... qui se trouvait dans sa poche gauche. Un exploit que peu d'hommes sobres auraient réussi. Le fait qu'il soit carrément bourré rendait donc la tâche d'autant plus compliquée.

Bryn s'était mise à marcher avant que son cerveau n'ait le temps de l'en empêcher. Elle se posta à côté de lui, écarta la main qu'il tendait vers la poche arrière de son jean et enfonça elle-même la main dans la poche en question, dont elle tira le portefeuille. Qu'elle tendit au barman... avant de se figer en se rendant compte de son geste.

S'attendant à ce que l'homme s'énerve contre elle et ne mette sa menace à exécution, elle fut surprise de le sentir écarter les cheveux qui lui retombaient sur l'épaule, se pencher vers elle et prendre une profonde inspiration.

— Bon sang, ce que vous sentez bon, lâcha-t-il d'une voix traînante. (Il lui saisit une mèche de cheveux et la porta à son nez, pour inspirer profondément à nouveau.) Coco... noix de coco... merde. La plage. Vous sentez la plage.

Bryn reporta un regard écarquillé sur le barman, qui tendait la main.

— Ah, heureusement que vous êtes venue le ramener

à la maison. On a déjà quinze minutes de retard sur l'horaire de fermeture et je craignais qu'aucun taxi ne veuille se ramener ici pour l'embarquer, ce pauvre bougre. Filez-moi sa carte, que je lui règle sa note. Après, vous me débarrassez le plancher.

— Il est saoul, répliqua Bryn.

— Tu parles, Sherlock, ironisa le barman, qui lui tourna le dos sitôt qu'elle lui eut tendu une carte de crédit du portefeuille de l'homme.

— J'suis toujours conscient, bredouilla l'homme. Donc je suis pas encore assez saoul.

— Tiens, signe.

Le barman lui fourra un récépissé de carte bleue sous le nez et il le regarda en clignant des paupières, l'air de ne pas comprendre.

Bryn prit le papier et le stylo des mains de l'employé irrité pour les poser à plat sur le comptoir. Elle profita qu'il reposait bruyamment la carte à côté pour y jeter un coup d'œil. Dane Munroe. Elle aimait bien ce nom. C'était fort. Comme lui.

— Dane ? Il faut signer ça. Tenez.

Elle prit sa main droite dans la sienne et lui plaça le stylo entre les doigts.

— Prenez ça et signez juste ici.

Elle posa la pointe au-dessus de la ligne de signature et attendit.

— Je suis gaucher, dit tristement Dane, un regard vide braqué sur sa main qui tenait le stylo.

— Vous pouvez signer avec votre prothèse ? demanda-t-elle.

Elle réalisa qu'elle ne savait quasiment rien de leur fonctionnement et se jura d'allumer son ordinateur à la seconde où elle rentrerait chez elle pour chercher et apprendre tout ce qu'elle pourrait sur les prothèses de bras et de mains.

À sa question, Dane lâcha le stylo et se redressa sur son tabouret de bar. Il remonta son bras gauche de ses genoux où il l'avait posé et tira sur la manche longue de son T-shirt, révélant un moignon, juste au-dessous du coude. Il ne portait pas sa prothèse. Il lui adressa un sourire narquois, s'attendant manifestement à ce qu'elle soit choquée ou dégoûtée.

— D'accord, donc la réponse est « non ». Bien. Il va donc falloir signer de la main droite. Allez-y.

Et Bryn soutint son regard, attendant patiemment.

— Vous n'avez même pas cillé. Z'en avez vu beaucoup, des comme ça, Smalls ?

— Smalls ?

Large sourire.

— Ouaip.

— C'est quoi ?

— Vous.

— Moi ? demanda-t-elle bêtement.

— Ouais, fit-il en hochant la tête avec trop de vigueur, trop d'enthousiasme, si bien que Bryn dut lui passer un bras autour de la taille pour l'empêcher de tomber de son siège. Small, ça veut dire petite. Vous êtes petite. Toute petite. Mignonne. Smalls, quoi.

— La taille moyenne, pour une femme américaine, est d'un mètre soixante-cinq. Je n'en suis qu'à quelques centimètres. Je ne suis pas si petite que ça, protesta-t-elle.

— Si vous êtes petite, intervint le barman. Bon, vous pouvez le lui faire signer, ce fichu ticket, et me l'embarquer d'ici, putain ?

— Je peux signer, soupira Dane. Passez-moi le stylo.

— Il est juste devant vous, lui rappela Bryn.

— Ah oui.

Sur quoi, Dane reprit le stylo qu'il avait lâché, se pencha sur le papier qu'il maintint à l'aide du moignon de son bras gauche et signa péniblement le ticket de carte bleue de sa main gauche, d'une écriture malhabile d'enfant. Il ne plaisantait pas, il était bel et bien gaucher. Il releva les yeux vers Bryn une fois qu'il eut terminé.

— Je ne vois pas où ajouter le pourboire. De toute façon, je suis incapable d'écrire quoi que ce soit de lisible de ma main droite. Vous pouvez le faire ?

Bryn savait que Dane était saoul. Elle savait aussi qu'il n'avait pas la moindre idée de qui elle était, autrement il ne se montrerait pas aussi aimable avec elle. N'empêche, c'était agréable qu'il lui fasse confiance pour ajouter un pourboire à sa note. Elle pourrait tout aussi bien être de mèche avec le barman et lui prélever une somme exorbitante, il n'en saurait rien avant qu'il ne soit trop tard. Elle mémorisa cette sensation dans sa poitrine, le fait que Dane lui faisait confiance, puis, sur un hochement de tête, elle prit le stylo et ajouta un pourboire de vingt pour cent – le barman le méritait sans doute. Puis elle glissa le reçu vers l'employé impatient.

Il jeta un coup d'œil au montant, opina du chef en guise de remerciement : peut-être pensait-il que cet homme complètement saoul et la femme qui était venue le chercher tentaient de l'embobiner.

— Vous avez besoin d'aide pour le porter jusqu'à la voiture ?

Bryn ramassa la carte de crédit et la renfila dans la fente du portefeuille de Dane Munroe. Un bref regard à l'adresse qui figurait sur son permis de conduire la rassura : il n'habitait pas trop loin et elle reconnaissait le nom de la rue. Qui n'était pas dans Rathdrum, mais seulement à quelques kilomètres. Elle referma le portefeuille et le glissa dans la poche arrière de Dane.

— Fais gaffe, Smalls, je risque de penser que tu me dragues.

Ignorant sa remarque, elle s'adressa au barman :

— Je veux bien, merci.

— Donnez-moi cinq minutes.

Bryn hocha la tête et reporta son attention sur Dane.

— Les clés.

Il plissa les paupières.

— Je vous connais ?

Le pouls de Bryn s'emballa. Bon Dieu, il ne fallait pas qu'il la reconnaisse maintenant. Jamais il n'arriverait chez lui s'il partait seul. Elle secoua la tête et mentit.

— Non.

— Pourtant votre visage m'est familier, Smalls.

Bryn sourit de le voir continuer d'utiliser ce surnom dont il l'avait baptisée.

— Non, vous ne me connaissez pas.

Ce n'était même pas un mensonge. Il l'avait déjà vue, mais il ne la connaissait pas à proprement parler. D'ailleurs, personne ne la connaissait.

Levant la main, Dane revint lui attraper une poignée de cheveux pour la porter à son nez et l'inspirer à nouveau.

— Bon Dieu, ce que vous sentez bon.

— C'est mon shampooing. Et je suis désolée, mais je dois ajouter que n'importe quoi sentirait meilleur que ce bouge.

Dane la regardait, l'œil brillant. Leurs têtes étaient proches, même s'il était assis et elle debout.

— C'est bien vrai, ma foi.

— Vous êtes prêt à rentrer à la maison ? chuchota-t-elle, perturbée par l'expression de tendresse dans ses prunelles grises.

La dernière fois, elles lui avaient plutôt décoché des flèches. Elle préférait de loin ce regard-là que celui de haine qu'il lui avait jeté au supermarché.

— Ouais, rentrons à la maison.

Sa voix était grave et séductrice. Bryn frissonna.

— Les clés, répéta-t-elle, toujours en murmurant.

— Elles sont dans ma poche, Smalls. Ma poche de devant.

Et, s'adossant à son siège, il ponctua l'information d'un sourire éhonté.

Bryn baissa les yeux vers ses genoux et lâcha un hoquet. Le renflement de son jean était énorme. Elle releva aussitôt les yeux.

— T'aimes bien ce que tu vois, Smalls ?

Elle redressa les épaules et lança, taquine :

— Eh bien, eh bien, c'est un sacré porte-clés que vous avez là, soldat.

Il éclata d'un rire dont l'écho résonna dans la salle désormais vide. Il se déplaça sur son tabouret et plongea sa main valide dans sa poche, dont il tira le porte-clés.

— Tu me tues, Smalls, tu me tues.

Il lui tendit l'objet, constitué de deux clés... l'une appartenant manifestement au pick-up rutilant sur le parking, et l'autre correspondant sans doute à une serrure d'habitation.

— Ce que tu as vu, c'est touuut moi. Et une fois qu'on

sera arrivés à la maison, je te le montrerai d'un peu plus près.

Les joues en feu, Bryn saisit les clés qui irradiaient de chaleur. La chaleur de son corps, de son sexe.

— Allez, on y va. J'ai des trucs à faire, moi.

La voix du barman, plutôt rude, interrompit sur-le-champ l'ébauche de flirt qu'ils avaient entamée et ramena brutalement Bryn sur terre. Dane ne flirtait pas avec elle, en fait, c'était juste qu'il était saoul comme un cochon, qu'il ne voyait même pas clair et qu'elle était une femme. Les hommes en général ne flirtaient pas avec elle en particulier. Jamais.

— Merci. C'est le gros pick-up sur le parking.

Le barman acquiesça et hissa Dane sur ses pieds, lui passa un bras autour de la taille quand il vacilla. Ils se dirigèrent tant bien que mal vers l'air froid de la nuit et le pick-up. Le barman continua de le retenir par le bras tandis que Dane rampait quasiment dans la cabine de son véhicule. Puis l'homme claqua la portière avec un geste impatient et repartit à grands pas vers le bar, sans ajouter un mot.

— Merci ! lui cria Bryn.

L'homme agita la main, sans toutefois se retourner ni ralentir l'allure.

Bryn ne le suivit pas des yeux jusqu'à ce qu'il disparaisse derrière la porte de bois. Elle contourna le pick-up vers le siège conducteur. Jetant un coup d'œil à sa propre voiture à l'autre bout du parking, elle haussa les épaules. Elle devrait revenir la chercher à pied, une fois qu'elle aurait installé Dane chez lui, mais ça ne la dérangeait pas. D'abord elle s'assurerait que Dane soit rentré sans encombre, et puis elle reviendrait. Pas de souci.

Une fois sur le siège, elle lâcha un grognement frustré. Ses pieds n'atteignaient pas les pédales, loin de là, et sa tête dépassait tout juste le tableau de bord.

Dane lâcha un rire tonitruant, se tenant les côtes tant il était plié en deux.

Elle lui envoya un regard noir, les bras croisés, en attendant qu'il se remette à respirer normalement.

— Je vous avais bien dit que vous étiez petite.

Bryn aurait voulu s'énerver, sauf qu'elle n'avait jamais rien vu d'aussi sexy de sa vie que Dane Munroe en train de rire comme s'il n'avait pas l'ombre d'un souci au monde. D'une certaine façon, elle comprenait que ce rire n'était pas fréquent. Pas pour lui.

— C'est bon, vous avez fini ? demanda-t-elle en s'essayant à un ton sévère mais sachant qu'elle avait échoué.

— Oui. (Nouveau ricanement.) D'accord, non. Sérieusement, je ne suis pas sûr que vous soyez en mesure de conduire Miss May.

— Miss May ?

— Mon pick-up.

Bryn leva les yeux au ciel. Elle ne comprenait pas cette manie qu'avaient les hommes de donner un petit nom à leur voiture. Ça n'avait rien de logique. Elle passa une main sur le côté du siège et trouva la manette qui lui permettrait de l'avancer. Puis elle inclina le siège vers l'avant afin d'approcher ses pieds des pédales et lâcha un soupir soulagé quand ils se posèrent confortablement dessus. Balayant l'habitacle des yeux, elle repéra une veste sur la banquette arrière.

— Je peux utiliser votre veste ?

— Tu as froid, Smalls ? Je peux te tenir chaud.

Bryn frissonna. Sa voix de séducteur la touchait

profondément, telle une main enfoncée dans sa poitrine qui viendrait lui envelopper le cœur. Elle ne se rappelait pas qu'on lui ait jamais parlé de la sorte. Jamais. Sans le quitter des yeux, elle répondit à voix basse :

— J'ai besoin que vous me la glissiez dans le dos.

— Je peux te soutenir, commença Dane en tendant le bras. (Il se tut brutalement et fronça les sourcils en regardant le moignon où n'était plus son bras.) Mince, j'avais oublié. Oui, tu peux te servir de ma veste.

Il se cala contre son dossier, les bras croisés sur son large torse.

Désolée de voir sa bonne humeur évanouie, Bryn attrapa sa veste sur la banquette arrière et dit ce qu'elle pensait, comme toujours :

— Merci. Ça devrait faire la blague, mais si vous me souteniez le dos en plus, ce serait encore mieux. Vous pouvez vous asseoir au milieu, si vous n'avez pas le bras assez long. Mais bon, si vous ne voulez pas, aucun souci.

Il posa sur elle un regard vitreux et tendit son bras gauche.

— Je n'en ai que la moitié d'un.

— Et alors ?

— Alors ? répéta-t-il, l'air perplexe.

— Oui, alors ? (Elle tendit la main pour lui tâter le biceps, qu'elle serra.) Vous m'avez l'air bien assez fort pour me soutenir. Vous dites que je suis petite, alors c'est quoi le problème ?

Il plissa les paupières.

— Ça ne te dérange pas… ?

— Non. (Inutile de faire semblant de ne pas comprendre à quoi il faisait allusion.) Et ça ne devrait pas vous déranger non plus. Dane, vous êtes extrêmement bel homme. Vous êtes costaud et solide. Et même si vous êtes saoul comme un cochon, vous restez un gentleman. Je m'en fiche que vous me touchiez avec votre moignon. Ce n'est pas comme s'il était contagieux ou je ne sais pas quoi. En plus, j'aimerais bien qu'on vous ramène chez vous en un seul morceau, et si vous m'aidez en me soutenant le dos pendant que je conduis Miss May, j'apprécierais beaucoup.

Il parut chamboulé et Bryn eut presque de la peine pour lui. Presque.

— Je suis gaucher.

— Tant mieux. Ça veut dire que ce bras est plus fort, donc.

— Oui.

— Oui. Allez, je démarre.

— Vous savez passer les vitesses ?

Bryn éclata de rire.

— C'est bien le moment de me poser la question. Oui, je sais conduire une voiture à vitesses standard. Je suis étonnée que ce soit votre choix, avec votre main en moins, mais je suppose que, puisque vous avez encore votre coude, ça suffit pour tenir le volant pendant que vous actionnez le boîtier de vitesses de la main droite. Bon, maintenant, bouclez votre ceinture.

Elle pivota pour coincer sa veste derrière son dos et s'assit aussi droite que possible. Elle n'aurait pas refusé un petit quelque chose pour s'asseoir dessus et mieux voir au-delà de l'immense capot du pick-up, mais elle n'avait pas un long trajet à faire. En plus, si elle s'installait sur la veste, ses pieds ne toucheraient plus les pédales. Ça ferait l'affaire.

Elle passa en marche arrière, regarda derrière afin de

s'assurer que la voie était libre et sursauta quand Dane lui toucha le haut du dos. Elle lui jeta un coup d'œil. Il se décala sur le siège du milieu et passa une jambe de chaque côté du boîtier de vitesses.

Bryn déglutit avec peine. Il ne souriait pas. Ses yeux gris, super sérieux et perçants, étaient braqués sur son visage.

— Il me manque peut-être une main, mais je n'en suis pas moins homme. Et les vrais bonshommes conduisent des voitures manuelles. (Il marqua une pause, puis reprit :) Vous êtes sûre qu'on s'est jamais rencontrés ? J'ai l'impression de me souvenir de vous.

— J'en suis sûre.

Elle tendit la main et lui attrapa le genou, puis rougit et déplaça la main sur le levier, qu'elle visait au départ.

— Pardon, je voulais changer de vitesse.

Ils baissèrent tous deux les yeux et, tout à coup, le Dane saoul et dragueur réapparut.

— Je dois bien dire, Smalls, que j'ai envie de sentir ta main entre mes jambes depuis que t'es entrée dans le bar... mais c'est pas tout à fait comme ça que je l'envisageais.

Bryn passa en première et reporta la main sur le volant.

— Ne bougez pas, Dane, vous serez à la maison en deux temps, trois mouvements.

Il ne répondit pas, mais elle savait qu'il ne s'était pas endormi. Elle sentait la dureté de son biceps dans le dos et avait son moignon, juste sous le coude, collé contre le flanc. S'il se penchait de quelques centimètres de plus, il lui toucherait le sein avec ce qui lui restait de bras. Mais alors qu'elle changeait de vitesse, il avança le bras pour mieux lui maintenir le dos droit. La chaleur de sa peau, même à travers sa chemise, parvenait jusqu'à elle. N'ayant pas eu l'expérience de beaucoup de contacts corporels par le passé, elle s'efforça de mémoriser cet instant, tout en roulant vers la maison de Dane.

Sans doute lui ne se rappellerait pas grand-chose de cette nuit. En revanche, pour elle, c'était une expérience que jamais, jamais elle n'oublierait. Même si elle vivait jusqu'à cent ans. Comment oublier le moment où l'on vous traitait comme une femme normale et désirable pour la toute première fois de votre vie ?

3

Dane était toujours conscient quand elle arriva devant chez lui, Dieu merci. Il actionna l'ouverture et elle entra dans son vaste garage. Elle ne voyait pas bien sa maison dans le noir mais, entourée par quelques hectares de terrain, si elle en jugeait par la longue allée, la bâtisse semblait de plain-pied.

Bryn sauta au bas du pick-up et le contourna jusqu'au côté passager. Dane en tomba presque et se mit à rire comme un dément tandis qu'ils se dirigeaient péniblement vers l'intérieur.

— Où est votre chambre ?

— Au fond du couloir. Première porte à gauche. J'ai hâte de voir tes nibards.

Bryn faillit le lâcher à ces mots, mais parvint à le manœuvrer dans la bonne direction. Elle l'aida à grimper au lit et grimaça de le voir tomber face la première contre le matelas.

— Allongez-vous correctement, Dane, le supplia-t-elle, sachant qu'elle ne serait pas en mesure de le soulever s'il s'endormait avec les jambes pendantes hors du lit comme ça.

Il lui fallut pas mal d'efforts mais, au bout du compte, elle finit par obtenir qu'il roule sur le dos et s'étende plus ou moins bien sur le lit.

— Tu viens ?

— Je ne pense pas, non. Ça va aller ?

Dane fit la moue.

— J'ai même pas droit à un aperçu de tes nichons ? Ce serait justice, non ?

— Je ne vois pas en quoi reluquer mes seins a le moindre rapport avec l'aide que je vous ai apportée pour rentrer chez vous et avec le fait que je me sois assurée que vous ne preniez pas le volant saoul pour vous tuer... ou tuer quelqu'un d'autre.

Il parut stupéfait un instant, puis il se remit à rire, la tête renversée en arrière, à gorge déployée, comme si elle venait de dire la chose la plus drôle qu'il ait entendue de sa vie. Quand il reprit enfin le contrôle de lui-même, il baissa la main vers sa ceinture et farfouilla, essayant de défaire son jean.

L'ayant regardé se débattre un moment, Bryn ordonna :

— Bougez, je vais le faire.

Elle n'aimait pas le voir peiner à déboutonner cet entêté de bouton d'une seule main. Encore un détail auquel elle n'avait pas pensé en amont, mais être le témoin de la difficulté qu'il rencontrait la rendit soudain plus consciente de la complexité des problèmes qu'il devait affronter au quotidien.

Sans tarder, elle vint à bout du bouton récalcitrant et descendit la fermeture Éclair.

— Voilà. Vous allez réussir à l'enlever complètement tout seul ?

— Non, répliqua-t-il aussitôt. J'ai besoin de ton aide, Smalls.

Le prenant au mot, elle se porta immédiatement à ses pieds, délaça ses chaussures et les lui retira. Puis elle tira sur les chaussettes, avant de commander :

— Soulevez les fesses, que je tire.

— Ah, mais non... c'est pas comme ça que je voulais dire.

— Levez, Dane.

Il leva les fesses du matelas et Bryn lui fit descendre son jean le long des jambes, avant de les lâcher au sol.

— Voilà. Maintenant, le T-shirt.

Il se contenta de la dévisager. Sans plus aucune trace d'amusement.

— Dane ?

— Je n'enlève pas mon T-shirt pour dormir.

— Quoi ? Pourquoi ça ? Il a été scientifiquement prouvé par Milton Grumball, diplômé *magna cum laude* à Harvard en 1984, que les hommes dorment mieux tout nus.

Il cligna des paupières, puis la commissure droite de sa bouche tressauta.

— C'est une blague ou un fait établi ?

Elle commença par ricaner, puis :

— C'est un fait. Bras au ciel, ordonna-t-elle d'une voix n'admettant aucun refus.

En même temps, elle se déplaça à la tête du lit et attendit qu'il obtempère. Pour la première fois de sa vie, Bryn se sentit grande quand elle se pencha au-dessus de

Dane, sur son lit. Elle plongea dans ses yeux et y lut l'hésitation et l'incertitude.

— Quoi ? Qu'est-ce qui se passe ?

— Je ne veux pas que tu me voies.

— En revanche, vous voulez bien me voir, moi.

Une lueur intéressée s'alluma dans ses prunelles et chassa l'insécurité restante.

— Exact. Et si on concluait un pacte ?

Bryn réfléchit quelques secondes avant de clarifier :

— Vous acceptez d'enlever votre T-shirt si je vous montre mes seins ?

— Oui.

— Marché conclu. Vous d'abord. Bras au ciel, répéta-t-elle.

Comme dans une transe, Dane leva les bras, sans la quitter des yeux. Bryn se sentit rougir, mais elle l'aida à passer son T-shirt sur son torse et ses bras.

Pour la première fois, elle put bien voir son bras gauche. Qui semblait en réalité beaucoup moins... blessé qu'elle ne l'avait imaginé. Elle n'en avait eu qu'un bref aperçu au bar, et n'était pas sûre de savoir exactement à quoi s'attendre, mais en effet, on aurait pu croire que le membre était soudain interrompu à mi-chemin entre le coude et l'endroit où devrait se trouver la main. La peau du moignon était cicatrisée et, à l'exception de quelques marques encore boursouflées et rougies, elle était lisse. Elle ignorait ce qui avait bien pu lui arriver, mais sans doute était-il chanceux de ne pas avoir perdu le bras au-dessus du coude. La liste des tâches qu'il pouvait encore effectuer aurait été davantage restreinte s'il n'avait pas de coude, selon ce qu'elle était en mesure d'imaginer, même si elle ne savait pas grand-chose.

Des pensées sur la manière dont une prothèse s'adaptait à son bras et dont elle fonctionnait lui emplirent l'esprit. Inclinant la tête, elle se demanda quel effet cela faisait de le toucher, ce moignon, et quelles sensations il y gardait, s'il souffrait de douleurs fantômes... et un million d'autres choses.

Sans réfléchir, elle tendit la main vers son bras. Il l'écarta brusquement.

— Non.

— Je veux le toucher, insista-t-elle.

Son désir de savoir passait au-dessus des règles sociales tacites, selon lesquelles on n'était pas censé toucher le ventre d'une femme enceinte ou les cicatrices des gens.

— Pourquoi ?

— C'est incroyable. Je suis fascinée.

— C'est hidé... hideu... c'est moche, parvint-il à bredouiller.

— Pas du tout ! s'exclama-t-elle. Ne dites pas ça, Dane. C'est un miracle. Je ne peux m'imaginer ce qui vous est arrivé, mais je suis impressionnée par les docteurs qui ont œuvré sur vous. Ils ont fait du super boulot.

Comme si ses mots étaient hypnotiques, Dane ne recula pas lorsqu'elle tendit la main pour la seconde fois.

Assise sur le matelas à côté de sa hanche, elle fit courir les doigts sur le moignon et murmura :

— C'est doux. Ça fait mal ?

— Pas vraiment. Plus maintenant, répondit-il à voix basse.

Elle lui examina le bras, perdue dans les données scientifiques et les images qui se formaient dans son esprit. À un moment donné, elle se pencha même pour passer la joue sur sa peau, sidérée par sa douceur. Elle n'aurait su dire combien de temps elle glissa les mains sur son moignon, à l'examiner, quand Dane finit par bafouiller :

— Maintenant, à toi, Smalls. Je t'ai montré, tu me montres.

Elle plongea les yeux dans ses prunelles grises, qui la transpercèrent jusqu'à l'âme. Elle ne fut pas en mesure de déchiffrer ce regard, mais un pacte, c'était un pacte. Et il en avait plus que respecté sa partie.

Alors elle attrapa l'ourlet de son T-shirt et le remonta jusque sous son menton, sans hésiter, dévoilant à Dane le soutien-gorge en coton blanc tout simple qu'elle avait enfilé quelques heures plus tôt.

Il ne pipa mot, au lieu de quoi il monta la main droite vers sa poitrine et passa l'index sur le bord du bonnet, sans toucher sa peau mais lui donnant néanmoins des frissons sur les bras.

À force de sentir son doigt se promener sur le contour de son soutien-gorge, ce qui la rendait de plus en plus nerveuse, Bryn n'y tint plus.

— Ils ne sont pas gros. C'est juste un bonnet B. Quarante-quatre pour cent des Américaines font cette taille et moins d'un pour cent fait plus qu'un bonnet D. Les hommes ont l'air de penser que toutes les femmes devraient avoir des seins énormes, mais vraiment, on n'a pas voix au chapitre en la matière, tout ça, c'est génétique. Sauf en pratiquant une augmentation mammaire, bien sûr.

Sans quitter sa poitrine des yeux, Dane répliqua :

— Ils sont parfaits pour ta taille, Smalls. Plus gros, ce

serait disproportionné. Tu en as assez pour qu'un homme les empaume et les malaxe, c'est ça, l'important. Je parie qu'ils sont sensibles.

Du doigt, il alla du bord du tissu jusqu'au creux entre ses seins pour écarter le soutien-gorge d'un millimètre à peine, si bien qu'il glissa sur sa peau et non plus sur le coton.

Bryn frissonna à son contact avec sa peau sensible et nue. Pourtant, des hommes lui avaient touché et sucé les seins, auparavant, mais il suffit d'un bref contact du doigt de Dane juste à côté de son soutien-gorge pour faire pointer ses tétons sous le tissu.

— Euh… merci. Je ne voulais pas sous-entendre que j'aurais voulu les avoir plus gros, seulement que les hommes semblent attirés uniquement par les femmes mieux dotées que moi.

Voyant Dane se pourlécher les lèvres et se pencher plus près – constatant manifestement l'effet que son contact avait sur elle, il voulait faire plus que regarder –, Bryn se leva d'un mouvement brusque et s'écarta du lit, laissant retomber son vêtement pour la couvrir.

Si fascinant que soit Dane, si fort qu'elle désire sentir ses mains sur sa peau, soudain, elle ne pouvait pas le faire tant qu'il était saoul et ne savait même pas qui elle était. Ça n'était ni bien ni juste. Il se détesterait s'il se rappelait que c'était elle qu'il avait caressée.

Il releva les yeux vers elle et tendit la main.

— Tu viens me rejoindre ?

— Vous êtes saoul. Trop saoul pour le sexe.

Il pouffa.

— Hélas. Je sais. Juste pour parler.

Elle lui jeta un regard en coin, puis hocha la tête. Elle

n'était pas plus capable d'échapper à cet homme et aux sentiments qu'il éveillait en elle qu'elle ne pouvait ignorer un sans-abri mendiant dans la rue. Elle contourna le lit et se hissa sur les couvertures à côté de lui.

— De quoi vous voulez discuter ?

— Comment tu t'appelles ?

— Bryn Hartwell.

— Joli.

Elle haussa les épaules.

— C'est juste un nom.

— J'ai trente ans. Et toi ?

— Vingt-sept.

Dane leva la main vers le visage de Bryn et lui écarta les cheveux de la joue, les lui passa derrière l'oreille.

— Tu viens d'où ?

Comme d'habitude, Bryn comprit sa question au sens littéral.

— Mes parents se sont rencontrés à la vingtaine et sont tombés amoureux. Je suis née pas bien longtemps après leur mariage.

Il esquissa un sourire, mais ne commenta pas.

— C'est dans l'armée que vous avez été blessé ? lui demanda-t-elle ensuite, brisant le silence gêné.

Dane agita la tête, sans commenter davantage. Ils se turent tous les deux un long moment. Enfin, il murmura :

— La chambre tournoie. Je vais m'endormir. Mais merci de m'avoir ramené à la maison. Et de m'avoir montré tes nichons. Tu es très belle. Bien trop jolie pour un type comme moi.

— De rien, chuchota-t-elle.

Elle voulut contester la dernière partie de sa phase,

mais prit une brusque inspiration quand la main de Dane s'avança à nouveau vers elle.

Il lui saisit une mèche de cheveux et la porta à son visage, inhalant profondément.

— Ça sent tellement bon.

Ce furent ses dernières paroles avant que l'alcool ne prenne le dessus. Bryn regarda ses yeux se fermer, sa main se ramollir, laissant échapper ses cheveux.

Elle resta allongée là quelques minutes encore, à contempler son torse monter et descendre, avant de prendre elle-même une inspiration et de sortir du lit. La dernière chose dont elle avait envie, c'était de jouer la voyeuse et la harceleuse bizarre qu'il l'avait accusée d'être. Pourtant elle sut, à l'instant où elle quitterait sa maison, que le monde extérieur viendrait s'imposer, tel un intrus, parmi les sensations qu'elle éprouvait là.

Dane ne se souviendrait très probablement de rien de ce qui s'était produit ce soir et, si elle le revoyait, il recommencerait à penser qu'elle était une zarbi avec qui il ne voulait rien avoir à faire. Elle retiendrait cette expérience, néanmoins, de ses doigts sur sa peau et de ses si belles paroles, elle les garderait tout près de son cœur longtemps, très longtemps.

Avant de quitter la maison, elle s'efforça de tout faire pour rendre le réveil de Dane plus facile, sachant de manière scientifique l'effet qu'avait l'alcool sur le corps humain, puis elle quitta les lieux par le garage. Ensuite de quoi, elle sortit via une porte latérale et prit soin de bien la refermer derrière elle.

Elle marcha jusqu'au bout de l'allée et se retourna une dernière fois. Elle avait laissé de la lumière dans le couloir, mais ne distinguait même pas la forme de la maison, hormis la petite lueur qui brillait par la fenêtre à l'avant. Elle devinait des arbres derrière le toit et elle sentait l'air frais et propre. La maison de Dane était son exutoire, loin du monde. Elle l'adorait. L'endroit était paisible et lui donnait à elle aussi l'impression que la réalité se trouvait bien loin. Elle porta une main à sa poitrine, au niveau du cœur, qu'elle massa en fermant les yeux et en pinçant les lèvres.

Elle ignorait comment c'était arrivé, en tout cas elle avait un énorme coup de cœur pour cet homme, malgré le fait qu'ils ne se soient parlé que deux fois… et qu'il la prenait pour une bête curieuse. Quand il baissait sa garde, elle percevait le gentleman, l'homme sensible et aimant qui se cachait sous l'extérieur bourru et abîmé. En plus, il s'était montré gentil avec elle. L'avait traitée comme une femme désirable plutôt que comme une étrangère, voire pire encore, un monstre.

Redressant les épaules, Bryn se détourna de la maison et, les mains enfoncées dans les poches, elle prit la direction du bar et de son véhicule. Malgré le noir d'encre, ça ne poserait pas de problème. Il n'y avait que quatre ou cinq kilomètres.

Indifférente aux dangers sur lesquels une femme seule risquait de tomber au milieu de la nuit, Bryn se mit en route en tâchant de ne pas penser à ce qui se produirait quand elle reverrait Dane.

4

Dane poussa un grognement quand, se tournant dans son lit, il reçut la lumière matinale dans les yeux, comme si un rayon laser visait droit dans ses pupilles.

— Fait chier, jura-t-il en revenant aussitôt sur le dos tout en jetant un bras sur son visage.

Nauséeux, il prit quelques profondes inspirations dans un effort pour contrôler son envie de vomir. Quand il pensa se maîtriser assez pour ne pas souiller ses draps, il tourna lentement la tête pour voir l'heure... et cilla.

Posés à côté du réveil sur la petite table de chevet, l'attendaient un verre d'eau, deux gros cachets et deux petits. Et aussi un mot. Dane l'attrapa sans hâte, prenant soin de ne pas secouer sa tête.

« Je parie que vous vous sentez hyper mal. Mettez les cachets d'Alka-Seltzer dans le verre d'eau et, quand ils sont dissous, buvez le tout. Ça contient du bicarbonate de sodium, qui aidera à calmer votre estomac et faire passer votre envie de vomir. Et l'aspirine soulagera votre mal de tête. »

Et basta. Le message n'était pas signé et ne comportait aucune information sur ce qu'il avait bien pu fabriquer la nuit passée. Dane ferma les yeux et tenta de se remémorer quelque chose, à partir de son arrivée dans le bar pourri où il s'était arrêté sur une impulsion. Il rentrait à la maison de Post Falls, où il était allé au supermarché faire des courses.

Un désastre, cette virée. Il était trop tôt, il y avait trop de gens, même dans cette petite ville au nord-ouest de Cœur d'Alene, et ça l'avait trop énervé pour qu'il finisse ses courses. Après avoir parcouru trois allées, il avait juste reposé son panier et quitté les lieux. L'orage qui s'était déclenché tandis qu'il était sur la route n'avait rien fait pour apaiser cette sensation qu'il ne serait plus jamais normal. Les orages ne le mettaient pourtant pas à cran, en général, mais là, chaque coup de tonnerre l'avait fait sursauter et les éclairs lui rappelaient les éclats lumineux de la bombe qui avait tué ses amis et bousillé sa vie. Dépité et en pleine crise de mal-être, il s'était arrêté au bar à la périphérie de Rathdrum et attelé à la tâche : il s'était saoulé comme un cochon.

Hormis un barman qui avait besoin de revoir son attitude et une serveuse qui semblait partante pour le suivre chez lui, jusqu'à ce qu'elle voie son moignon, le reste de la soirée avait sombré dans le noir complet.

Écœuré, et pas seulement à cause des restes d'alcool dans son organisme, il se força à se redresser dans le lit. Il saisit les cachets et les lâcha dans le verre d'eau, observant sans le voir le processus de dissolution, les bulles et les sifflements. Quand ils parurent avoir lâché toutes leurs molécules anti gueule de bois dans l'eau, il avala le tout en trois grosses gorgées.

Il ne se rappelait pas comment il était rentré chez lui. En se réveillant, il s'était dit que le barman avait dû appeler un taxi ou quelque chose du genre. Mais après avoir découvert le mot et les médicaments sur la tablette, la théorie du taxi tombait à l'eau. Il poussa un soupir et tâcha de réfléchir au moyen de récupérer son pick-up. Qui l'attendait sans doute sur le parking du bar. Du moins l'espérait-il.

Songeant que c'était plutôt bon signe qu'il n'entende personne dans sa petite maison, il posa doucement les jambes sur le côté du matelas et se leva avec précaution.

Il vacilla, mais resta debout. S'il voulait retrouver à peu près forme humaine d'ici trois ou quatre heures, il lui fallait du café. Il sortit de la chambre en trébuchant, parvint dans le couloir puis dans la pièce de vie. Concentré sur la cuisine, il s'agrippa au plan de travail en granite dès qu'il l'atteignit. Merci au ciel d'avoir inventé les cuisines ouvertes. Il tendit la main vers la cafetière... et interrompit son geste, pétrifié.

Encore un message.

« J'ai pensé que vous auriez besoin de café d'emblée. Appuyez juste sur le bouton. Il est prêt à passer. »

Ayant pressé le bouton « on », Dane ramassa le deuxième mot pour l'examiner de plus près. L'écriture était légèrement inclinée sur la droite, sans fioritures. On aurait dit une écriture d'homme, pourtant il sentait que non. Qu'est-ce qui lui faisait dire ça ? Impossible à savoir, mais un souvenir en marge de son cerveau lui soufflait que la personne qui l'avait raccompagné chez lui et lui avait laissé des messages était une femme.

Il baissa les yeux. Il portait un boxer et puis rien d'autre. Embarrassé pour la première fois, il gratta machinalement son moignon. Jamais il n'allait au lit sans T-shirt, plus maintenant. Non, jamais. Et pourtant, voilà qu'il se retrouvait quasiment nu.

Sans attendre que le café finisse de passer, il retourna dans sa chambre et la balaya des yeux. Les vêtements qu'il portait la ville n'étaient nulle part. Mince. Avec la sensation qu'il allait les y trouver, il se dirigea vers son panier à linge sale. Vide. Enfin, non, il y avait un autre putain de message.

« Votre panier était plein et vos habits empestaient la fumée de cigarette, alors j'ai lancé une machine. N'oubliez pas de transvaser les vêtements dans le sèche-linge, autrement ils vont moisir et sentir mauvais. »

La mystérieuse personne avait fait sa lessive. Forcément une femme. Avait-elle vu son bras ? Ses cicatrices ?

Bon Dieu, il était pathétique. D'abord il se saoulait au point de tourner de l'œil pour la première fois depuis qu'il était rentré de la mission qui avait changé sa vie à jamais, et maintenant il chouinait qu'une nana ait pu voir ses cicatrices.

Merde. Est-ce qu'il l'avait baisée ? Re-merde. Est-ce qu'il l'avait blessée ? Virée à coup de pied dans les fesses ? Avait-il oublié le préservatif ? Il s'était toujours montré prudent. Toujours. En fait, il n'avait plus eu personne depuis sa blessure, il n'avait pas la moindre envie de se mettre nu devant qui que ce soit. Était-il assez saoul pour perdre ses inhibitions et s'envoyer en l'air ? Il espérait que non. Il n'avait jamais été un homme à femmes, son estomac se tordit même à cette pensée.

Il se tourna vers le lit et posa les yeux dessus. Là : un creux en forme de cœur dans l'oreiller de l'autre côté du lit. Celui sur lequel il ne dormait jamais. Il avait encore plus la nausée que tout à l'heure. Mince, mince, mince.

Il ouvrit le tiroir de son côté du lit et regarda à l'intérieur. La boîte de préservatifs qu'il avait achetée sans réfléchir plus de deux mois en arrière, après que Truck l'avait incité à « remonter en selle », était pile à l'endroit où il l'avait laissée. Encore fermée. Ce constat le soulagea quelque peu, même s'il restait possible qu'il ait été assez ivre pour ne même pas penser à se couvrir. Merde.

Comme dans une transe, il passa du côté du lit où, visiblement, quelqu'un s'était allongé cette nuit, et il souleva l'oreiller pour le porter à son visage. Il inhala.

L'odeur de noix de coco lui emplit les narines et Dane sentit son sexe tressauter dans son boxer. Il releva la tête et baissa les yeux vers son entrejambe, incrédule. Avec une gueule de bois de l'enfer, la tête comme si quelqu'un cognait à l'intérieur, l'estomac qui se rebellait à chaque respiration, c'était presque incroyable qu'un parfum de femme sur son oreiller puisse lui donner une érection. Il le rapprocha de son visage et inspira l'odeur qui lui rappelait la plage… la lotion solaire et les femmes.

Smalls.

Le nom apparut d'un coup dans son cerveau, à croire que le parfum de noix de coco l'avait appelé. Il ne connaissait rien d'autre d'elle que son odeur et le surnom dont il l'avait affublée, pourtant il savait sans l'ombre d'un doute que la femme qui avait fait sa lessive, celle qui avait préparé son café et celle qui avait déposé pour lui des comprimés d'Alka-Seltzer afin de soigner sa gueule de bois – et lui avait donné une érection pour la première fois depuis une éternité – étaient une seule et même personne.

Il eut soudain la vision d'une femme aux cheveux bruns allongée à côté de lui sur le lit. Habillée, et dont il respirait les cheveux. Il se détendit un peu. Il n'en était pas encore certain, mais il avait la sensation qu'ils n'avaient pas eu de relation sexuelle. Un soupir de soulagement et un peu de déception lui échappa. Ce qui était tordu : jamais de la vie il ne voudrait coucher avec une femme et ne pas s'en souvenir. Bizarrement, il pressentait, jusque dans sa moelle, que faire l'amour à la femme mystère serait plus qu'incroyable.

Relâchant son oreiller sur le lit, Dane retourna lentement dans le couloir et ouvrit la porte menant au garage. Après tout le reste, il ne fut même pas étonné de découvrir que Miss May était là. Il fit le tour du pick-up, en quête d'éventuels dégâts. Rien. En revanche, il y avait un autre mot collé à la vitre côté conducteur.

« Miss May est saine et sauve. Pas de dégât. »

Il sourit. Elle était drôle. Sans qu'il sache si elle avait cherché à l'être en écrivant le message, il en déduisit qu'ils avaient manifestement discuté à un moment ou à un autre sur le surnom de son pick-up. Il n'était jamais sorti ni n'avait rencontré de femme qui utiliserait volontairement un surnom ridicule inventé par un homme pour sa voiture.

Il ouvrit la portière côté conducteur et contempla le siège. Qui était avancé au maximum : jamais il ne pourrait caser sa carcasse derrière le volant dans cette position. Il remua la tête, satisfait. Donc il n'avait pas conduit pour rentrer. Dieu merci.

Smalls.

Le sobriquet qui se répétait dans sa tête prenait désormais tout son sens. S'il pouvait en juger par la position de son siège, elle ne mesurait probablement guère plus d'un mètre cinquante... et encore.

Une vision d'une femme menue dansait vaguement aux confins de sa conscience. Décidant de ne pas insister – avec un peu de chance, il se rappellerait quand il s'y attendrait le moins –, Dane retourna à l'intérieur. Il se servit une tasse de café en souriant qu'elle l'ait préparé aussi fort et se rendit dans sa minuscule buanderie. Il transféra le linge de la machine à laver au sèche-linge, comme préconisé, et le mit en marche.

Vers 14 heures, enfin, il recommença à se sentir humain. La femme avait raison : l'Alka-Seltzer avait beaucoup œuvré à son rétablissement. Ça et le café, et aussi les pâtes qu'il s'était cuisinées par la suite pour le déjeuner. Comment diable avait-il pu passer trente ans sans connaître le remède miracle à la gueule de bois ? Ça le dépassait.

Les spaghettis l'amenèrent à repenser à la femme du supermarché et à leur rencontre. Comment, alors qu'il s'était énervé qu'elle le suive, avait-il pu la trouver quand même mignonne lorsqu'elle lui avait débité toutes ces informations sur les glucides et ses habitudes nutritionnelles ? Puis il se souvint des mots qu'il lui avait balancés à son tour. Certes, il était en état de vulnérabilité et vaguement paranoïaque quand il l'avait rencontrée, mais ça n'excusait pas les paroles avec lesquelles il l'avait blessée. Archi nulles.

En se remémorant la conversation qu'ils avaient eue dans l'allée des pancakes, où elle lui avait appris son prénom afin de le mettre plus à l'aise, des souvenirs lui revinrent de la veille et de la femme mystère – qui elle aussi lui avait donné son prénom. Bryn.

Bryn n'était pas un prénom répandu. Il n'y avait presque aucune chance pour qu'il y ait deux femmes portant le même prénom dans la petite ville de Rathdrum, et qu'en plus il les ait rencontrées toutes les deux au cours de la semaine écoulée.

Se rappeler son nom suffit à tout déclencher. La nuit passée se remit en place, aussi clairement que si les événements n'avaient pas été masqués par une brume alcoolisée pendant plusieurs heures.

Bryn Hartwell. La femme qui s'était pointée au bar, qui l'avait conduit chez lui, qui avait contemplé son moignon avec tellement de tendresse, de la fascination et pas du dégoût, et qui avait soulevé son T-shirt pour lui montrer ses seins – ça n'était que justice, après tout – était précisément la femme qu'il avait traitée de monstre et accusée de le harceler.

Il ne savait plus que penser. Il avait bien du mal à comprendre exactement pourquoi elle s'était comportée ainsi, cette nuit, pourquoi, en particulier, elle lui avait offert une séance de strip-tease gratuite. Alors qu'il s'était comporté comme un salaud.

Avant qu'il puisse se lancer dans l'examen des actes de cette femme pour en tirer un sens logique, son téléphone sonna. Sautant sur cette distraction inespérée, il vit le nom de Truck apparaître à l'écran et décrocha aussitôt.

— Salut, Truck.

— Dane. Comment va ? Et ta harceleuse ?

— Toi, je te jure, t'es flippant, parfois.

— Comment ça ?

— J'étais justement en train de penser à elle. Voilà que tu m'appelles et c'est le premier sujet que tu évoques. C'est pour le moins troublant.

— Ouais, c'est tout moi. Le zarbi. Mais toi, qu'est-ce qui t'a amené à penser à elle ? La dernière fois qu'on s'est parlé, tu m'as dit qu'elle avait lâché son poste au supermarché pour que tu puisses y aller faire tes courses sans te sentir mal à l'aise. Elle est revenue là-dessus ? Elle travaille toujours là-bas ?

— Non. Mais je l'ai vue hier soir.

— Où ça ?

Dane poussa un soupir.

— J'étais au bar du coin, saoul comme un cochon... Elle est venue et m'a ramené à la maison. (Seul le silence lui répondit.) Allô ? Truck ? Tu es toujours là ?

— Et tu vas bien ?

C'était tout Truck : omettre le fait que sa petite harceleuse l'avait apparemment retrouvé et reconduit chez lui. Pas de question sur ce qu'ils y avaient fait, s'il l'avait baisée ou pas. Non, la seule inquiétude de Truck, c'était qu'il se soit saoulé. Il était peut-être un peu rude aux entournures, n'empêche qu'aux moments critiques, il lui avait toujours prouvé quel bon ami il était.

— Oui, ça va. Et non, je ne suis pas alcoolique. C'était juste une mauvaise décision prise sur un estomac vide. Et une fois que j'ai commencé, j'ai trouvé que l'idée n'était pas si mauvaise. Crois-moi, ce matin, j'ai réalisé qu'en réalité, c'était un plan sacrément foireux. Mais ça va, pas besoin d'intervention.

— Bon. Maintenant, parle-moi de la nana.

Dane ricana. Là voilà, la réaction à laquelle il s'était attendu. Puis il reprit son sérieux. Il avait bien besoin d'une table d'harmonie, or Truck était ce qui se faisait de mieux en matière d'impartialité.

— Ben voilà le topo : j'étais furax en découvrant ce qu'elle avait fait au magasin. Je me sentais acculé, comme si c'était écrit sur ma tronche que je n'étais qu'un pauvre soldat affublé d'un SPT et incapable de traverser un fichu magasin sans piquer une crise. Tu sais ce que je lui avais dit.

— Ouais, tu l'as traitée de zarbi.

Dane grimaça. Ça sonnait encore pire maintenant qu'il se remémorait la veille et à quel point il avait apprécié la compagnie de Bryn.

— C'est ça. Et je culpabilisais, mais je me disais que ce qui était fait était fait. Et puis la voilà qui se pointe hier soir. Elle ne semblait pas gênée par mon absence de prothèse. Je déteste porter ce truc. C'est bizarre et ça ne ressemble à rien. Bref, elle s'en fichait aussi que ma signature ressemble à celle d'un élève de l'école primaire parce que je n'ai pas encore appris à écrire de la main droite. Elle sait conduire une voiture non automatique. Et la façon dont elle...

Il laissa sa phrase en suspens, hésitant à entrer dans les détails sur la manière dont elle avait contemplé son bras sous toutes ses coutures et sur l'effet que ça lui avait fait, à lui.

— Tu as couché avec elle ?

— Non.

— Mais tu en as envie, supputa Truck à raison.

— Non, nia-t-il pourtant aussitôt, avant d'avouer dans un ricanement : Peut-être.

— Écoute, j'ignore ce qui s'est passé, mais il est évident, du moins à mes yeux, qu'elle t'apprécie. Les femmes manifestent leur affection de différentes manières. Certaines vont t'ignorer complètement, voire se comporter comme si tu n'étais pas dans la même pièce qu'elles. D'autres vont te chercher des noises parce qu'elles n'arrivent pas à comprendre ou à accepter ce qu'elles éprouvent à l'intérieur. Ou alors elles vont venir direct vers toi et te dire qu'elles sont intéressées. Il faut juste apprendre à lire les signaux qu'elle t'envoie.

— Elle sort tout un tas d'infos au hasard quand elle est nerveuse et prend les choses très littéralement.

— Quoi d'autre ?

Dane tâcha de repenser à la nuit passée.

— Elle est désintéressée et généreuse.

Il se rappela le pourboire de vingt pour cent qu'elle avait soigneusement noté sur la facturette de sa carte de crédit. Il avait retrouvé le reçu dans son portefeuille, qu'elle avait déposé sur la commode dans sa chambre.

— Tu penses qu'elle se joue de toi ? Qu'elle attend quelque chose de ta part ?

— Aucune idée. En tout cas, moi, je n'ai rien à lui offrir.

— Alors là, n'importe quoi. Et je t'avertis, ne me parle pas de ta main manquante. Sinon je serai obligé de venir jusqu'à chez toi et de te faire entrer un peu de bon sens à coups de baffes dans la tête. Je n'ai pas passé presque une heure de ma vie à compresser ta putain d'artère entre mes doigts pour que tu deviennes un vieux reclus grincheux qui pense que personne ne l'aimera jamais à cause de quelques petites cicatrices.

Dane éclata de rire.

— Petites ?

— D'accord, une grosse cicatrice.

Dane ignorait comment Truck avait reçu la cicatrice qui lui barrait le visage ni ce qu'il en éprouvait. Elle tirait la peau de sa joue gauche vers le bas dans une expression sévère et, en plus de sa taille, faisait de lui un gars sacrément flippant. Mais une main en moins, ça n'avait rien à voir avec une cicatrice. Il ne pouvait pas se comparer avec Truck. Non, ça, pas question. Pourtant, sans doute que ce dernier comprenait ce qui lui trottait dans la tête.

— Non, Truck, reprit-il plus bas. Ce n'est pas exactement ce que je ressens. Smalls est tellement... directe. On croirait qu'elle n'a pas de filtre, qu'elle dit exactement tout ce qu'elle pense. Elle a observé mon moignon, sans aucune gêne. Au contraire, elle paraissait excitée, au sens clinique, d'être en mesure de l'examiner de près. Pour la première fois depuis que c'est arrivé, je ne me suis pas senti diminué en tant qu'homme devant une femme.

— Smalls ?

— Oui. Dans mon brouillard alcoolisé, hier soir, je l'ai baptisée comme ça. Elle ne mesure guère plus d'un mètre cinquante et pèse sans doute à peu près autant que le barda qu'on se trimballait dans le désert.

— Suis mon conseil, déclara Truck sur un ton sérieux. Apprends à la connaître. Sans être imbibé d'alcool. Une femme qui dit ce qu'elle pense, c'est un cadeau. Tu n'auras pas à te demander ce qu'elle ressent ou à t'efforcer de décrypter un « ça va » ou un « bien » quand tu lui demanderas comment elle va. Parce que laisse-moi te dire que cent fois sur cent, quand une femme annonce que « ça va », ben ça va pas. Mais essayer de deviner si c'est à cause d'une migraine ou si elle vient d'être opérée à cœur ouvert et qu'elle a l'impression qu'on lui arrache les tripes avec une pince, c'est l'un des trucs les plus compliqués quand on tient à une femme. D'après ce que tu me racontes, Smalls s'est mise en quatre pour tâcher de s'occuper de toi. Le moins que tu puisses faire, c'est la remercier de t'avoir ramené chez toi en un seul morceau hier soir.

— Tu as raison.

— Évidemment.

— Enfoiré, répliqua Dane, plus à l'aise à présent qu'ils revenaient en terrain familier et ne parlaient plus d'amour et de sentiments.

— Sérieux, Dane. Retrouve-la. Vois ce qu'elle t'inspire à la lumière du jour. C'est peut-être bien une bête curieuse. Peut-être qu'elle n'en a rien à foutre de toi, mais qu'elle s'efforce juste de faire une bonne action, ou alors elle est acrotomophile.

— Ça vaut la peine que je te demande ce que c'est ? s'enquit Dane, méfiant.

— C'est quelqu'un qui est sexuellement attiré par les amputés. Une forme de fétichisme.

Dane n'avait pas de réponse à fournir à cette supposition. Il ne pensait pas sérieusement que Bryn soit attachée à lui à cause de la partie manquante de son bras, mais en toute honnêteté, il n'en savait rien. Le fait qu'il existe bel et bien des gens en ce monde pour être effectivement excités par les amputés l'effrayait un peu et lui donnait un sujet d'inquiétude supplémentaire quant à la possibilité de se trouver une compagne.

— Là où je veux en venir, c'est que tu devrais

apprendre à la connaître. Tu ne tarderas pas à y voir plus clair. Tu es un gars intelligent.

— Merci.

— De rien, répondit aussitôt Truck. Bon, faut que je te laisse. Je vais chercher Mary à son rendez-vous médical dans pas longtemps.

— Qu'est-ce qui se passe entre vous deux ? s'enquit Dane.

Pour seule réponse, il obtint :

— C'est compliqué.

— Ça m'en a tout l'air.

— En tout cas, une chose est certaine : elle le vaut bien. Elle vaut chaque seconde de sommeil que j'ai perdue, chaque moment d'inquiétude et chaque migraine qu'elle m'a donnée.

— Il y a quelque chose entre vous deux ? insista Dane. Je veux dire, aux dernières nouvelles, tu n'étais pas vraiment la personne qu'elle préférait au monde.

— Mary est compliquée, répéta Truck. Elle a eu une vie difficile. Extrêmement difficile. Qui lui a appris qu'elle ne peut accorder sa confiance pleine et entière à personne.

— Je croyais qu'elle faisait confiance à Rayne.

— C'est le cas. Jusqu'à un certain point. Pourtant, je pense qu'une partie d'elle, quelque part, s'attend à ce que Rayne aussi la trahisse. Alors elle fait ce qu'elle a fait toute sa vie : elle coupe les gens des trucs importants qui se passent dans sa vie, pour s'éviter toute déception.

— Rayne ne va pas apprécier.

— Je sais. Mais pour le moment, ce n'est pas elle mon souci. C'est Mary. Je travaille à lui démontrer que je suis digne de confiance. Que si je dis quelque chose, je m'y tiens et je le pense vraiment.

— Eh bien, bonne chance, mec.

— Merci. Mais je n'en ai pas besoin. Cette femme est butée, toutefois ce n'est rien à côté de moi, je te le jure. Elle est importante à mes yeux et je n'ai pas l'intention de la laisser me mettre sur la touche. Je peux l'aider, que ce soit sur ses problèmes actuels ou passés. Mais assez parlé de moi. Tiens-moi au courant pour Smalls. Et tu sais que si tu as besoin de nous, on est là.

— Je garde ça en tête, et j'apprécie votre soutien à tous. Passe mon bonjour aux autres.

Dane n'avait pas beaucoup parlé avec le reste de l'équipe ces derniers temps, ce qui ne l'empêchait pas d'apprécier leur présence. Après l'affaire avec Kassie, il n'avait cessé de se rapprocher d'eux. C'était bon. Très bon.

— Je n'y manquerai pas. Au fait, je dis ça, je dis rien, mais... avec les gars, on envisage de faire un petit tour dans le nord-ouest de l'Idaho dans un futur proche.

— Sans déconner ?

— Sans déconner.

— Il était temps. J'adorerais vous voir... sans tous les, enfin tu sais, les kidnappings de petites amies et les salopards d'ex petits amis ou leurs potes flippants à gérer, quoi.

Truck pouffa.

— Je vais organiser ça. Et... Dane ?

— Ouais ?

— Prépare-toi à un sacré voyage, avec cette nana. Si tu lui as déjà donné un petit nom, c'est que tu l'as dans la peau.

— À plus, Truck.

Dane ne prit même pas la peine de contredire son interlocuteur. Truck penserait ce qu'il voulait, quoi que Dane essaie de lui dire, qu'il nie ou pas.

— À plus.

Il raccrocha et pianota sur le plan de travail de la cuisine. La perspective que Truck et les autres viennent lui rendre visite l'enthousiasmait, même si, en ce moment, il avait des choses plus importantes en tête. Comme le souvenir d'avoir suivi du doigt le contour du soutien-gorge de Bryn, de la manière dont ses petits tétons avaient durci sans même qu'il les touche... et l'air surpris et sidéré sur son visage quand elle s'était rendu compte de la façon dont son corps réagissait à lui.

Cette réaction l'avait perturbée, et c'était cette innocence, cette brève touche d'insécurité qui facilita la décision de Dane cet après-midi-là. Il voulait apprendre à la connaître. Tout savoir d'elle. Pourquoi elle se comportait comme une encyclopédie sur pattes. Comment exactement elle avait deviné de quoi il avait besoin au supermarché pour se sentir plus à l'aise. Et pourquoi elle avait démissionné.

Il n'avait pas la moindre idée de l'endroit où elle vivait ou de ce qu'elle faisait dans la vie, mais si elle avait réussi à le pister jusqu'au Smokey Bar, la veille au soir, il devrait bien la trouver aussi. Il n'avait pas passé une bonne partie de sa vie comme soldat de la Delta Force pour échouer maintenant. Rathdrum n'était pas très grande... si Bryn travaillait dans la petite ville, il la trouverait.

Repoussant le tabouret de bar, il se dirigea vers sa chambre. Il devait changer de vêtements, enfiler sa prothèse et partir en ville. Il avait des questions à poser à

Bryn Hartwell, et pour la première fois depuis une éternité, il ressentait une forme d'excitation. Il allait découvrir ce qu'elle lui voulait, une bonne fois pour toutes. Et peut-être, oui, peut-être, obtiendrait-il une seconde chance de voir et de toucher son délectable corps.

On pouvait toujours espérer.

5

———

Bryn poussait le chariot dans les rayons de la bibliothèque municipale de Rathdrum en tâchant de ne pas
repenser à la soirée de la veille. Une soirée et une nuit
excitantes, bouleversantes et que jamais elle n'oublierait,
même si Dane ne se souvenait de rien. C'était tellement
bon de prendre soin de lui et de gagner sa confiance.
Après sa longue marche pour retourner au bar, elle était
rentrée chez elle vers 5 h 30 du matin, avait dormi trois
heures et puis s'était levée pour prendre son poste.

Elle n'avait jamais été du genre à dormir beaucoup.
Même à un plus jeune âge, elle montait dans sa chambre
à l'heure stipulée, mais elle restait éveillée jusque tard, à
lire, résoudre des problèmes de maths ou surfer sur
Internet pour tenter d'assouvir sa soif inextinguible de
savoir. Bref, elle n'avait guère besoin que de quatre
heures de sommeil environ, mais pouvait tenir avec deux
ou trois si nécessaire.

Ses parents furent ravis de l'envoyer en pension
quand elle eut neuf ans. Bryn savait qu'ils l'aimaient à

leur façon, et leur façon, c'était de lui envoyer de l'argent pour ses anniversaires et pour les vacances. Sauf qu'elle, la seule chose qu'elle espérait de ses parents, c'était leur affection... mais ça, ils n'avaient jamais su le lui donner.

Encore aujourd'hui, leur relation restait distante. Ils l'appelaient pour son anniversaire et envoyaient une carte à Noël, mais ils ne s'étaient pas vus depuis des années. À ce stade de sa vie, elle avait abandonné l'idée d'obtenir d'eux plus qu'une sorte d'attachement distant.

Elle secoua la tête pour essayer de disperser les pensées déprimantes de sa famille, puis reporta son attention sur les livres qu'elle devait remettre en rayons. Travailler à la bibliothèque municipale n'était pas exactement le travail de ses rêves, mais ça payait les factures et l'aidait à se sentir comme tout le monde. Elle avait tenté un boulot dans un labo quand elle avait vingt et un ans, mais s'y était ennuyée. La plupart des gens ne comprendraient probablement jamais, si elle leur expliquait que rester assise derrière un microscope à faire des calculs et des recherches, c'était ennuyeux. Et pourtant, si.

Bryn voulait être comme tout le monde. Discuter de physique quantique avancée et résoudre des problèmes mathématiques qui ne comptaient pas de nombres, ça l'excluait de la société.

Alors, travailler dans la petite ville de Rathdrum à remettre des livres en rayons après que les gens les avaient rendus, c'était parfait... pour le moment. En plus, elle avait accès à tous les livres qu'elle voulait et si, une fois de temps en temps, l'envie irrépressible la prenait de déterminer comment fonctionnait le câblage électrique de son appartement ou comment démonter et remonter le broyeur à ordures, elle pouvait satisfaire son trop-plein de neurones, et ce, sans que personne ne s'en rende compte.

Elle attrapa le livre suivant et lut le titre : *Des dangers des engrais*. Bryn plissa le nez. Elle savait qu'on pouvait fabriquer des bombes avec les engrais, autrement elle ne voyait pas en quoi cela pouvait être dangereux. Elle feuilleta l'ouvrage et découvrit effectivement un chapitre sur la réalisation d'une bombe à partir du genre d'engrais que l'on trouvait sur les étagères des quincailleries. Mais, peut-être plus alarmant encore, quelqu'un avait annoté à la main ce chapitre en particulier et surligné des passages !

Bryn se figea un instant et se mordit la lèvre. Que faire ? La dernière chose qu'elle souhaitait, c'était accuser quelqu'un à tort. Peut-être que la personne était juste comme elle, intéressée par la manière dont fonctionnaient les choses.

Hésitante quant à la conduite à adopter, elle reposa le livre et prit une autre pile. Elle allait s'occuper de ceux-là d'abord, puis elle reviendrait sur celui des engrais. Remarquant un couple enlacé sur la couverture du suivant, elle poussa un soupir soulagé : au moins, il ne s'agissait pas d'un manuel de confection de bombe ou autre chose de tout aussi inquiétant. Elle n'avait jamais saisi le concept des livres romantiques, ils n'avaient rien de réaliste, cependant elle comprenait ce que beaucoup de femmes y trouvaient. La bibliothèque ne cessait de recevoir des demandes concernant des auteurs spécifiques, et Bryn passait beaucoup de temps à réapprovisionner les étagères de la section romance.

Au bout d'une heure à remettre les romances en rayons, elle saisit un autre paquet de livres. Quincaillerie.

Elle poussa le chariot vers la section « Travaux manuels » et retourna le livre pour voir de quoi il s'agissait. *Concevoir et construire son propre bunker pour le Jugement dernier.*

Super, songea-t-elle immédiatement en lisant le titre. Trouver ce genre de manuel dans cette région de l'Idaho, ça n'était pas complètement surprenant, même si elle n'y avait jamais vraiment prêté attention pour sa part. Elle balaya la salle des yeux afin de s'assurer que la libraire en chef ne la voyait pas en train de perdre son temps, puis elle feuilleta l'ouvrage. Il contenait des schémas sur la profondeur requise en fonction du nombre de personnes avec qui l'on comptait partager le bunker, comment se ravitailler en eau potable et que faire des déchets humains une fois sous terre.

Elle allait refermer le livre et le ranger quand des notes écrites dans la marge attirèrent son attention.

Il y avait des flèches dessinées autour de quelques paragraphes et ce qui ressemblait à une liste de courses. Mais ce qui ressortait, c'étaient les mots « stockage d'engrais », avec une flèche dirigée vers un exemple de bunker sur la page. Sans compter que l'écriture était similaire à celle des notes dans le livre sur les engrais.

Cela faisait un peu trop de coïncidences et Bryn sut qu'elle ne pouvait pas passer outre.

Sa curiosité était piquée. Et quand elle était piquée, Bryn ne pouvait pas lâcher. Ça rendait sa mère dingue, lorsqu'elle était petite. Une fois qu'elle s'intéressait à quelque chose, elle devait le voir, ou en faire l'expérience par elle-même. À seulement cinq ans, après avoir compulsé le cahier d'une lycéenne et l'avoir entendue raconter à sa copine à quel point c'était « dégueu », Bryn avait harcelé, enquiquiné, supplié sa mère de lui laisser disséquer une grenouille, tant et si bien qu'elle avait accepté... ne serait-ce que pour donner une bonne leçon à sa fille.

Et une fois le professeur de biologie mis au courant des capacités intellectuelles et du désir d'apprendre de Bryn, il avait donné son accord aussi. Sauf que loin d'être traumatisée ou dissuadée, la jeune Bryn avait discuté et s'était attardée deux heures auprès de M. Adams, après la fin des cours. Elle s'en souvenait encore aujourd'hui. Et ça avait constitué pour sa mère une preuve que quand la curiosité de sa fille était piquée à vif, mieux valait l'assouvir plutôt qu'essayer de la dissuader.

Bref, ce livre sur les engrais et les notes ajoutées dans la marge de celui sur les bunkers donnaient envie à Bryn de savoir qui les avait empruntés, pourquoi, que projetait ce lecteur, qui d'autre était dans le coup et où ces gens comptaient bâtir le bunker destiné à stocker l'engrais. Et puis, bien sûr, elle voulait voir le bunker une fois érigé.

— Vous avez terminé, Bryn ?

Elle manqua de sursauter, mais parvint à reposer calmement le livre sur la construction du bunker, couverture vers le bas, sur son chariot. Et elle se tourna vers la bibliothécaire.

— Oui, m'dame. Il ne me reste plus que ces quelques livres à ranger.

— Bien. L'heure du conte vient de se terminer et la zone enfants est un vrai désastre. Pourriez-vous aller aider à remettre les livres à leur place ?

Bryn hocha la tête.

— Bien sûr.

— Merci. J'apprécie.

Bryn regarda la maîtresse femme s'éloigner et poussa

un soupir *in petto*. Elle n'aimait pas mal penser des gens, mais Rosie Peterman était vraiment la caricature de la bibliothécaire : sans doute dans le milieu de la quarantaine, elle faisait au moins dix ans de plus. Ses longs cheveux, grisonnant aux racines, étaient généralement attachés en chignon à la base de sa nuque. Elle était de taille moyenne et portait des vêtements plus adaptés à une femme de la soixantaine.

Mais le pire, c'était qu'elle vivait seule avec cinq ou six chats – Bryn ne se rappelait jamais leur nombre exact. Ce n'était pas le fait qu'elle vive seule qui ennuyait le plus Bryn, mais la pensée qu'elle-même allait finir comme cette libraire, un jour. Seule. À la marge de la société et incapable de s'y intégrer.

En se dirigeant vers la zone des enfants, elle se remit à penser à Dane. Il l'avait traitée de zarbi, pourtant ça n'avait pas eu l'air de l'embêter qu'elle soit bizarre, la nuit passée. Certes, il était saoul, mais il n'avait pas l'alcool mauvais et ça en disait long, aux yeux de Bryn. Elle avait vu trop d'hommes qui devenaient méchants et agressifs quand ils avaient consommé trop d'alcool. Pas Dane. Il était drôle, bébête et lui avait donné la sensation d'être une femme pour la première fois de sa vie. Il n'avait pas vu Bryn Hartwell, la paria surdouée. Il s'était comporté comme s'il appréciait sa compagnie, et quand elle fermait les yeux, dans sa tête elle revoyait son sourire, aussi clairement que si elle l'avait vu tous les jours de sa vie.

Ces pensées de Dane et de sa gêne quant à sa signature mal assurée l'amenèrent à songer à sa main manquante. Elle voulait en apprendre plus sur la science de l'amputation. Déterminée à remettre la zone des enfants rapidement en ordre afin d'aller chercher des livres sur les membres amputés avant la fin de son service, elle déplaça les deux ouvrages sur les engrais et les bunkers en bas de la pile encore en attente d'être remise en rayons. Elle s'en occuperait plus tard. Pour le moment, Dane et sa main amputée occupaient la première place dans son esprit.

Le reste de son service se passa sans accroc et Bryn parvint à dénicher trois ouvrages sur les amputations dans les étagères de la bibliothèque. Elle les emprunta à la fin de son service et se hâta de gagner sa voiture.

Sur le parking, les yeux rivés sur l'un des livres au lieu de regarder où elle allait, tellement elle était pressée d'apprendre tout ce qu'elle pouvait sur ce que traversait Dane et ce que cela faisait d'avoir une partie d'un bras en moins, elle ne remarqua pas la voiture qui reculait et pila juste avant de lui rentrer dedans. Elle n'avait pas non plus la moindre idée qu'un homme l'observait attentivement, adossé à son pick-up. Il avait les bras croisés et un pied passé sur l'autre.

Elle ne vit pas quand il se repoussa de son pick-up et s'avança vers elle. Si elle l'avait remarqué, elle aurait peut-être été plus préparée à ce qui se passa ensuite.

— Tiens, tiens, l'insaisissable nana du supermarché.

Bryn poussa un petit cri de surprise en entendant cette voix si proche et faillit lâcher le livre qu'elle lisait. Elle leva les yeux et les écarquilla quand elle découvrit Dane Munroe qui marchait à côté d'elle en direction de sa voiture. L'espace d'un instant, elle resta sans voix, mais se ressaisit rapidement et lança, sur la défensive :

— J'ignorais que vous étiez là. Je ne vous suis pas.

— Je sais.

Voyant qu'il n'ajoutait rien, elle s'arrêta de marcher et le dévisagea.

Elle sursauta quand, tendant le bras, il la prit par les biceps et l'entraîna à l'écart du milieu du parking, afin de laisser passer une voiture. Aujourd'hui, Dane portait un jean, les mêmes bottes que la veille et un autre T-shirt à manches longues, couleur prune foncé cette fois, en flanelle. Bryn voyait aussi qu'il avait mis sa prothèse. Dépassant de la manche du T-shirt, les trois dents des crochets qui lui servaient de pouce et de deux doigts étaient immobiles contre son flanc.

— Je suis sérieuse, reprit Bryn en le suivant docilement vers l'endroit où il la guidait, hors du passage des voitures. Je travaille ici. En général, de 9 heures du matin jusqu'à 17 heures à peu près. J'ignorais que vous seriez ici. Enfin, je ne peux pas démissionner de ce boulot aussi, car c'est mon gagne-pain et il faut bien payer le loyer et tout ça. Je pourrais toujours en trouver un autre, sans doute, mais ça risquerait de prendre un moment et si je devais aller jusqu'à Post Falls ou Cœur d'Alene, ma voiture ne tiendrait peut-être pas la distance et je tomberais en panne quelque part... ce qui ne serait pas très agréable. Alors je...

— Je sais que vous ne me suivez pas, l'interrompit Dane, parce que c'est moi qui vous ai pistée, cette fois.

Bryn resta pétrifiée, incrédule, les yeux rivés sur Dane. Sans trop savoir quoi dire. Enfin, elle lâcha :

— Vous m'avez pistée ?

— Oui. Vous voulez me dire quelque chose ?

Elle regarda autour d'elle, espérant que quelqu'un vienne à sa rescousse dans cette conversation extrêmement inconfortable. Constatant qu'ils étaient seuls, elle finit par reporter le regard sur lui et se mordit la lèvre avant de déglutir avec peine.

— Que je m'excuse pour l'affaire du supermarché ?

Sa phrase sortit plus comme une question que comme un commentaire.

— En fait, c'est plutôt moi qui devrais m'excuser. Vous m'avez pris au dépourvu et je ne réagis pas bien à l'inattendu. Je me rends compte maintenant que vous vouliez m'aider et que j'aurais dû vous remercier au lieu de vous donner l'impression que vous deviez démissionner.

Bryn ne pouvait que dévisager Dane, bouche bée.

Il pouffa et lui passa un doigt sous le menton pour lui refermer la bouche et lui relever la tête afin qu'elle ne puisse pas non plus détourner les yeux.

— On reste sans voix, Smalls ? Je n'aurais pas cru ça possible si je ne l'avais pas vu de mes propres yeux.

L'utilisation du surnom qu'il lui avait donné la nuit dernière fit grimper le taux d'adrénaline dans les veines de Bryn. Il se rappelait. Comment diable pouvait-il se souvenir d'elle avec tout ce qu'il avait manifestement bu ? Et puis, de *quoi* se souvenait-il exactement ?

Elle s'écarta brusquement de lui, toujours muette, et recula de deux pas rapides. Puis elle tourna la tête au son tapageur d'un Klaxon et au crissement des pneus. Avant qu'elle ait eu le temps de réagir, Dane l'avait saisie par la taille et l'attirait contre lui pour les écarter tous les deux du passage de la voiture désormais arrêtée.

— Bon Dieu, Smalls, faut faire un peu attention où vous mettez les pieds.

— P...pardon, bredouilla Bryn.

L'afflux d'adrénaline qui pompait dans ses veines la faisait trembler de tous ses membres et elle ignora les cris irrités du conducteur qui avait failli lui rouler dessus. D'abord Dane se rappelait le nom qu'il lui avait donné la veille au soir, quand elle était persuadée qu'il était bien trop ivre pour se remémorer quoi que ce soit de son apparence dans le bar ou chez lui. Et ensuite, voilà qu'elle manquait de se faire écraser et qu'elle se retrouvait dans ses bras. C'était plus que son cerveau surchargé ne pouvait en absorber.

— Ça va ? s'enquit Dane, sans relâcher son étreinte.

Secouant la tête, Bryn ne répondit rien, se contentant de recroqueviller les doigts contre le torse dur sur lequel ils étaient posés. Elle sentait battre son cœur sous la chemise et voyait le pouls fort à la base de son cou.

— Ce hochement de tête, il revient à dire que ça va, or je sais de source sûre que, lorsqu'une femme dit que « ça va », ben en réalité, ça ne va pas du tout. Parlez-moi. Vous me faites un peu peur là, Bryn.

— Vous connaissez mon nom.

Dane sourit.

— Ouais, Smalls. Je me souviens de tout.

Sur ces mots, elle ferma les yeux et serra les lèvres. Comme il ne précisait rien de plus, qu'il se contentait de rester planté là à la tenir tout contre lui, Bryn rouvrit les yeux et la bouche.

— Je ne voulais pas vous harceler, je le jure. J'étais à la maison et l'orage a commencé. Ça m'a fait penser à vous. Un soldat sur six, en revenant de la guerre, souffre de SPT et j'ignorais si les orages agissaient comme des déclencheurs sur vous. Je pensais juste vérifier si vous étiez à la boutique. Vous n'y étiez pas, alors j'ai pensé que je ferais bien d'aller voir si je trouvais votre pick-up afin de m'assurer que vous alliez bien. Voilà, c'est ce que j'ai fait. Mais il était tard et le couple de motards qui est sorti du bar ne semblait pas le genre de personnes avec qui vous traîneriez normalement. Alors j'ai juste passé la tête par la porte, mais vous étiez le seul client et le barman voulait que vous partiez. Il était grognon. Je ne pense pas qu'il gagne grand-chose en pourboires, il en recevrait davantage s'il était plus aimable. C'est un cas de « catch-22 », remarquez. Vous saviez que beaucoup d'adolescents ne savent pas ce que c'est ? Sans doute parce que le livre est trop ancien pour eux, ce qui est bien dommage, il est très bon. Bref, on peut aussi appeler ça un cercle vicieux.

Dane sourit en lui serrant plus fort la hanche.

Bryn leva sur lui un regard perplexe.

— Et donc vous m'avez trouvé au bar ? la relança-t-il.

— Vous étiez ivre, incapable de conduire, et le barman a cru que j'étais venue pour vous chercher. Alors je vous ai ramené. Rien ne s'est passé, conclut-elle rapidement.

— Et vous, comment vous êtes retournée au bar ?

— Euh...quoi ?

Après tout ce qu'elle venait de débiter, c'était la dernière question qu'elle s'attendait à s'entendre poser.

— Le bar. Si vous avez conduit Miss May jusqu'à chez moi, comment êtes-vous retournée au bar pour récupérer votre voiture ? Vous avez appelé un taxi ?

— Non. Il n'y en a que deux à Rathdrum et ils cessent de prendre des clients vers 2 heures du matin.

Il attendit un peu, mais elle n'ajouta rien. Un sourcil haussé, il demanda :

— Alors ?

— Alors... quoi ?

— Bon Dieu, Smalls. Pour une nana aussi intelligente, vous pouvez être pas mal éparpillée. Comment est-ce que vous êtes retournée au bar ?

— Ah. À pied.

— À pied.

— Oui.

— À quelle heure ?

— À quelle heure quoi ?

Dane leva les yeux vers le ciel un moment, comme pour implorer qu'il lui accorde de la patience, et poussa un soupir. Puis il baissa de nouveau le regard sur elle et répéta distinctement :

— À quelle heure avez-vous quitté ma maison et à quelle heure êtes-vous retournée au bar ?

Bryn haussa les épaules.

— Je n'ai pas calculé, mais je suis rentrée chez moi vers 5 h 30 du matin. En général, je parcours un kilomètre en quinze minutes, mais il faisait nuit et je ne voyais pas très bien où je mettais les pieds, donc je faisais sans doute plutôt une moyenne de vingt minutes au kilomètre. Il y a à peu près 4,8 kilomètres entre chez vous et le bar. Alors disons que j'ai dû regagner ma voiture aux alentours de 5 h 20. Pour une fois, ce vieux tas de ferraille a démarré sans problème, et je suis arrivée à la maison à peu près six minutes plus tard.

Dane se passa la main sur le visage et Bryn vit sa mâchoire très crispée, sans comprendre ce qui l'énervait autant.

— Mais ça ne m'a pas dérangée, vous savez.

— S'il vous plaît, ne recommencez plus jamais ça.

Il avait prononcé ces mots d'une voix basse et torturée.

— Quoi ? Pourquoi ? Comment vouliez-vous que je retourne à ma voiture autrement ?

— Ne vous remettez plus en danger comme ça. Il aurait pu vous arriver n'importe quoi. Vous auriez pu vous faire renverser par une voiture. Kidnapper. Violer. Dévorer par un animal sauvage. À vous balader comme ça dans ce coin du monde, dans le noir, toute seule, quand personne ne sait où vous êtes... ce n'est pas bien malin.

Bryn fut d'abord prise de court. Pas malin ? Toute sa vie, on lui avait dit et répété à quel point elle était intelligente. C'était sans doute la première fois qu'on lui assenait le contraire. Et elle ne savait pas trop comment réagir.

— Sans compter que, s'il vous était arrivé quoi que ce soit parce que vous aviez voulu m'aider... ça aurait été ma faute.

— Ce n'est pas logique, protesta-t-elle. Vous étiez endormi chez vous. Comment est-ce que ça aurait pu être votre faute ?

— Parce que vous retourniez à votre voiture à pied à 4 heures du matin. À cause de moi.

— Et j'aurais dû faire quoi ? Il fallait bien que je récupère ma voiture. Je devais aller au travail aujourd'hui.

Sa voix était douce, son ton confus.

— Rester chez moi, répondit-il aussitôt.

— Mais...

— Je dormais, je ne risquais pas de vous faire mal. J'ai deux autres chambres et un immense canapé sur lequel vous auriez pu vous installer. Et le matin venu, je vous aurais reconduite au bar. J'aurais fait en sorte que vous arriviez au travail à l'heure.

Bryn réfléchit à ses paroles. Elle n'avait même pas envisagé de rester chez lui. Ça n'était pas poli de s'incruster chez les gens sans y être invité. Quant aux dangers qu'elle courait en marchant dans les sous-bois de l'Idaho, ils ne l'avaient même pas effleurée... surtout pas une potentielle agression. Ce n'était pas comme si elle avait jamais attiré l'attention des hommes. Sans parler du fait que, la première fois où il lui avait parlé, quand il n'était pas ivre, on ne pouvait pas dire qu'il l'ait appréciée.

Cependant, elle comprenait son point de vue. Appréciant qu'il lui ait laissé du temps pour tournicoter ses paroles dans sa tête, elle finit par répondre :

— Vous avez raison. Je n'avais pas réfléchi à l'aspect concret du retour à ma voiture quand je vous ai ramené chez vous. Tout ce qui m'importait, c'était m'assurer que vous arriviez à bon port. J'aurais dû attendre que vous vous réveilliez, ou que les taxis reprennent du service. Même au risque que vous soyez furax de me trouver là.

— Vous voulez manger un bout ?

Bryn dévisagea Dane, stupéfaite par son brusque changement de sujet.

— Vous savez, ce repas que les gens prennent après le travail, le soir ? Ou devrais-je dire le souper ?

Il plaisantait, pourtant il aurait déjà dû se méfier, en lui posant une question pareille, de tous les faits associés de près ou de loin et auxquels il n'avait même jamais songé auparavant.

— En réalité, le dîner peut être le repas de midi, aussi appelé « déjeuner », et le souper a des connotations indiquant qu'il est pris le soir. Mais en général, le dîner est le repas principal de la journée, qu'il soit pris au milieu de la journée ou à la fin.

Les lèvres de Dane s'étirèrent en un sourire amusé.

— Et donc ? Acceptez-vous de partager un repas du soir avec moi ? Voyez-vous, ma manière de considérer la situation, c'est qu'on est partis du mauvais pied. J'ai supposé des choses vous concernant et dit des choses méchantes et blessantes que je regrette. Et maintenant, je crains que vous ne me preniez pour un vétéran alcoolique incapable d'évoluer en société.

— Je ne pense pas ça, protesta-t-elle immédiatement.

— Alors, on dîne ?

Au lieu de répondre, elle débita ce qu'elle pensait. Elle aurait mieux fait de se taire, elle le savait bien mais, en particulier quand elle était nerveuse, elle avait l'habitude de sortir tout un tas d'informations éparses.

— Partir du mauvais pied, c'est une expression utilisée par Shakespeare en 1595 dans sa pièce *Le Roi Jean*. Il parlait d'un « meilleur pied ». L'origine exacte de l'expression fait débat, certains suggèrent que ça vient du grec ancien, car on considérait comme portant malheur d'enfiler sa chaussure gauche en premier. Mais d'autres pensent que ça vient du fait que la majorité des gens sont droitiers. Or s'il y a une « bonne » main, ou un bon pied, il y a forcément un « mauvais ». Je ne dis pas ça de façon péjorative... vous savez... vu que vous êtes gaucher ou du moins que vous étiez gaucher. C'est juste ce que pensent les gens...

Elle laissa sa phrase en suspens et se concentra sur le bouton du haut de la chemise de Dane. Quelle idiote. Totalement idiote.

— Hmmm, je l'ignorais. Intéressant.

Bryn inspira brusquement. Il ne s'était pas moqué

d'elle ou de ses drôles de divagations. Elle osa lever les yeux vers lui.

Comme s'il s'attendait à croiser son regard, il dit à voix basse :

— Il n'y a pas beaucoup de choix, ici, à Rathdrum. Mais si ça vous tente, ils font de super burgers chez Dairy Queen. Bien gras, mais on peut les faire descendre avec une glace, une fois qu'on les a terminés. Et cerise sur le gâteau... le bœuf contient beaucoup de protéines, or vous m'avez dit que je devrais baisser ma consommation de glucides en fin de journée et consommer plus de protéines.

Nouvelle esquisse de sourire. Bryn hocha la tête. Effectivement, elle avait dit ça.

— L'idée me plaît bien.

— Super.

Il enleva enfin les bras de sa taille et se pencha pour ramasser les livres qu'elle avait laissé échapper en manquant de se faire écraser. Par chance, ils étaient intacts.

— Des choix de lectures pour le moins intéressants.

Bryn rougit à nouveau, mais elle refusait de culpabiliser.

— Je n'y connais rien, en amputations et en prothèses.

— Vous aviez l'air très intéressée par mon moignon, la nuit dernière.

— Vous vous souvenez de ça ?

— Ça m'a pris un moment, mais oui, Smalls, je me souviens de tout.

Bryn ne savait pas trop quoi dire à ça. Elle était extrêmement embarrassée d'avoir soulevé son chemisier pour lui montrer son soutien-gorge. Du coup, elle garda la bouche close.

— Allez, venez. C'est moi qui conduis.

Dane se déplaça afin qu'elle se retrouve sur son flanc gauche, avec sa prothèse qui lui frôlait la hanche. Elle se calait parfaitement contre lui, la tête tout juste au niveau de son épaule. Elle se sentait entourée par sa chaleur... et en sécurité. Les livres empruntés serrés contre sa poitrine, elle accompagna Dane jusqu'à son pick-up.

— Ne vous inquiétez pas, cette fois je vous raccompagnerai jusqu'ici pour que vous récupériez votre auto après le repas. Je pense avoir été assez clair quant au fait que je n'aime pas vous savoir à pied à la nuit tombée.

— Avant d'emménager ici, j'ai vérifié les statistiques criminelles, l'informa-t-elle. Les informations remontaient à environ deux ans, mais il n'y avait eu que six arrestations pour coups et blessures, seulement quarante-six arrestations pour infractions liées à la drogue, quarante-sept pour ivresse au volant, deux cambriolages et une seule arrestation pour viol. De manière générale, Rathdrum est très sûre et il n'y a eu que trois cent quarante-deux arrestations au cours des douze mois de l'année en question.

Dane s'arrêta du côté passager de son pick-up et la fit pivoter pour que son dos se trouve contre la portière. Il lui posa les mains sur les épaules et baissa les yeux sur elle.

— Quoi qu'il en soit, il n'est ni sûr ni malin de tenter le diable. Je ne veux pas vous voir devenir le trois cent quarante-troisième incident de l'année dans cette ville. Qui est peut-être petite, mais les connards et les dingos peuvent habiter n'importe où. Rappelez-moi de vous montrer le site des agresseurs sexuels, un jour. La dernière fois que j'y ai jeté un œil, il en comptait vingt-deux qui habitent dans la même zone que notre code postal.

— Il y a un site web ?

— Eh oui, Smalls. La loi veut que qui que ce soit ayant été condamné à un délit à caractère sexuel doive communiquer son adresse aux autorités. Qui gardent l'œil sur eux et vérifient qu'ils ne vivent pas trop près des écoles. Les informations sur les prédateurs sexuels sont en ligne et accessibles au public.

— Cool, souffla-t-elle. Je n'en savais rien.

Dane lui sourit.

— Oui, ça, j'avais deviné.

Comme il n'ajoutait rien de plus, elle bougea et finit par demander :

— Vous avez changé d'avis, pour le dîner ?

— Non, répondit-il aussitôt. Je me demandais comment vous aviez pu me suivre aussi longtemps dans cette fichue boutique sans que je vous remarque.

— Oh, je suis douée pour me rendre invisible.

Dane n'apprécia manifestement pas sa réponse, mais il n'essaya pas de la contredire. Au lieu de quoi, il lâcha un cryptique :

— Vous n'êtes plus invisible, maintenant.

— Non, évidemment.

— Allez, on a des burgers et de la glace qui nous attendent.

Il se pencha pour lui ouvrir la portière de Miss May à l'aide de sa bonne main et attendit qu'elle grimpe dans le pick-up.

Bryn s'installa sur le siège de cuir moelleux et le

regarda refermer la portière puis contourner le véhicule pour monter au volant. Elle ferma les yeux un instant et envoya une prière silencieuse en haut, pour ne rien dire qui pousse l'homme incroyable assis à côté d'elle à décider une bonne fois pour toutes qu'elle était vraiment trop zarbi.

6

Le restaurant était assez plein pour un soir de semaine et, après avoir demandé à Bryn ce qu'elle désirait manger, il l'envoya leur trouver une table.

En l'observant tandis qu'elle s'éloignait dans la salle du restaurant, elle se rendit compte qu'il semblait mal à l'aise. Pas étonnant, au fond. C'était l'heure du dîner et le Dairy Queen était quasi bondé. Sans trop réfléchir, Bryn retourna auprès de Dane, dans la queue, et se posta sur son flanc gauche. Assez proche pour que leurs bras se frôlent.

— Ça va ? lui demanda-t-il, baissant vers elle un regard soucieux.

— Oui, oui.

Elle ne précisa pas.

— Vous n'avez pas trouvé de places assises ?

— J'aimerais mieux aller pique-niquer.

— Pique-niquer ?

— Hum hum.

Elle retint son souffle en espérant qu'il morde à l'hameçon.

— L'idée ne serait pas liée à ce qui s'est passé au supermarché, par hasard ?

Elle leva les yeux vers lui. Et encore une fois, se fit la remarque qu'il était très grand. Il portait son éternel blouson de cuir. Quand il bougeait, l'odeur discrète du cuir flottait jusqu'à elle. Elle réfléchit à la manière de lui répondre et opta finalement pour la vérité.

— C'est bondé, ici. Vous n'aimez pas la foule. Il y a des box, d'où vous pourriez avoir vue sur le restaurant, mais alors vous tourneriez le dos à une fenêtre et je ne pense pas que ça vous plairait beaucoup. Il y a une petite aire de pique-nique au bord de la route, à un ou deux kilomètres de la ville. On pourrait aller là-bas et vous n'auriez pas à vous soucier des gens, alors comme ça on profiterait mieux du repas.

Il ne répondit rien pendant un long moment. Assez long pour que Bryn craigne d'être allée trop loin. Elle baissa le regard et pinça les lèvres, mortifiée, persuadée qu'il avait enfin compris qu'elle était aussi bizarre qu'il l'avait affirmé et ne tarderait pas à la planter là, toute seule dans ce restaurant. Quand une pression s'exerça sous son menton. Elle leva la tête, obéissante, ravie de la chaleur de ce doigt sur sa peau, et soutint son regard aussi bravement qu'elle le put.

— L'idée me paraît parfaite. Merci.

Bryn lâcha un soupir soulagé mais ne répondit rien, se contentant de secouer la tête en s'efforçant de ne pas frissonner quand le doigt s'enleva de sous son menton.

— Un Blizzard, ça vous dit ? Il risque d'être un peu

fondu d'ici à ce qu'on arrive à l'aire de pique-nique, mais ça devrait quand même être bon.

— Je crois que c'est illégal de venir au Dairy Queen et de ne pas en prendre un, répliqua-t-elle, l'air très sérieux.

— D'accord. Laissez-moi deviner. Parfum Oreo ?

Bryn inclina la tête.

— Qu'est-ce qui vous pousse à penser que c'est mon préféré ?

Ils avançaient dans la queue et elle vit le regard de Dane bouger de droite et de gauche un instant, avant de se reposer sur elle. Visiblement, il était mal à l'aise. Ça ne devait pas être facile pour lui, de se tenir dans une file avec des gens devant et derrière lui. S'il n'aimait pas se trouver dans la même allée que des clients dans un magasin, ici ça devait être une torture. Elle se déplaça pour se tenir face à son flanc, plutôt que côte à côte avec lui. Elle aussi regarda à droite et à gauche, avant de relever les yeux vers lui.

Il comprit sa manœuvre.

— Vous surveillez mes arrières ? demanda-t-il d'une voix douce, assez basse pour qu'elle seule l'entende.

Elle hocha la tête.

— Merci.

Bryn alla pour lui prendre la main, juste avant de réaliser qu'elle se trouvait sur sa gauche. Peu importait. Elle replia deux doigts de la main droite autour de l'un des crochets au bout de sa prothèse et s'accrocha.

— De rien. Alors, pourquoi Oreo ?

Elle voyait bien que son geste l'avait surpris, pourtant il ne retira pas son bras.

— Vous me faites l'effet d'une fille du genre noir et

blanc. Classique. Oreo et glace vanille, c'est tout ce qu'il y a de plus classique.

— Brownie, caramel, cookie aux pépites de chocolat, flocons de beurre de cacahuète et Snicker.

Dane fronça les sourcils. Pour la première fois depuis qu'ils étaient entrés dans le petit restaurant, Bryn sentit qu'il était focalisé uniquement sur elle, et pas sur ce qui l'entourait.

— Quoi ?

— Brownie, caramel, cookie aux pépites de chocolat, flocons de beurre de cacahuète et Snicker, répéta-t-elle. Dans mon Blizzard.

— Bon Dieu, Smalls. Vous allez faire un coma diabétique si vous mangez ça.

Elle agita la tête.

— L'hypoglycémie n'est généralement un problème que pour les gens souffrant de diabète, ce qui n'est pas mon cas. En réalité, cela arrive quand une personne a trop d'insuline dans le sang et cela indique un taux de sucre trop bas. Contrairement à l'hyperglycémie, qui signifie que le corps a trop de sucre et pas assez d'insuline pour compenser. Les personnes saines peuvent être en hyperglycémie, toutefois ça ne pose généralement problème que pour les diabétiques. Pour ma part, si je consomme trop de sucre au cours d'un même repas, ça m'emplit de dopamine et peut me donner l'impression que je plane, mais comme le glucose est digéré rapidement, le taux de sucre dans mon sang retombera vite. Et vu que je ne dors pas beaucoup, j'essaie de compenser quand je mange un dessert... par une promenade, ou en mangeant quelque chose qui contient des protéines comme des noix ou du beurre de cacahuètes, ou alors je bois une tasse de thé vert ou un verre d'eau. Ça aide à faire pipi et à expulser l'excès de sucre dans mon corps.

— D'accord.

Il lui sourit, mais ne commenta pas son explication. Il se contenta d'avancer jusqu'au comptoir, quand le couple qui les précédait dans la file s'écarta sur le côté en attendant sa commande.

Bryn ne voyait pas, dans ce qu'elle venait de dire, ce qui pouvait être drôle, et elle le regrettait car ainsi elle aurait pu répéter l'opération une autre fois. Car elle sentait le corps tout entier de Dane détendu, comme s'il avait oublié qu'il y avait plein de gens derrière lui. La pensée qu'elle avait réussi ça, de le détendre assez pour qu'il ne soit plus gêné d'être en public, suffit à faire éclore une sensation de chaleur au milieu de sa poitrine.

Malgré l'attention avec laquelle elle scrutait son visage, elle remarqua quand il tendit la main droite, lui dénoua les doigts de sa prothèse puis l'enlaça par la taille pour la serrer contre lui.

Elle sentait la puissance de ses biceps dans son dos. Il ne baissa pas du tout les yeux vers elle, les gardant droit devant lui, sur la jeune femme qui tenait la caisse enregistreuse. Bryn posa une main sur le comptoir, devant eux et enroula l'autre autour de la taille du soldat, passant le pouce dans sa ceinture. Un geste certes intime, mais qui lui paraissait naturel.

Il la secoua pour attirer son attention sur ce qu'il lui disait :

— Vérifiez bien que je ne me trompe pas, Bryn, ordonna-t-il, avant de réciter les ingrédients qu'elle voulait dans sa glace.

Les yeux de l'adolescente au comptoir s'écarquillaient

un peu plus à chaque nouvel item, mais elle opina du chef après chacun.

— J'ai tout bon ?

Bryn hocha la tête. Pour la première fois de sa vie, son esprit était vide. Tout ce qu'elle arrivait à penser, c'était qu'elle était bien contre Dane et qu'il sentait sacrément bon. Le cuir de sa veste, le parfum discret de son eau de toilette et une légère odeur de sueur. Pas assez pour être écœurante, mais juste ce qu'il fallait pour qu'elle ait conscience que cet homme n'était pas du genre à passer ses journées assis sur une chaise derrière un bureau. L'Idaho lui allait bien. Ou alors, il allait bien à l'Idaho. Elle n'aurait su dire dans quel sens cela fonctionnait.

Il sortit son portefeuille et le posa sur le comptoir. Il en tira sa carte de crédit et la tendit à la caissière, le tout sans bouger sa prothèse de la taille de Bryn. La caissière passa la carte dans sa machine et la lui rendit. Il la fourra dans son portefeuille, le referma et le rangea dans sa poche. Puis il les écarta tous les deux sur le côté, où il s'adossa contre un mur non loin du comptoir pour attendre leur commande.

— Quand on vous regarde, ça a l'air facile, commenta Bryn.

— Qu'est-ce qui a l'air facile ?

— Le truc du portefeuille.

— Sortir une carte de crédit, ça ne relève pas non plus de la neurochirurgie, Smalls.

— Vous n'étiez pas du même avis, hier soir au bar.

Il lui sourit un moment, avant de répondre :

— J'aurais pu le sortir de ma poche sans aucun problème.

— Non, non. Vous étiez saoul.

— Certes, mais même de ma main non valide, ça n'est pas très difficile. Y compris si le portefeuille est dans la poche arrière la plus éloignée.

— Donc vous avez fait semblant ?

— Smalls, j'avais l'occasion d'obliger une jolie femme à glisser sa main dans mon pantalon et à me toucher les fesses... donc ouais, je faisais semblant.

Bryn était sans voix.

— Qu'est-ce qui se passe, dans cet incroyable cerveau qui est le vôtre ?

— Vous avez dit que j'étais jolie.

Elle sortit sa phrase sans réfléchir.

— Vous l'êtes.

— Personne, de toute ma vie, ne m'a jamais dit que j'étais jolie.

— Bryn, vous...

Elle ne sut jamais ce qu'il s'apprêtait à dire, car un employé appela leur numéro de commande en cet instant. Soulagée de cette interruption, elle s'écarta de Dane et s'empara de l'un des Blizzards et du sachet de nourriture. Dane prit l'autre glace et ils se dirigèrent vers la sortie.

Un homme se tenait devant la porte. Alors qu'ils approchaient, son téléphone se mit à sonner. Un son strident et très irritant.

Bryn sentit Dane se raidir près d'elle et, avant qu'elle ait pu réagir, il l'avait saisie par la taille et tirée avec force sur le côté, tout en pivotant de façon à tourner le dos à l'homme qui entrait et qu'elle, surtout, ne soit aucunement exposée à la menace qu'il percevait.

C'était comme s'ils devenaient invisibles aux yeux des autres. Personne ne remarqua même ce qui venait de se passer. Une femme alla accueillir l'inconnu et il se pencha pour l'embrasser, avant de la suivre jusqu'à une table au fond du restaurant.

Bryn percevait la respiration saccadée de Dane contre elle. Son souffle chaud qui lui chatouillait le cou, son torse qui montait et descendait contre son dos. Quant à la tasse de crème glacée qu'il avait eue à la main, elle gisait désormais sur le carrelage à leurs pieds, où elle commençait à fondre.

— Ne vous inquiétez pas pour ça. On va le faire nettoyer, pas de souci.

Levant les yeux, Bryn aperçut l'une des adolescentes qui travaillaient derrière le comptoir, plantée à côté d'eux, l'air inquiet.

Elle l'ignora pour le moment et pivota dans les bras de Dane. Au départ, il refusa de desserrer son étreinte, la gardant trop étroitement enlacée, mais il finit par relâcher. Bryn se contenta d'un regard sur son expression fermée et tendue, avant de prendre la situation en charge.

Alors elle reporta son attention sur l'employée.

— Merci. Et pardon, on a été surpris.

— On peut vous remplacer le Blizzard, proposa l'adolescente.

— Non, ça va aller. On partagera celui-ci.

Elle montra la glace qu'elle était parvenue à sauver – par chance, c'était la sienne, avec tous ses ingrédients. Elle n'avait pas envie d'attendre qu'on leur prépare un nouveau dessert, mieux valait sortir Dane de là.

— On est désolés pour le bazar.

Mais la jeune femme s'était déjà détournée, sans doute pour aller chercher une serpillière afin de laver le sol.

— Venez, Dane. Allons-y.

Il agita la tête et déglutit avec peine, avant de se mettre en route vers la sortie. Ils n'échangèrent pas un mot de plus, mais elle le sentait à cran. Il ne cessait de tourner la tête à droite et à gauche, pour balayer des yeux le parking et la zone qui entourait le restaurant. Ils atteignirent le pick-up où Bryn, ayant coincé le sac de nourriture sous un bras, tendit l'autre main.

— Je prends le volant.

Une seconde, elle crut qu'il allait refuser, mais finalement il lui lâcha son porte-clés dans la paume et lui prit le sac, qu'il cala sous son bras gauche comme elle l'avait fait, pour porter le Blizzard de sa main droite. Il attendit qu'elle soit montée, referma la portière d'un rapide coup de fesse et contourna l'auto jusqu'au côté passager, où il s'installa dans un mot.

Bryn avança le siège dans une position confortable pour conduire et démarra le pick-up. Le silence se prolongea, jusqu'à ce que Dane lâche enfin :

— Désolé.

Au lieu de lui répondre qu'il n'avait absolument aucune raison de s'excuser, parce qu'au fond d'elle, elle devinait d'avance qu'il ne serait pas d'accord, elle lui dit :

— Un Blizzard au caramel et brownie contient onze cents calories. Un Blizzard au cookie quinze cents. D'après mes calculs, dans le gobelet que vous tenez, ça doit monter à peu près à deux mille calories. C'est une bonne chose que vous soyez aussi musclé et gourmand : la chute de dopamine, pour avoir ingéré autant de calories et de sucre, sera moins forte si vous m'aidez à la consommer.

Il ne répondit pas, mais s'enfonça dans le siège au

lieu de rester assis très raide et de regarder frénétiquement autour d'eux tandis qu'ils s'embarquaient sur la route.

Elle continua à parler. À lui raconter des choses au hasard sur le taux de gras et le nombre de calories contenus dans les menus de fast food les plus consommés. Puis elle passa aux statistiques concernant le nombre d'Américains qui conduisaient une voiture standard par rapport aux automatiques et, alors qu'ils bifurquaient sur la petite aire de pique-nique à l'écart de la route principale qui menait à Rathdrum, elle termina par un monologue sur son opinion quant au nombre moins élevé de femmes qui optaient pour les études de physique ou de maths quand elles allaient à la fac.

Enfin, elle coupa le contact, une fois garée sur une place de l'aire de repos déserte, et se tourna vers Dane. Les lignes tendues autour de ses yeux avaient disparu et elle ne le voyait plus serrer les dents.

— Attendez, je fais le tour, annonça-t-il d'une voix ferme.

Et sans attendre sa réponse, il attrapa le sac de nourriture et le Blizzard fondu, avant de sauter du pick-up. Il contourna l'auto pour gagner le côté conducteur et lui ouvrit la portière. Il lui tendit son coude gauche pour qu'elle puisse s'y appuyer et sortir maladroitement. Une fois de plus, elle sentit la puissance de son corps tandis qu'il se tenait, solide comme un roc et qu'elle l'utilisait comme point d'appui pour descendre sans encombre de la haute cabine du pick-up.

Sans lui lâcher le bras, elle les entraîna vers la table de pique-nique la plus proche. Et s'assit, un peu surprise qu'il prenne place à côté d'elle. Elle voulut dire quelque chose, sans trop savoir quoi. Il n'avait pas eu l'air plus passionné que ça par sa conversation sur le trajet, et désormais elle était un peu à court d'idées.

— J'ignore quel genre de vie vous avez mené et qui vous avez croisé, mais je devine que c'était quand même une belle bande de crétins. Vous êtes jolie, Smalls. Pas juste jolie, vous êtes belle. Et vous savez ce qui vous rend belle ?

Bryn secoua la tête et déglutit avec peine, la gorge étreinte par l'émotion et donc incapable de dire quoi que ce soit. Puis elle réalisa qu'il poursuivait la discussion qu'ils avaient entamée au restaurant en attendant leur commande.

— Vous êtes sensible à ce que ressentent les gens qui vous entourent. Vous n'êtes pas gênée quand les gens font des trucs stupides, vous vous contentez de prendre le train en marche et vous gérez la situation, quelle qu'elle soit.

Il marqua une pause et vint lui prendre une main. Qu'elle avait sur les genoux, croisée avec sa jumelle. Il lui frotta la pulpe du pouce sur le dos de la main et puis la reposa sur sa cuisse, pour la recouvrir de la sienne, si grande.

— Vous êtes petite, mais votre cœur, votre compassion et... votre être tout entier... ils sont plus grands que tous ceux que j'ai rencontrés auparavant. Ce qui fait que vous n'êtes pas simplement jolie, à mes yeux vous êtes belle. Magnifique.

Bryn ouvrit la bouche, sauf que rien n'en sortit. Elle n'avait aucune réponse à lui donner. Aucune. Alors il continua :

— Je vous demande pardon pour ce que je vous ai dit

au supermarché. Sérieusement. Vous n'êtes pas un monstre. C'est *moi*, le monstre. Je suis obligé de faire mes courses au beau milieu de la nuit pour ne pas perdre les pédales. Quand il y a de l'orage, je dois mettre la musique et l'écouter bien trop fort dans mes écouteurs. Je vais donc probablement devenir sourd, ce qui rajoutera un souci à la longue liste de mes problèmes mentaux à la con. Et maintenant, je ne peux même pas passer plus de dix minutes au Dairy Queen sans me ridiculiser complètement.

Comme s'il avait actionné un commutateur, Bryn retrouva ses mots. C'était bien plus facile de le défendre que de penser à elle-même.

— N'importe quoi. D'accord, vous êtes un peu à cran. Et alors ? Vingt pour cent des vétérans d'Irak et d'Afghanistan souffrent d'une forme de stress post-traumatique. Ça fait vingt pour cent de deux millions sept cent mille personnes, soit environ six cent mille vétérans de guerre. Et encore, c'est la fourchette basse. (Incapable de déchiffrer son expression, elle se hâta d'ajouter :) Au moins, vous ne débitez pas des statistiques au hasard à des moments bizarres qu'aucun être normalement constitué ne saurait jamais ni ne voudrait connaître.

— J'aime bien.

— Quoi ?

— J'aime bien ça. Croyez-le ou pas, ça réussit à me tirer de mon état de stress, quel qu'il soit. Je suis fasciné par l'étendue de vos connaissances et c'est intéressant.

Bryn ne put qu'écarquiller les yeux, bouche bée. Elle ? Intéressante ? N'importe quoi.

— Enfin, bref, merci, Smalls. Je ne vous ai pas fait mal ?

Elle savait à quoi il faisait allusion.

— Non, pas du tout.

— Disons que j'essayais de faire barrage à un éventuel coup de feu.

— Vous avez fait ça bien. Vous êtes tellement grand et costaud, je ne pense pas qu'un centimètre carré de mon corps dépassait, le gars qui est entré ne m'a absolument pas vue.

— Ce n'est pas moi, c'est que vous êtes toute petite, Smalls.

— Pas du tout, protesta-t-elle aussitôt. C'est vous qui êtes Gigantor.

Il sourit. Et le retroussement de ses lèvres fut la plus belle chose que Bryn ait vue depuis bien longtemps. Dane n'avait pas retrouvé son état tout à fait normal – même si elle ignorait quel était cet état, au fond –, cependant le rictus sur ses lèvres signifiait qu'il refaisait surface du bourbier quel qu'il soit dans lequel il s'était englué. Ça lui suffisait.

Il lui lâcha la main après y avoir exercé une légère pression et attrapa le sac de nourriture.

— On ferait bien de manger avant que tout ça ne soit froid et que la glace soit chaude. D'accord ?

— D'accord, acquiesça-t-elle.

Ils se mirent à discuter de tout et de rien, en avalant les hamburgers bien gras et les frites. Et quand ils eurent terminé, ils partagèrent la glace presque entièrement fondue. Dane alla même jusqu'à admettre que c'était le meilleur Blizzard qu'il ait jamais mangé de sa vie.

Une fois qu'ils eurent fini, il les ramena en ville, sur le parking de la bibliothèque. Il déverrouilla sa voiture pour Bryn et se tint à côté de sa portière pour s'assurer qu'elle démarrait bien. Lui adressant une grimace quand elle dut s'y reprendre à trois fois.

Puis il recula et lança, désinvolte :

— À bientôt, Smalls.

— À plus tard, Dane.

Et ce fut tout. Elle s'éloigna et parvint à ne regarder en arrière qu'à deux reprises.

Allongée sur son canapé à regarder la télévision tard dans la soirée, Bryn repensait à la journée et à Dane. Il était bien évident qu'il avait du mal, mais il était tout aussi évident que c'était un homme bien.

Baissant les yeux sur le livre ouvert sur ses genoux, elle reprit sa lecture là où elle en était restée. Les informations sur les prothèses et les amputations étaient fascinantes et elle ne pouvait s'empêcher d'espérer, d'un point de vue purement scientifique bien sûr, qu'elle aurait de nouveau une chance d'examiner le moignon de Dane, maintenant qu'elle en savait un peu plus sur le sujet.

Il n'avait pas dit qu'il souhaitait la revoir. Ni proposé de l'appeler. Ni suggéré un autre rendez-vous. En revanche, il lui avait dit qu'elle était jolie. Si elle n'avait pas déjà été à moitié amoureuse de lui, elle le serait maintenant, après avoir pique-niqué avec lui sur une aire miteuse au bord de la route, à parler de rien en particulier en partageant une glace fondue, tandis que le mot « belle » résonnait dans son cerveau.

7

— Alors, parle-moi de Smalls, commanda Truck. Parce que tu l'as revue, pas vrai ? Cette ville où tu habites, c'est minuscule.

Dane se détendit sur son canapé et sourit en repensant à la femme qui occupait ses pensées depuis le weekend passé. Il ne l'avait pas revue depuis, étant resté terré chez lui pour surmonter les cauchemars et les flashbacks qu'avait suscités leur virée au Dairy Queen. Il se sentait faible. Pourtant, ces conneries ne devraient pas l'affecter autant. C'était comme si son emménagement dans l'Idaho avait empiré son état au lieu de l'améliorer.

— Je l'ai emmenée dîner, répondit-il à son ami, tâchant de s'extraire de ses pensées moroses.

— Eh ben, ça alors, tu m'en diras tant, souffla Truck. Un rencard ?

— Je ne parlerais pas de rencard quand on va chercher des plats à emporter au Dairy Queen du coin.

— À Rathdrum, si, répliqua aussitôt Truck. Et alors ?

— Et alors quoi ?

Dane souriait de toutes ses dents. C'était assez marrant de faire tourner Truck en bourrique.

— Fish, gronda son interlocuteur, impatient.

— On a commandé à manger, j'ai trop baissé ma garde, j'ai eu un flashback et on est partis manger sur une aire de repos merdique.

Il s'efforçait de relater l'incident avec désinvolture, tout en sachant que Truck ne laisserait pas passer. C'était en partie pour ça qu'il ne l'avait pas mentionné, à la base. Il détestait voir les psys de l'armée, qui lui donnaient l'impression d'être toujours pressés et de s'en contre-foutre de qui il était en tant que personne. En revanche, en parler avec un autre soldat, quelqu'un qui avait été là quand il avait été blessé et avait sans doute vu plus de saletés que lui, lors de ses missions... là, c'était tout à fait différent.

— Comment se peut-il que tu aies autant baissé ta garde ? C'est possible, seulement ?

— On était dans la queue, dos à la porte et j'ai été à dix secondes de partir en vrille. À ce moment-là, Bryn s'est tournée de façon à être face à moi. J'ai vu son regard passer de derrière moi à devant moi... pour évaluer la situation. Ça m'a fait le même effet que si j'étais à nouveau dans le désert, avec un compagnon d'armes à mes côtés, alors je me suis détendu.

— Et le flashback ?

Dane prit une profonde inspiration.

— On se dirigeait vers la porte quand un type est entré. Son portable s'est mis à sonner, avec une sonnerie qui m'a rappelé le sifflement que j'avais dans les oreilles quand j'étais allongé sous ce putain de 4x4, incapable de bouger.

Le silence se fit au bout du fil, tandis que Dane tentait désespérément d'empêcher la vision de prendre le dessus. De ne pas se jeter au sol en se couvrant la tête.

— Ces flashbacks, ça peut vraiment être une plaie, convint Truck sur un ton compréhensif.

— Ouais. J'ai lâché la tasse que je tenais, j'ai attrapé Bryn et je l'ai fait pivoter pour la couvrir de mon corps afin de la protéger de l'éclat de grenade, parce que j'étais persuadé qu'il ne tarderait pas à fendre l'air.

— Elle a réagi comment ?

Truck mit une seconde à analyser la question. Alors, il se contenta de répondre :

— Elle n'a rien fait. Elle est restée dans mes bras pendant que le type allait tranquillement rejoindre sa famille.

— Je l'aime ! s'exclama Truck.

Drôle de réponse.

— Quoi ? s'étrangla Dane.

En toute logique, il savait bien que son ami n'était pas amoureux de Bryn... Pourtant, inconsciemment, il n'appréciait pas l'idée qu'un autre homme puisse envisager Bryn sous cet angle.

— Elle n'a pas paniqué ? Ne s'est pas débattue ? N'a pas protesté en s'insurgeant parce que tu la gênais ? Elle ne t'a pas traité de dingue à cause de ta réaction ?

— Non. Elle a dit à l'employée qu'on n'avait pas besoin qu'elle nous remplace notre glace, et on est partis. Elle m'a même demandé mes clés de voiture pour prendre le volant.

— Putain, Dane, s'extasia Truck. Je ne connais pas son histoire et je ne suis pas en train de te conseiller de t'enfuir avec cette femme, mais elle m'a l'air idéale pour toi. Je ne connais qu'une poignée de nanas qui réagiraient ainsi. Ni bouleversée ni embarrassée, et qui comprenne que tu n'es pas en condition de conduire.

— Elle est super analytique. Elle veut savoir comment tout fonctionne. Elle peut te cracher des trucs au hasard que t'as jamais entendus avant quand elle est nerveuse. En plus, on ne peut pas dire qu'elle soit pleine de bon sens. J'ignore si c'est une forme d'autisme ou quoi, mais, par exemple, elle est rentrée chez elle à pied au beau milieu de la nuit, l'autre fois. Et quand je lui ai fait remarquer que ça n'était pas très malin, elle ne comprenait absolument pas de quoi je parlais. C'est adorable, tu n'as pas idée, mais aussi très frustrant.

— On dirait bien qu'elle a besoin d'un type comme toi pour veiller sur elle. Quand est-ce que tu la revois ?

— Je ne sais pas. Je...je n'ai pas quitté la maison depuis une semaine. J'ai peur de refaire un truc bizarre ou de blesser quelqu'un en réagissant mal.

— Appelle-la, lui ordonna Truck.

— Je n'ai pas son numéro.

— Pas de souci... pour ça, on a Tex. Il suffit que tu lui donnes son nom et il te trouve son numéro en l'affaire de dix secondes. Je suis sérieux, appelle-la. Ça remonte à quand, la dernière fois que tu es allé dans un restaurant à l'heure de pointe ?

— Avant que je perde ma main.

— Voilà, commenta Truck sur un ton satisfait. Elle te fait du bien, Dane. J'ai l'impression que tu as trouvé la personne qu'il te faut. Je pense que tu le sais, même si tu t'en défends.

— Tu sais de quoi tu parles, fit Dane d'un ton neutre.

— Moi, je ne me défends de rien, corrigea aussitôt

Truck. Je sais exactement qui je veux et je ferai tout ce qu'il faut pour l'avoir. À tout prix.

Dane lâcha un soupir. Il n'avait pas voulu faire cette remarque méchante. Il se prit une note mentale de ne plus critiquer la relation de Truck avec Mary, si l'on pouvait la nommer ainsi.

— Je ne sais pas, mec. Je suis tellement tordu dans ma tête.

— Et elle, tu as pensé à ce qu'elle doit ressentir, en ce moment ?

— Comment ça ?

— Elle t'a aidé quand tu étais saoul. Tu t'es pointé sur son lieu de travail et tu l'as plus ou moins virée. Vous avez mangé ensemble, et maintenant elle n'a plus de nouvelles de toi depuis une semaine.

— Merde, marmonna Dane.

Truck avait raison. Il avait bien vu comme Bryn avait eu l'air surprise et contente quand il lui avait dit qu'elle était jolie. Il n'avait pas de mal à voir qu'elle l'appréciait. Elle l'appréciait, oui. Et lui, en la quittant la semaine dernière, il ne lui avait même pas proposé de l'appeler ou quoi que ce soit. Il l'avait juste laissé partir sans un mot de remerciement pour son soutien, pour avoir partagé sa glace ou quoi que ce soit. Quel idiot.

— Je suis un crétin.

— Ouaip. Maintenant, tu vas me donner son nom, que je puisse appeler Tex et récupérer son numéro grâce à lui ?

Dane entendait le sourire dans la voix de son ami.

— Bryn Hartwell.

— Noté. Je t'envoie un SMS d'ici une heure.

— Merci, Truck. J'apprécie. Et je... enfin, merci.

— Je t'en prie. Ça me peine, mais hélas je ne pourrai pas venir vérifier par moi-même ni t'appeler pour voir comment ça avance d'ici un moment, alors ne gâche pas tout avant que je revienne à la maison pour t'apprendre comment on s'y prend pour bien bais...

— Ta gueule, enfoiré, le coupa Dane, pour que son ami ne puisse ajouter quelque chose qui le mette vraiment en rogne.

Car oui, ça l'ennuyait d'entendre quoi que ce soit de cru en référence à Bryn.

— Toujours. Et au fait, Fish...

— Ouais ?

— Ne sois pas si dur avec toi-même. Il y a beaucoup de vétérans, dans notre pays, et surtout, la majorité des civils sont au courant des SSPT et de l'effet que ça nous fait.

— J'ai l'impression d'entendre Bryn.

— Je savais que je l'aimais bien, conclut Truck en riant. Bon, je t'envoie très vite par texto son numéro et je parlerai avec les gars pour qu'on vienne te rendre visite dès notre retour de mission. Et à cette occasion-là, j'ai bien l'intention de la rencontrer, cette fille.

— On verra. À plus, Truck.

— À plus.

Dane raccrocha et se cala dans son siège. Le moment était peut-être venu de prendre une carte de bibliothèque.

8

———

Bryn s'assit à la petite table de la salle de repos au fond de la bibliothèque et ouvrit le livre qu'elle avait trouvé la semaine passée sur la construction des bunkers. Elle l'avait déjà lu une fois et trouvé absolument fascinant. Elle savait que des gens, dans le monde, pensaient l'explosion de la société imminente, mais ignorait à quel point leurs préparatifs à cet événement allaient loin.

Ils entassaient les armes à feu, construisaient des bunkers souterrains, achetaient des propriétés dotées d'une source d'eau qui n'était reliée à aucune installation citadine... Tout ça était très intéressant et elle aurait vraiment, vraiment voulu en discuter avec une personne qui se préparait à la fin de la société et visiter un bunker en vrai.

Mais plus pressante, pour le moment, était l'idée que celui ou celle qui avait le dernier pris le livre sur les bunkers avait aussi emprunté celui sur la façon de fabriquer une bombe à partir d'engrais. Elle avait vérifié l'identité de l'emprunteur : John Smith.

Elle serait surprise s'il ne s'agissait pas d'un faux nom. En revanche, il y avait une adresse sur le formulaire de délivrance de la carte de bibliothèque. Sans savoir si sa démarche était réglementaire ou pas, elle avait décidé de mener une recherche élémentaire. Sur les images satellites qu'elle avait consultées sur Internet, l'endroit semblait correspondre à une maison en périphérie de Rathdrum, mais elle ignorait si le mystérieux John Smith y vivait ou pas – il pouvait avoir inventé l'adresse en même temps que le nom d'emprunt – ou si c'était en fait un bunker bâti sur la propriété. Et c'était cette idée de bunker qui lui donnait le plus envie d'aller voir sur place.

Quand elle était petite, ses parents l'avaient fait examiner par toutes sortes de médecins et autres experts. Puis on avait découvert son QI et alors, ils avaient passé leur temps à la tester, afin de voir à quel point exactement elle était intelligente. Tant de personnes l'avaient tâtée, tripotée, analysée, qu'elle n'avait plus eu qu'une envie : qu'on la laisse tranquille. C'était l'une des raisons pour lesquelles elle avait choisi de s'établir à Rathdrum. Un endroit pas trop peuplé.

Il y avait quelque chose dans le mode de vie survivaliste qui trouvait un écho en elle. Être seule, vivre en marge, sans besoin d'aller dans les magasins ou d'interagir avec les autres. Pas de factures à payer. Internet et la possibilité de chercher des informations chaque fois qu'elle en avait besoin lui manqueraient, mais la possibilité de disparaître l'attirait. Énormément.

Ça la démangeait de plus en plus à mesure que les jours passaient. Il fallait vraiment qu'elle voie de ses yeux un bunker en vrai. Qu'elle vérifie si l'image qu'elle s'en faisait dans sa tête était un fantasme ou s'il était effectivement possible de vivre coupés de la société comme le faisaient les survivalistes. Ou du moins comme ils le prévoyaient en cas de besoin.

Ses parents n'avaient jamais compris son extrême curiosité, plus d'une fois ils lui avaient prédit qu'elle lui attirerait des ennuis un jour, mais Bryn s'était contentée de hausser les épaules quand ils essayaient de la faire plier. Comment allait-elle apprendre, autrement ?

— Salut.

Bryn sursauta sur sa chaise et pivota pour découvrir Dane dans l'encadrement de la porte de la salle de repos. Portant une main à la poitrine, elle souffla :

— Je n'ai pas entendu la porte s'ouvrir.

— On dirait bien. Et je suis désolé, je ne voulais pas vous faire peur. Qu'est-ce que vous regardez aussi intensément ?

Elle lui sourit.

— Un livre sur la construction des bunkers.

— Des bunkers ?

— Oui, une de ces maisons souterraines où se réfugier si la société implose, que tous les gens se retournent les uns contre les autres, et où personne ne saura où vous êtes. Saviez-vous que des gens ont bâti des endroits où ils pourraient vivre des années ? Ils peuvent accéder à de l'eau de source, cultiver leur nourriture et disparaître littéralement sans laisser de trace. C'est vachement cool.

Pendant qu'elle parlait, Dane avait pris place sur une chaise à ses côtés. Pas en face d'elle, à côté. Juste à côté. Il se pencha et, de l'index, il fit pivoter le livre afin de voir ce dont elle parlait.

— J'étais au courant, oui. Vous lisez sur la manière d'avoir de l'air respirable là-dedans, je vois ?

Bryn hocha la tête, tâchant d'écarter la déception qu'elle avait eue de ne pas recevoir de ses nouvelles de toute la semaine. Depuis leur pique-nique.

— Parfois, ils utilisent un simple tube, mais les survivalistes extrémistes construisent un système de tuyauterie avec des ventilateurs et font en sorte d'avoir plusieurs bouches d'import et de rejet d'air, au cas où l'une serait compromise.

— Quoi encore ?

Bryn l'observa, incapable de savoir s'il se moquait d'elle ou s'il était vraiment intéressé par ses découvertes. Il avait l'air en forme, aujourd'hui. Son bras gauche était posé sur ses genoux, mais elle remarqua qu'il avait mis sa prothèse. Il portait les chaussures qu'elle lui avait toujours vues, un jean, un T-shirt blanc à manches longues et son éternelle veste en cuir. Cette odeur de cuir, elle lui rappellerait toujours Dane.

Elle baissa les yeux sur le livre ouvert devant elle et se mordit la lèvre. Elle aussi était en jean aujourd'hui, avec un T-shirt bleu marine estampillé « Bibliothèque municipale de Rathdrum », mais aussi avec le tablier qu'elle mettait quand elle remplissait les étagères, pour ne pas trop se salir. Il lui était trop grand, sauf que jusqu'à cet instant, elle n'y avait jamais prêté attention. Aux pieds, elle portait ses baskets habituelles. Sans doute ses cheveux étaient-ils en désordre, elle les avait attachés en queue de cheval en quittant la maison, mais l'ensemble devait tomber maintenant. Bref, Dane n'était pas dans sa catégorie. Loin de là. Elle ne savait peut-être pas grand-chose sur certains aspects de la vie, toutefois en grandissant comme elle avait grandi, elle avait vite appris qu'elle était une paria et ne collait pas avec les autres enfants, les jolis, les bien-aimés.

— Eh bien, euh, environ trois millions d'Américains entrent dans la catégorie des survivalistes. Des gens qui préparent des plans détaillés pour survivre quand le monde tel qu'on le connaît prendra fin. Ça ne fait guère qu'un pour cent, pourtant j'ai été surprise que ce chiffre soit aussi élevé. Il y a un site web très populaire, dirigé par un ancien officier de renseignement de l'armée. Il affirme que le gouvernement ne pourra pas s'occuper de tout le monde s'il arrive malheur et que donc les gens doivent se préparer dès à présent à se protéger eux-mêmes.

Une idée la frappa pour la première fois.

— Vous étiez dans l'armée, pas vrai ? Qu'en pensez-vous ?

Au lieu de lui répondre, Dane saisit sa queue de cheval, qui lui retombait dans le dos, et y glissa les doigts avant de les porter à son nez pour les sentir.

— Dane ?

— Oui, Smalls ?

— Qu'est-ce que vous faites ?

— Je sens vos cheveux.

— Oui, je vois, mais pourquoi ?

— Parce qu'ils sentent bon. Et ça fait une semaine que je n'avais pas senti la plage. Pour ce qui est de ce que je pense des préparatifs liés à la fin du monde... je dirais que c'est une bonne chose de se tenir prêt aux situations d'urgence. Vous avez vu où je vis, ça n'est pas trop loin de Rathdrum, mais c'est aussi à quelques kilomètres de la ville. Il y a un cours d'eau, sur ma propriété, où je peux puiser de l'eau si j'en ai besoin, j'ai l'équivalent d'un mois de nourriture dans mon garde-manger, au cas où, et un générateur au gaz pour l'électricité. En revanche, si vous me demandez si j'ai un bunker enterré sur ma propriété, la réponse est non.

— Zut.

Il lui sourit, posa un coude sur la table et se pencha.

— Vous voulez visiter un bunker, Smalls ?

Elle agita la tête.

— Je me disais que vous connaîtriez peut-être quelqu'un.

— Non. Mais je peux voir si je vous trouve quelque chose.

— Vraiment ?

— Vraiment. À une condition.

— Ce que vous voulez.

Un large sourire se dessina sur ses lèvres, mais il ne moufta pas.

— Quoi ? Dane ?

— Vous ne devriez pas dire comme ça à quelqu'un que vous êtes prête à faire ce qu'il veut. Les gens pourraient se faire de fausses idées.

— À quel sujet ?

Il se redressa et tendit lentement la main vers le visage de Bryn. Il écarta une mèche échappée de ses cheveux, qu'il lui coinça derrière l'oreille. Elle frissonna à son contact et tangua vers lui. Dieu, cela faisait si longtemps qu'elle n'avait pas été touchée. Ce fut à cet instant seulement qu'elle réalisa le peu de contacts qu'elle avait eu avec d'autres gens.

— Un dîner. Chez moi.

Elle cilla.

— Quoi ?

— Un dîner chez moi. Je vais voir si je peux vous mettre en relation avec quelqu'un près d'ici qui aurait un bunker, à condition que vous veniez dîner. Mais vous devez me promettre de n'aller dans ce bunker qu'en ma compagnie.

— Pourquoi ?

— Parce que certains de ces gars-là sont paranoïaques et un peu cinglés. Nombre d'entre eux sont des vétérans de guerre qui n'ont pas su gérer leur réintégration dans la société et ils n'ont trouvé d'autre moyen que de se couper du monde. Ils ont des opinions extrêmes au sujet du gouvernement, et même sur le rôle que les femmes devraient jouer dans la société. Il y a aussi des hommes qui se disent survivalistes, alors qu'en fait, ce sont des extrémistes. Soit qui complotent contre la société moderne, soit qui travaillent avec les nombreux terroristes du monde entier. Vous avez entendu parler de Ted Kaczynski. Bref, en conclusion, ça n'est pas sûr, Bryn.

— Mais moi, je veux juste voir comment ils ont bâti leurs bunkers, protesta-t-elle, les sourcils froncés.

Dane passa un bras sur le dossier de sa chaise et se pencha vers elle.

— Vous ne pouvez pas arpenter la campagne à la recherche de bunkers. La dernière chose que je veux, c'est que vous tombiez sur quelque trouduc qui pense que les règles du gouvernement ne s'appliquent pas à lui. J'ai fait des recherches sur les survivalistes, avant d'emménager ici. Je voulais savoir où je mettais les pieds en décidant de vivre dans l'Idaho. Les survivalistes ne font confiance à personne et ils ne sont pas stupides non plus. Via mes contacts et à travers mes recherches, j'ai découvert un groupe, non loin d'ici, et ces gens disent qu'ils adoptent ce mode de vie, mais personne ne les croit. Il faut s'en méfier... et ils sont là, dans la nature. Je n'ai pas la moindre envie que vous vous retrouviez nez à nez avec ces gens-là.

— Je ne représente pas une menace pour eux.

— Smalls, *tout le monde* est une menace à leurs yeux. Et il n'y a pas que ces mystérieux méchants. Songez aux survivalistes et à leur style de vie. Ils passent leur temps à préparer un chaos de masse. Si vous n'avez pas mangé depuis une semaine et que vous êtes affamée, que pensez-vous que vous feriez si vous découvriez que quelqu'un a des mois de nourriture stockés quelque part chez lui ? Et si vous mouriez de soif et que vous passiez par hasard sur une propriété qui a de l'eau fraîche et claire à foison ? Ces types, et parfois ces femmes aussi, sont prêts à protéger ce qu'ils ont à la vie, à la mort. C'est exactement ce pour quoi ils se préparent. Alors si j'accepte de vous montrer un de leurs bunkers, et je dis bien « si », non seulement vous verrez ce qu'ils ont fait pour se préparer, mais il est aussi possible que vous les retrouviez ou que vous disiez à quelqu'un d'autre ce que vous avez vu. Pour eux, ça représente un risque énorme.

— Je n'y avais pas réfléchi de ce point de vue, admit Bryn.

— Voilà. Donc, si c'est possible, j'organiserai la chose et j'irai avec vous.

— Mais ça multiplie par deux le nombre de personnes qui seront au courant de leur installation ?

Dane eut l'air d'y réfléchir sérieusement, avant d'acquiescer.

— Oui, c'est vrai.

— Et du coup, est-ce que ça ne vous mettrait pas en danger, vous aussi ?

Il hocha la tête à nouveau.

— Oui, sans doute.

— Et puis, est-ce que vous ne représentez pas une menace plus grande, en tant qu'homme ? Je veux dire, vous n'êtes pas M. Geek, assis devant son écran d'ordinateur toute la journée. Vous, vous êtes grand, costaud et ancien militaire. J'aurais tendance à penser, si ce que vous dites est exact, que vous seriez plus une menace et que la personne ne voudrait pas vous voir à proximité de son bunker caché. Et puis... pourquoi vous souriez ? Je ne comprends pas.

Bryn fronça les sourcils. Alors qu'il avait été d'abord si sérieux, elle avait vu ses lèvres se retrousser à mesure qu'elle parlait, au point que maintenant il lui riait presque au nez.

— Ne vous moquez pas de moi, dit-elle à voix basse, les yeux baissés vers la table.

Elle sentit son doigt lui passer sous le menton et releva les yeux vers lui tandis qu'il lui redressait le visage.

— Je ne me moque pas de toi, Bryn, dit-il, optant soudain pour le tutoiement. Je suis juste sidéré par ton intelligence. Pour répondre à tes questions, oui, je représenterais probablement une énorme menace pour un survivaliste. Mais bon, je ne vais pas mettre une annonce dans le journal. Je connais quelques gars capables de m'aider à trouver quelqu'un qui soit digne de confiance... du moins plus que la plupart des survivalistes. Quoi qu'il en soit, il restera un risque.

Il ôta son doigt et Bryn poussa un soupir de manque.

— D'accord.

— Bon, maintenant, ce dîner ? (Bryn remua la tête.) Bien. Tu veux venir faire des courses avec moi ?

— Je peux les faire... si tu veux.

— Merci de le proposer, j'apprécie, mais il faut que j'arrête de me cacher dans ma maison et que je commence à sortir d'ici plus souvent.

Bryn secoua la tête.

— Ce n'est pas ta faute, c'est...

Il l'interrompit avant qu'elle puisse terminer sa phrase.

— Et si tu m'y retrouvais vers 19 heures ?

— Ce soir ?

— Il faut battre le fer tant qu'il est chaud. J'espère que tu n'as rien contre un repas tardif ?

— Non, je crois te l'avoir déjà dit : je dors peu. En général, je finis par me faire un casse-croûte sur le tard.

Dane la contempla un moment sans rien dire.

— Quoi ?

Il la déstabilisait et, comme elle n'était pas douée du tout pour déchiffrer les gens, elle avait l'impression de passer son temps à l'interroger sur ce qu'il pensait.

— J'ai hâte d'apprendre à te connaître.

Bryn haussa les épaules.

— Je suis juste moi. Rien de spécial.

— Alors ça, je n'en crois rien. Bon, on dit 19 heures au supermarché alors ? Je t'attendrai dans mon pick-up, si ça te convient.

— Pas de problème.

— Je serai garé au fond du parking. Tu n'auras qu'à te ranger près de moi, je te verrai.

— D'accord.

Il se mit debout et elle le suivit des yeux. Il fallait les

lever haut. Avant qu'elle n'ait le temps de dire quelque chose qu'elle regretterait, il se pencha et lui posa sa main valide derrière la tête. Et l'y maintint pendant qu'il lui donnait un baiser sur le front, avant de reculer.

— À plus tard, Smalls.

En silence, Bryn le regarda quitter la salle aussi discrètement qu'il y était entré. Son cerveau tournait à pleine vitesse, tâchant de comprendre ce qui venait de se passer. Ça alors. Elle n'avait reçu aucune nouvelle de Dane pendant plus d'une semaine, s'était convaincue qu'il ne voulait rien avoir à faire avec elle... jamais. Et puis, en l'espace – elle regarda sa montre – de quinze minutes, non seulement il lui promettait de l'aider à trouver des informations sur les bunkers, mais il l'invitait à aller faire des courses avec lui et de prendre un autre repas ensemble... chez lui.

C'était surréaliste, pourtant cette chaleur au creux de sa poitrine était bien agréable. Refermant le livre qu'elle avait sous les yeux, elle se leva. Si tentante que soit l'idée de rester assise à baigner dans le bonheur qu'elle éprouvait, elle devait se remettre au travail.

Tout le reste de l'après-midi, pendant qu'elle rangeait les livres, les questions qu'elle brûlait de poser à Dane se bousculaient dans son esprit. Il y avait tant de choses qu'elle voulait savoir sur lui, sur sa main manquante, sur son temps à l'armée, la raison pour laquelle il avait choisi Rathdrum comme lieu de vie, ce qu'il faisait de ses journées et, plus important, ce qui l'avait fait changer d'avis la concernant.

Tout sourire lorsqu'elle quitta le travail à 17 heures, Bryn savait que les deux heures à venir allaient lui paraître longues tant elle avait hâte de retrouver Dane.

Elle n'avait pas la moindre idée de ce qui le poussait à passer du temps avec elle, mais elle allait quand même essayer d'en profiter, le temps que ça durerait.

Car elle savait que ça ne durerait pas. Ça ne durait jamais. Chaque fois qu'un homme semblait intéressé, inévitablement il devenait frustré. Elle n'était pas comme la plupart des gens. Ce soir, au moins, elle voulait faire semblant que si.

9

____

Bryn se gara sur le parking du supermarché à 19 heures pile ce soir-là. Elle avait passé la majeure partie du temps entre son retour chez elle, peu après 17 heures, et son départ à tenter de décider ce qu'elle allait porter. Elle n'avait pas une garde-robe immense où effectuer son choix et elle avait finalement opté pour un jean noir et un haut blanc qu'elle n'avait pas porté depuis des lustres. Il s'agissait d'un caraco soyeux passé sous un fin gilet de dentelle à motifs floraux. Ce n'était pas un vêtement qu'elle portait souvent, mais pour la première fois depuis longtemps, elle avait envie d'être féminine.

Faute de posséder une paire d'escarpins à talons, elle se rabattit sur ses habituelles baskets, en espérant que l'effort qu'elle avait mis dans le choix de son chemisier contrebalancerait la nullité de ses chaussures.

En se garant à côté du pick-up vert de Dane, elle se rendit compte qu'il avait visiblement aperçu sa voiture quand elle pénétrait sur le parking, car il l'attendait, planté devant son véhicule. Elle sortit et empocha ses clés, soudain intimidée.

— Salut.

— Salut. Tu es en beauté.

— Mes chaussures ne sont pas accordées à ma tenue.

Bryn voulut se gifler pour avoir attiré l'attention de Dean sur ses chaussures, mais vu qu'elle avait déjà constaté combien elles détonaient avec son haut, il était inévitable que ça lui échappe.

— Elles sont très bien. Smalls, tu vis dans l'Idaho, pas à New York. J'aurais été choqué si tu avais porté des talons. En revanche, tu as sans doute besoin d'une paire de bottes solides. Elles sont bien utiles pour la pluie, la neige, la boue ou simplement pour avoir l'air d'une dure à cuire.

Bryn s'esclaffa.

— Je ne crois pas que je pourrais avoir l'air d'une dure à cuire, même si j'essayais.

Dane s'approcha et lui prit la main avant de se diriger vers la porte d'entrée du bâtiment.

— C'est pour ça que tu m'as avec toi.

Bryn manqua de trébucher. Seule la poigne de fer avec laquelle Dane lui tenait la main l'empêcha de s'écraser face contre terre. Elle l'avait avec elle ? De quoi parlait-il ? Avant qu'elle puisse lui poser la question, ils avaient atteint la porte et elle poussa un cri.

À côté des portes coulissantes automatiques, elle avait avisé un homme assis par terre. Il avait un petit chien malpropre avec lui et, devant eux, un carton annonçait : « Vétéran sans-abri. Vous n'auriez pas un peu de monnaie ? »

Bryn ne pouvait détacher les yeux de cet homme. Il

avait une longue barbe et un bonnet rouge descendu bas sur son front. Il était évident qu'il portait plusieurs couches de vêtements, qui tous avaient l'air sales et élimés. Les jambes croisées, il tenait une courte laisse dans une main et son panonceau dans l'autre. Il les dévisagea, plein d'espoir, pendant qu'ils approchaient.

— Vous n'auriez pas un peu de monnaie ? J'ai faim, mais j'essaie de nourrir Muppet que voici, avant d'avaler quoi que ce soit. Il n'a rien mangé depuis deux jours.

La main de Bryn plongea aussitôt dans sa poche. Elle y jetait toujours une poignée de pièces avant de quitter sa maison. C'était une manie qui lui restait de sa jeunesse, quand sa mère lui disait d'avoir toujours sur elle de quoi utiliser une cabine téléphonique, « juste au cas où ». Elle n'avait aucune idée de ce que cela signifiait, mais c'était une habitude qu'elle avait prise et n'avait jamais été capable d'abandonner.

Elle ressortit toute sa monnaie et lâcha la main de Dane pour se diriger vers l'homme et son chien. Elle se pencha et laissa tomber ses pièces dans la tasse devant le mendiant.

— Je suis désolée de ne rien avoir de plus cette fois-ci.

Elle caressa le chien, un animal très amical qui voulut lui sauter dessus dès qu'elle fut assez proche. Elle recula aussitôt pour se rapprocher de Dane. Elle sentit de nouveau sa poigne solide lui enserrer la main alors qu'ils franchissaient l'entrée.

Quand ils furent enfin à l'intérieur, elle leva les yeux vers lui.

— Je ne supporte pas de voir nos vétérans traités aussi mal. Et son pauvre chien, alors ! (Elle secoua la tête, affligée.) Je me sens vraiment concernée par les sans-abri. Et coupable d'avoir un endroit sûr et bien chauffé où je peux dormir, quand ils n'ont rien.

Dane s'arrêta devant les chariots et se tourna vers elle.

— Smalls, Oliver n'est pas un sans-abri.

Elle leva les yeux vers lui, choquée.

— Mais si ! protesta-t-elle. Sinon pourquoi passerait-il ses journées assis ici, avec son pauvre chien, à quémander quelques pièces ?

Dane sourit, mais son sourire n'atteignit pas ses yeux. Levant une main, il fit passer les cheveux de Bryn derrière son oreille, comme il l'avait fait plus tôt, à la bibliothèque.

— Combien de fois lui as-tu donné de l'argent ?

— Chaque fois que je le vois. Je me sens si mal. Il a mis sa vie en jeu pour notre pays et maintenant, il n'a nulle part où vivre. C'est une honte et les gens comme nous, qu'il a passé une partie de sa vie à protéger, doivent l'aider à présent.

Dane posa les mains sur ses épaules et se pencha vers elle.

— Je suis d'accord avec toi que les vétérans sans-abri constituent un problème de société sur lequel le gouvernement est en train de travailler, mais je te le dis d'emblée, Smalls, cet homme n'est ni un vétéran ni un sans-abri.

Bryn dévisagea Dane, sous le choc : s'était-elle totalement méprise sur le genre de personne qu'il était ?

— Bien sûr que si, répéta-t-elle obstinément. Je l'ai vu hier devant la bibliothèque et plus tôt, cette semaine, il se trouvait à la station-service. Il portait une veste de treillis, avec des tas d'insignes qui montraient à quelle unité il avait appartenu.

— Il vit à un pâté de maisons d'ici. Je l'ai vu au Smokey's Bar, la semaine dernière, avant que je prenne ma cuite. Il discutait avec la serveuse et ils faisaient des plans pour se retrouver plus tard… chez lui. Apparemment, il utilisait l'argent qu'il avait mendié pour s'acheter de la bibine. Il était déjà raide bourré et il se vantait auprès de la serveuse en lui racontant combien il se faisait d'argent en jouant au vétéran et comment, depuis qu'il avait adopté un chien, il se faisait deux fois plus.

Bryn ne put que dévisager Dane, horrifiée.

— Il ment ?

Les lèvres de Dane se retroussèrent, mais il ne sourit pas.

— Oui, Smalls. Il ment.

— Il s'appelle Oliver ?

— Oui. Je l'ai entendu se présenter à la serveuse. Ça a de l'importance ?

— Non, je suppose que non. Mais le prénom Oliver ne fait pas exactement escroc.

Dane ne répliqua rien, se contentant de poser sur elle un regard plein de compassion, les sourcils haussés.

Sans réfléchir, Bryn se pencha en avant et posa sa tête sur la poitrine de Dane, les bras ballants.

— Je suis une idiote.

— Absolument pas, assura-t-il, en lui passant la main de l'arrière du crâne au milieu du dos avant de remonter.

Son autre bras vint s'enrouler autour de sa taille pour l'attirer contre lui.

Bryn leva les mains et les posa, hésitante, sur sa poitrine, avant de le regarder.

— Je ne peux littéralement pas passer devant un sans-abri sans lui donner un peu d'argent. Je me sens si mal à l'idée de savoir qu'ils n'ont pas d'endroit chaud et sûr où dormir, que je me sens obligée de faire mon maximum pour eux. Je suis très privilégiée et ça me fait mal de penser à ce qu'ils ont dû traverser. Quand je vivais à Seattle, j'ai dû commencer à prendre le bus pour aller au travail, parce qu'ils étaient trop nombreux sur le trajet que j'avais l'habitude d'emprunter.

— Il n'y a rien de mal à avoir le cœur tendre.

— Ils ne mentent quand même pas tous ?

— Non, Smalls. Tu dois seulement trouver des moyens plus efficaces pour les aider que leur donner de l'argent.

— Comment ?

— Ça te dirait qu'on en parle plus tard et qu'on commence nos courses ?

Bryn se redressa aussitôt et recula d'un pas.

— Bien entendu. Désolée ! Oui, viens. Tu n'aimes pas cet endroit, donc dépêchons-nous de trouver ce qu'il nous faut et partons d'ici.

— Attends une seconde, Bryn.

Elle frissonna en entendant son prénom franchir ses lèvres. En général, il l'appelait Smalls, ce qu'elle aimait bien, mais quand il prononçait son prénom de sa voix profonde et sexy, elle avait envie de faire tout ce qu'il lui demandait.

— Oui ?

— Merci.

— De quoi ?

— De soutenir les vétérans. De te soucier de leur sort... de notre sort. Ça signifie beaucoup pour moi.

Elle se pencha en avant et, sans réfléchir, elle enroula les bras autour de Dane. Sa tête lui atteignait à peine le menton, mais elle serra fort pendant un instant, avant de reculer.

— Je t'en prie. Maintenant, viens. Qu'est-ce que tu me prépares à dîner ?

* * *

Les déambulations dans le magasin furent assez rapides et Dane apprécia la présence de Bryn pendant qu'ils parcouraient les rayons. Il s'en serait sans doute sorti sans elle, mais la regarder faire de son mieux pour qu'il se sente bien était une sacrée diversion.

Elle se plaça à sa gauche, son bras passé sous le sien. Il ne portait pas sa prothèse, car Bryn avait déjà vu son moignon plus d'une fois et, avec un peu de chance, ils seraient bientôt de retour chez lui. De son côté, elle ne semblait pas se soucier qu'il ne la porte pas.

Pendant qu'ils traversaient le magasin, elle ne cessa d'alimenter un flot continu de conversation, focalisant l'esprit de Dane sur ce qu'elle disait plutôt que sur les personnes qui se trouvaient à leurs côtés dans les allées. Par exemple, ne pouvant atteindre les produits sur les rayonnages supérieurs, elle râlait et pestait contre leur agencement. Même si elle n'avait travaillé dans ce magasin que pendant un laps de temps très court, elle s'enorgueillissait à l'évidence d'avoir fait en sorte que la disposition des produits soit « favorable au client » et les changements opérés après son départ ne la satisfaisaient pas.

Elle choisit la caisse où attendaient le plus de clients,

en lui expliquant que puisque la file d'attente était aussi longue, moins de gens se placeraient derrière eux. Quand certains clients vinrent prendre place dans leur queue, Bryn ne dit rien, elle se borna à se déplacer jusqu'à ce qu'elle se retrouve sur son flanc pour pouvoir garder un œil sur eux.

Faire des courses avec elle s'avéra une expérience stupéfiante. La regarder marmonner à propos de la quantité de glucides contenue dans le plat dont il achetait les ingrédients à son intention, la voir interagir à sa place avec les autres clients, constater avec une profonde satisfaction qu'elle faisait tout ce qu'elle pouvait pour qu'il soit à son aise dans un magasin bondé... Tout cela lui communiquait une sensation de paix qu'il n'avait jamais éprouvée auparavant.

Le truc, c'était qu'il pressentait que s'il attirait son attention là-dessus, elle éluderait en répliquant que ce n'était pas grand-chose ou qu'elle faisait ça pour se simplifier la vie. Pas une seule fois elle n'avait ne serait-ce que mentionné sa main manquante ou agi comme si son moignon la répugnait d'une manière ou d'une autre. Il n'avait pas la moindre idée de ce qui lui valait une aubaine pareille, mais Dane eut soudain la révélation qu'il devait faire tout ce qu'il faudrait pour s'assurer que Bryn ne lui file pas entre les doigts.

— Merci.

Elle leva les yeux vers lui alors qu'ils retraversaient le parking, leurs courses aux bras.

— De quoi ?

— De ne pas me traiter différemment des autres gens. De veiller sur moi. D'avoir accepté de venir dîner chez moi. Pour tout ça.

Elle parut confuse, mais hocha tout de même la tête.

Dane déverrouilla les serrures de son pick-up et ils déposèrent les sacs au pied de la banquette arrière. Il claqua la portière et se tourna une fois de plus vers Bryn.

— Tu fais la route avec moi ? (Elle se mordit la lèvre et détourna les yeux.) Qu'est-ce qui se passe dans cette tête ?

— Ce n'est pas que je n'ai pas envie, mais ce n'est pas logique. Mon appartement est de ce côté-là, ajouta-t-elle en désignant le centre-ville. Et ta maison se trouve par-là. (Elle montra la direction opposée.) Donc si tu me conduis maintenant, cela signifie que quand nous aurons fini de manger, tu seras obligé de me ramener ici, afin que je récupère ma voiture et que je rentre chez moi. Il est plus sensé que je prenne ma voiture pour aller chez toi, comme ça, une fois que nous aurons terminé, seul l'un d'entre nous aura besoin de rentrer en ville.

Dane sourit. Il ne se lassait pas de voir son cerveau fonctionner.

— Smalls, ce n'est pas si loin que ça. Et puis, si tu prends ta voiture pour rentrer, je te suivrai jusqu'en ville de toute façon, donc tu économiseras de l'essence en me laissant nous conduire tous les deux.

— Pourquoi ferais-tu une chose pareille ? Ça n'est vraiment pas logique.

Dane se pencha vers elle et lui glissa sa main dans la nuque.

— Parce que je ne serais pas un homme digne de ce nom si je te laissais rentrer chez toi en pleine nuit, dans le pot de yaourt qui est le tien, sans m'assurer que tu arrives à bon port. Il est de ma responsabilité de veiller à ce que rien ne t'arrive.

Elle parut désemparée.

— Je ne suis pas sous ta responsabilité, Dane. Je suis une adulte. Comme tu l'as dit, il n'y a pas une telle distance entre chez toi et la ville. En plus, cela fait long-temps que je me prends en charge, maintenant. Je ne comprends pas.

Il se passa la langue sur les lèvres et se pencha vers elle avant de répondre :

— Je t'aime bien, Bryn Hartwell. J'aimerais profiter de la possibilité qui s'offre à moi de parler avec toi pendant plusieurs heures, ce soir. Il va être tard quand tu partiras. Je ne suis pas à l'aise avec l'idée de te renvoyer chez toi toute seule en pleine nuit. Un de tes pneus pourrait crever, ou bien ta boîte de vitesse rendre l'âme. Si ça se trouve, un tueur en série est en train de guetter une femme solitaire au volant sur les routes secondaires de l'Idaho pour la kidnapper et l'emmener dans sa tanière au fin fond des montagnes. (Quand elle ouvrit la bouche pour répliquer, il s'empressa de poursuivre, sans lui en laisser la possibilité :) Je sais, ce n'est pas logique et il n'y a pas grand risque que cela se produise, mais je ne pourrais plus vivre avec moi-même si quelque chose t'arrivait quand tu quitteras ma maison. (Il haussa les épaules.) Appelle ça une bizarrerie à la Dane. Ou la conséquence de ma carrière de soldat. Mais c'est comme ça. Mainte-nant... Tu veux faire le trajet avec moi ou dans ton véhicule ?

— Si je te promets de t'appeler en arrivant, tu me lais-seras conduire sans me suivre ?

Dane secoua la tête, sans pour autant ouvrir la bouche.

Elle poussa un profond soupir et serra les lèvres.

— Je ne te comprends pas, marmonna-t-elle, avant de

déclarer plus fort, en plantant ses yeux dans les siens : Je t'accompagne.

Dane se pencha en avant et lui effleura le front des lèvres.

— Merci, Smalls.

Ni l'un ni l'autre ne proféra un mot pendant qu'il l'aidait à grimper sur le siège passager de son pick-up. Après quoi, il contourna le véhicule jusqu'à son côté. Ils gardèrent le silence sur les chemins tortueux jusqu'à sa maison. C'était un silence agréable, cependant, et Dane souriait en son for intérieur. Il aimait la sensation de confort qu'il éprouvait en compagnie de Bryn et brûlait d'en apprendre davantage sur elle. Cette soirée introduirait un changement dans leur relation : les presque étrangers qu'ils étaient deviendraient, il l'espérait, quelque chose de plus.

Dane savait qu'il devait y aller lentement avec Bryn. D'un certain côté, elle avait tout d'une vierge inexpérimentée ; d'un autre côté, elle était une vieille âme. La contradiction était fascinante et il était impatient d'apprendre ce qui faisait battre son cœur, quels étaient ses rêves et ses espoirs.

Pour la première fois depuis longtemps, il ne se souciait pas de sa main manquante et de ce qu'une femme était susceptible d'en penser... Il était complètement focalisé sur la possibilité d'en apprendre autant que possible sur Bryn, et puis il brûlait de savoir quand il pourrait la convaincre de le revoir.

10

———

— Il y a eu un général romain qui avait perdu sa main lors d'une des guerres puniques et s'en était fait refaire une en acier, afin de pouvoir tenir son bouclier et ainsi retourner au combat. Il y a environ quinze ans, des chercheurs du Caire ont déterré ce qu'ils pensent être la plus vieille prothèse jamais découverte. C'est un orteil fabriqué en cuir et en bois. Et crois-le si tu veux, il a été découvert au bout du pied d'une momie de trois mille ans dont on pense qu'elle était une femme de la noblesse.

— Ça alors, murmura Dane, sachant Bryn trop perdue dans ses souvenirs des prothèses de l'ancien temps pour l'entendre vraiment.

— Oui. C'est incroyable de constater à quel point les prothèses de membres ont peu évolué au fil des ans. Par exemple, les docteurs utilisent toujours des liens en cuir pour les rattacher au corps. Et au Moyen-Âge, soit deux mille ans après l'époque de cette Égyptienne avec un orteil en moins et du général romain, les chevaliers utilisaient des membres en métal fabriqués par les personnes qui leur confectionnaient aussi leurs armures et leurs armes. Ah oui, et puis sont arrivés les pirates. Tout le monde a entendu parler de leurs crochets et de leurs jambes de bois. La première avancée majeure dans la conception de bras ou jambes fonctionnels date seulement du XVIe siècle. Un médecin français... zut, j'ai oublié son nom, je reviendrai là-dessus, mais bref, c'est le premier qui ait réalisé une main à charnière mécanisée. Tu savais que l'Académie nationale des sciences a lancé le Programme des Membres artificiels en 1945 à cause du nombre d'anciens combattants qui revenaient de la Seconde Guerre mondiale avec un membre en moins ? Leur but étant d'essayer de progresser dans le matériau utilisé pour les fabriquer, leur fonctionnement et les techniques chirurgicales destinées à faciliter l'utilisation d'une prothèse lorsque le membre était amputé.

Ils étaient assis sur le canapé, après avoir dégusté le poulet au parmesan que Dane avait cuisiné pour le dîner. Et ils discutaient comme deux personnes qui se connaissent depuis des années, et non une semaine à peu près. Dane avait d'abord pensé que Bryn serait réticente à s'ouvrir à lui, à parler d'elle, en quoi il s'était complètement trompé.

On aurait dit qu'elle n'avait aucune idée de ce qui se faisait, socialement parlant, de ce qui se disait ou pas lors de ce qui était, plus ou moins, un premier rendez-vous. Ils avaient abordé les sujets normaux pour deux personnes qui apprennent à se connaître, des choses comme la famille, le boulot, et puis ils avaient parlé de l'Idaho, mais alors la conversation avait fini par prendre un tour étrange... ce qui ne dérangeait pas Dane.

Il la savait fascinée par son moignon et sa prothèse,

mais pas à ce point. Quand, à sa requête, il lui avait montré la prothèse qu'il utilisait en ce moment, elle était partie dans son dernier soliloque en date.

— Et ton bras, il te fait mal ? Tu as des douleurs fantômes ? Je me dis que ça doit faire bizarre, d'avoir mal à la main et, en baissant les yeux, de se rappeler qu'elle n'est plus là. C'est vrai, quoi, ça fonctionne comment, en fait ? Et tu as dit que ton ami avait compressé ton artère humérale entre ses doigts et que c'est comme ça que tu ne t'es pas vidé de ton sang ? Comment il a réussi à faire ça tout en marchant ? C'était douloureux ? Je suis bête, bien sûr que oui. Ta prothèse est pas mal, même si en gros, c'est juste l'étape d'après le crochet de pirate, mais je parie que tu pourrais t'inscrire sur une liste pour en avoir une bionique avec tambours et trompettes, comme on dit. Ces entreprises, elles sont avides d'une bonne histoire de vétéran de guerre... En plus, tu es bel homme, je suis sûre qu'ils adoreraient te montrer partout.

Profitant de ce qu'elle reprenait son souffle, Dane se dépêcha d'intervenir :

— Vraiment, ça ne te dérange pas qu'il me manque une partie de mon bras, alors ?

Elle posa sur lui un regard perplexe.

— Ben non, pourquoi ça me gênerait ?

Il y avait mille raisons auxquelles il pourrait penser, mais si vraiment elle n'en avait aucune conscience, il n'allait pas les lui donner.

— Viens ici.

— Où ?

Tout sourire, il passa un bras sur le dossier du canapé et tapota à côté de lui de sa main valide.

— Ici.

— Pourquoi ?

Dane ne pouvait nier que ses questions l'amusaient. Au moins, il n'avait pas à se soucier qu'elle garde ses pensées pour elle, comme tant d'autres femmes. Quand elle avait une question, elle la posait. Sans tourner autour du pot ni cacher ses sentiments ou ses réflexions.

— Parce que je suis fatigué et que j'aimerais t'avoir dans mes bras pendant qu'on discute... à moins que ça ne te mette mal à l'aise.

Elle sembla réfléchir à sa proposition un instant, avant de demander :

— Est-ce que c'est un préliminaire à ce qu'on s'embrasse et puis qu'on ait une relation sexuelle ?

Dane faillit s'étrangler, mais parvint à conserver son sérieux. De justesse.

— Ce soir ? Non. J'apprécie simplement ta compagnie et je voudrais t'avoir plus près pendant qu'on continue à se découvrir.

— Donc pas ce soir, mais peut-être plus tard ?

— Oui, Smalls. Si tu penses que l'envie peut t'en prendre.

Bryn inclina la tête et réfléchit à sa réponse, avant de répliquer à son tour :

— Oui, je pense que j'en aurai bien envie.

— Alors, viens ici.

Détendue, elle franchit les quelques pas qui la séparaient du canapé et s'installa contre lui. Ensuite Dane entreprit de répondre à ses questions.

— J'ai parfois des douleurs fantômes, et oui, c'est un peu bizarre d'avoir mal et, en baissant les yeux, de constater que tout ça, c'est dans ma tête. En revanche, je n'ai aucune idée de comment ça marche, désolé. Et puis, oui, Truck a vu que je saignais et il a plongé les doigts direct dans la charpie qu'était mon bras pour comprimer l'artère jusqu'à ce qu'on se mette à l'abri. Pas mal des détails de cette journée restent flous pour moi, mais je peux dire en toute honnêteté que j'ignore comment il a réussi à ne pas me lâcher pendant qu'on progressait. Et non, je ne pense pas avoir envie de devenir l'idole de qui que ce soit, juste parce qu'il me manque un bras. J'aimerais effectivement avoir une prothèse plus adaptative, mais j'ai réalisé au bout du compte qu'il était plus pratique de s'en passer complètement.

— Waouh.

— Waouh quoi ?

— Je n'en reviens pas que tu te sois rappelé toutes mes questions, admit-elle en se relaxant encore plus contre son flanc.

— Tu n'es pas la seule petite maligne, ici, Smalls.

Elle gloussa, puis passa délicatement le bras sur son ventre, comme si elle craignait qu'il ne s'en plaigne.

Dane lui posa son moignon sur le bras et appuya la tête en arrière contre le canapé.

— J'ai toujours été assez doué pour mémoriser les choses. Je ne suis pas un génie, comme toi, mais si quelqu'un dit quelque chose, en général je m'en souviens.

— Cool. (Bryn marqua une pause, puis elle ajouta :) Je vais chercher cette histoire de douleurs fantômes, et je reviendrai vers toi.

Dane redressa la tête et se pencha pour lui embrasser le crâne.

— Merci. Ça te dit de regarder la télé ? demanda-t-il après un instant de silence.

Bryn haussa les épaules.

— Comme tu veux.

— Qu'est-ce que tu fais, chez toi, quand tu rentres du travail ?

Plusieurs secondes s'écoulèrent sans qu'elle réponde. Alors Dane demanda :

— Bryn ?

— Tu avais raison, tu sais, lâcha-t-elle bizarrement au lieu de répondre à sa question.

— Au sujet de quoi ?

— Je suis zarbi.

Dane sentit son cœur se serrer. Il savait que ses paroles reviendraient le hanter un jour.

— Je ne voulais pas dire...

— Non, je comprends. Je suis assez vieille pour le savoir, à force. Ça ne devrait même plus me déranger.

— Mais ça te dérange, devina-t-il.

Elle haussa les épaules.

— Je dîne. Puis je compulse les livres intéressants que j'ai choisis à la bibliothèque ce jour-là. Ça peut me prendre une vingtaine de minutes ou bien trois heures, tout dépend à quel point ça m'absorbe. Ensuite, si ça n'a pas répondu à toutes mes questions, je vais fouiller plus avant sur Internet. Parfois je m'y perds et quand je m'en rends compte, il est plus de minuit.

Dane réalisa qu'elle était en train de répondre à sa question sur ce qu'elle faisait après le travail et ne l'interrompit pas, mais resserra son étreinte autour d'elle, l'enlaçant plus fort tandis qu'elle continuait.

— Si je n'ai rien rapporté d'intéressant de la bibliothèque, je fais des mots croisés. Ou alors, je lis les dernières dissertations postées en ligne sur le concours ProQuest organisé par la bibliothèque, et je décide si je trouve que la recherche a des défauts selon moi. Parfois, j'envoie un mail à l'auteur pour lui faire part de mes réflexions. De temps en temps, j'ai un échange intéressant avec l'un des professeurs du jury. Comme je vous l'ai dit, je n'ai pas besoin de beaucoup de sommeil. Mes parents m'ont fait tester quand j'étais petite et on a décidé que mon cerveau ne s'arrêtait jamais de fonctionner. Ça, et que j'avais un gène hDEC2 mutant dans mon ADN, chose qui existe chez les gens capables de vivre avec moins de sommeil que la moyenne de la population.

— Cool, commenta Dane, franchement impressionné.

Bryn leva la tête.

— Cool ?

— Oui. Tu n'imagines pas à quel point ça m'aurait été utile, quand j'étais dans l'armée. J'avais tellement de nuits de garde qu'à force, je peinais à rester éveillé.

— Tu essaies de me rassurer sur ma bizarrerie, marmonna Bryn.

— Oui, un peu, n'empêche, Smalls, tu me sidères. D'accord, tu es maligne. Et après ?

— Et après quoi ? demanda-t-elle, les sourcils froncés.

— Ah, c'est bon de savoir que je peux quand même t'enseigner des choses, la taquina-t-il. « Et après ? », ça veut dire « et alors ? ».

Elle pouffa et Dan sentit son ventre se serrer d'avoir été capable de lui tirer un sourire quand elle se sentait si mal.

— Je trouve ça génial que tu saches tant de choses. Mon pote, Truck, adorerait traîner avec toi.

— J'ai envie de le rencontrer, affirma-t-elle en se réinstallant contre lui. Je veux le remercier.

— Il a très envie de te rencontrer aussi. Il a dit qu'ils allaient faire le voyage jusqu'ici, avec certains des autres gars qui bossent avec lui. Mes amis.

— Super.

Mais elle avait parlé d'une voix basse et incertaine.

— Quoi ? demanda-t-il, percevant aussitôt son mal-être.

— J'ai du mal à m'entendre avec les gens, en général. Et j'ai peur qu'ils se comportent comme toi la première fois, au supermarché. Je dis toujours ce qu'il ne faut pas. Je suis trop intelligente et je ne veux pas te mettre mal à l'aise.

— Smalls, s'il faut, c'est moi qui vais me mettre mal à l'aise tout seul. Eux, ils vont t'adorer. En fait, si je n'y prête pas attention, ils vont essayer de te chiper à moi pile sous mon nez. Et pour ce qui est de l'intelligence, tu ne veux quand même pas que je sorte avec une femme qui ne sait pas combien d'onces contient un gallon, si ?

— Cent vingt-huit.

— Exactement.

Dane leva le bras et ôta délicatement l'élastique qui retenait les cheveux de Bryn en queue de cheval. Toujours aussi doux, il y passa les doigts dedans jusqu'à ce qu'il n'y ait plus de nœuds, ravi de l'odeur de noix de coco qui s'en échappait.

— Bryn, ton degré d'intelligence n'a rien à voir avec le genre de personne que tu es. Par exemple, j'ai connu des tas de terroristes vraiment très intelligents. Des hommes qui m'auraient tué, les gars de mon unité et moi, sans l'ombre d'une hésitation. Ou qui prenaient plaisir à découvrir de nouvelles façons de torturer leurs prison-niers. À l'inverse, j'ai croisé quelques imbéciles qui étaient les gens les plus sympathiques au monde. Ce qui m'importe et ce que j'apprécie chez toi, c'est ta générosité, ton amour des gens et des animaux. Tu te mets en quatre pour aider les autres, même quand ils se comportent comme des salauds avec toi.

— La plupart des gens ne sont pas du même avis, marmonna-t-elle, les yeux baissés.

— Eh bien alors, ce sont eux, les bizarres, Smalls, pas toi. Regarde-moi.

Il attendit qu'elle relève la tête et croise son regard.

— C'est moi qui devrais m'inquiéter, dans cette relation. Tu es tellement mieux que moi que c'en est même pas drôle. Je suis un soldat en retraite pour raison médicale qui n'a obtenu qu'un DEUG parce que ça faisait bien sur le papier pour la promotion. J'ai des cicatrices de partout et une main en moins. Je ne suis pas bien à l'aise en public, même si j'y travaille. Mes amis sont un groupe de soldats tellement top secret que je ne pourrais même pas te dire où ils sont à l'instant où je te parle. J'ai dépensé à peu près toutes les économies que j'avais mises de côté pendant mes missions sur l'achat de cette maison et je n'ai pas la moindre idée de ce que je veux faire du reste de ma vie. Pourtant, je vais te dire quelque chose : jamais je n'ai eu envie que qui que ce soit passe outre tous ces défauts et veuille me voir, moi, plus que j'en ai envie avec toi.

— Dane...

— N'aie pas honte de tes centres d'intérêt, Smalls. Ne laisse personne te les reprocher non plus. Fais ce qui te semble bien et au diable le reste et les autres. Truck et mes amis vont t'adorer. Je lui ai déjà parlé de toi, en long et en large, donc je ne dis pas ça au hasard. D'accord ?

— Comment fais-tu pour toujours trouver les mots pour que je me sente normale ?

— Je décris juste les choses telles que je les vois.

Bryn reposa la tête contre le torse de Dane et l'enserra par la taille.

— Qu'est-ce que tu aimes regarder, toi, le soir ?

— Je suis fan de documentaires... oh, et *Mythbusters*.

— *Mythbusters* ?

— Tu n'as jamais regardé les bêtises de Jamie et Adam ?

— Non.

— Installe-toi, ma belle. Tu vas te régaler. Même si j'imagine que tu sauras déjà tout ce qu'ils vont raconter en matière de sciences.

— Il y a de la science dans l'émission ?

— Ouais, Smalls. Une tonne de science. C'est le noyau de l'émission.

Plusieurs heures plus tard, Dane se réveilla avec Bryn allongée sur son torse, profondément endormie. Ils s'étaient décalés sur le canapé au point d'être tous les deux allongés. Les jambes de Bryn étaient emmêlées aux siennes et sa tête posée contre son épaule. Elle avait une main sur son cœur et l'autre passée sous son corps. Lui, il avait un bras passé sur sa hanche et sa main valide étreignait celle que Bryn avait posée sur son torse.

Il avait dû s'endormir quelque part au milieu de *Mythbusters* et, désormais, la télé était éteinte.

Bryn n'était pas partie au milieu de la nuit. Elle avait éteint la télé et pris la décision de rester où elle était.

Dane n'était pas homme à croire au coup de foudre, pourtant, il tenait plus à cette femme immobile et si paisible, là, contre lui, qu'il n'avait tenu à qui que ce soit de toute sa vie

Alors il se fit le vœu solennel d'être le genre d'homme qu'elle serait fière de fréquenter. Oui, de fréquenter. Avec elle, il avait l'impression que rien n'était impossible, même pour un ancien soldat handicapé n'ayant que très peu d'éducation académique comme lui. Elle était un miracle. Son miracle.

11

Un jour de la semaine suivante, Bryn se réveilla à son heure habituelle – 5 h 30 – et tendit aussitôt la main vers son téléphone. Se décalant jusqu'à ce que son dos repose contre la tête de lit, elle composa le numéro de Dane. Elle lui avait promis qu'elle rechercherait pourquoi les douleurs fantômes survenaient et elle avait tenu parole. Toute la semaine. Elle était même parvenue à appeler un médecin spécialisé dans la réhabilitation des adultes qui avaient perdu un membre après un traumatisme ou une maladie. Le médecin travaillait à l'Institut de rééducation de Chicago, au service des amputations et des déficiences au niveau des membres.

Pour sa part, Bryn trouvait que c'était un nom de service affreux, mais qu'y connaissait-elle ? Le Dr Soriano lui avait expliqué que les douleurs fantômes avaient long-temps été envisagées comme un problème psychologique découlant de l'incapacité d'une personne à appréhender la perte d'une partie de son corps, mais elle lui avait précisé ensuite que la recherche avait permis de montrer que c'était une sensation qui provenait de la moelle épinière et du cerveau. Elle s'était mise à en décrire les symptômes, les causes, lesquelles n'étaient pas trop diffi- ciles à imaginer, et les traitements.

Bryn s'était endormie en pensant à Dane et à ce qu'il pouvait éprouver, et elle s'était réveillée après avoir rêvé de lui. Sans songer à l'heure qu'il était, mais seulement à son désir de lui parler de ce qu'elle avait découvert, elle avait composé son numéro.

— Allô ?

— Salut, Dane, c'est Bryn. J'ai parlé au Dr Rachna Soriano de l'Institut de rééducation de Chicago, qui est le meilleur hôpital en matière de rééducation de tout le pays pour ce qui est des amputés. Bref, elle a dit que la douleur fantôme dans ta main est normale, que la plupart des gens qui ont perdu un bras, une jambe ou un pied, parfois même leur langue ou leur pénis... Tu imagines être amputé de la langue ce que ça doit faire ? Beurk. Bref, la plupart des gens qui ont perdu un membre ou quoi que ce soit ont parfois l'impression qu'il est toujours là. Et cette douleur est uniquement ressentie par les gens qui ont perdu un membre. Ça n'arrive pas à ceux qui sont nés sans bras, sans pied ou autre. Je veux dire, c'est logique... Si ton cerveau ne savait pas qu'il était là au départ, il ne peut pas vraiment lui envoyer des signaux. En tout cas, certaines personnes ont des douleurs en continu, ce qui craint. Au moins, toi, tu n'en as que de temps en temps. Et il me semble que ta douleur est bonne, en fait... enfin, pas bonne, parce que n'importe quelle douleur craint, mais tu m'as dit que ta main ne faisait que palpiter de temps en temps, alors que d'autres gens parlent de coups de poignard ou de sensations de brûlure. Bon sang, je n'arrive pas à imaginer ! Parfois, cela peut être déclenché par le stress. Tu es stressé ? Tu ne devrais pas. Je veux dire, tu as besoin de travailler là-dessus, si tu l'es. Je déteste quand tu as mal.

— Bryn ?

Elle ignora son intervention et continua, surexcitée :

— Le truc le plus cool que m'a dit la doctoresse, c'est que le cerveau pouvait se réorganiser sur une autre partie du corps. Donc si ta main ne peut plus renvoyer les signaux à ton cerveau, l'information passe ailleurs... par exemple à ta poitrine. Par conséquent, lorsque tu touches ta poitrine, cela correspond à un endroit dans ton cerveau parce qu'il sait que tu touches ta poitrine, mais c'est également comme si ta main manquante était touchée. Et cela peut produire une douleur car tes canaux sensoriels sont perturbés. Bien sûr, une douleur fantôme peut être causée par d'autres raisons, moins inté-ressantes, comme des terminaisons nerveuses endomma-gées dans ton moignon ou le tissu cicatriciel.

— Quelle heure est-il ?

La question de Dane surprit Bryn pendant un instant, mais elle jeta un coup d'œil à son réveil à côté de la table de chevet.

— 5 h 39. Pourquoi ?

— Tu te réveilles toujours aussi tôt ?

— Oui.

— Pas moi. Plus maintenant.

— Oh. (Bryn se mordilla la lèvre.) Tu dormais ?

— Oui.

Elle ne dit rien pendant quelques instants, puis se hasarda à demander :

— Mais tu ne dors plus, là ?

Il gloussa, puis confirma :

— Non.

— Bien. Alors, les traitements. Tu peux essayer soit des médicaments, soit des méthodes moins invasives comme l'acupuncture, ou quelque chose appelé « neuro-stimulation électrique transcutanée ». La médecin a parlé des différents médicaments que prennent ses patients et je ne pense pas qu'aucun d'entre eux soit vraiment marrant. Ce sont des trucs comme des antidépresseurs, qui vont modifier les messagers chimiques responsables des douleurs que tu penses ressentir dans ta main, ou des anticonvulsifs... ils calment les nerfs endommagés. Certaines personnes prennent également des narco-tiques, comme la morphine, mais, à mon avis, ça ne te fera pas vraiment du bien. Et par ailleurs, je n'aime pas l'idée que tu sois drogué à mort. Le traitement le plus intéressant dont elle m'ait parlé, c'est un truc appelé une boîte à miroirs. Et je pense pouvoir en installer une chez toi, sans trop de problèmes. En fait, c'est juste une série de miroirs, mais en substance, tu mets ta main droite d'un côté et ton moignon de l'autre. Les miroirs créent l'impression que tu as tes deux mains dans la boîte. Ensuite, tu fais des exercices avec ta main droite et tu les observes dans le miroir, en pensant que c'est ta main manquante qui les effectue. Ça a l'air ridicule, crois-moi, j'ai rigolé quand le Dr Soriano m'en a parlé, mais elle a affirmé que c'était vraiment utile pour calmer la douleur. Il n'y en a pas beaucoup d'autres...

— À quelle heure es-tu allée te coucher ?

Bryn fronça les sourcils devant cette interruption.

— Vers 3 heures, je pense. Pourquoi ?

— Tu veux petit-déjeuner ?

— Petit-déjeuner ?

— Oui. Le repas que la plupart des gens prennent quand ils se lèvent, le matin.

— Je sais ce qu'est un petit-déjeuner, Dane. Et oui, je veux petit-déjeuner. Je m'en préparerai un quand j'aurai fini de parler avec toi.

— Tu veux de la compagnie ?

— Pour petit-déjeuner ?

— Oui, Smalls. Pour petit-déjeuner. Tu veux que je vienne le prendre avec toi ?

— Mais tu m'as vue hier soir.

Bryn entendit Dane s'esclaffer. Le son la traversa de part en part, faisant courir un frisson le long de son échine. Elle voyait Dane presque tous les jours depuis qu'il l'avait invitée à dîner. Une fois, il lui avait apporté à déjeuner à la bibliothèque et ils avaient partagé un repas dans la salle de repos : il s'était adossé au mur, pour faire face à la porte. Un autre soir, il l'avait retrouvée à la bibliothèque, refusant de la laisser donner vingt dollars à Oliver, qui avait ouvert boutique dehors, sur le parking, attendant sans doute la sortie de Bryn, puis ils s'étaient rendus chez elle où ils avaient regardé d'autres épisodes de *Mythbusters* en mangeant des nouilles chinoises. La veille, il l'avait appelée alors qu'elle se rendait au travail et leur conversation avait été très brève, car Rosie Peterman, la bibliothécaire en chef, lui avait lancé un regard noir parce qu'elle parlait trop fort. Une fois de plus, il l'avait attendue sur le parking, à 17 heures. Elle l'avait invité à dîner, mais il s'était contenté de lui tendre une rose, en lui disant qu'il avait pensé à elle et il l'avait suivie jusqu'à son appartement, où il l'avait regardée se garer et entrer dans l'immeuble avant de repartir.

Et maintenant, il voulait savoir si elle aimerait petit-déjeuner avec lui.

— En effet, convint-il. J'ai envie de te revoir. Vu que je suis réveillé, maintenant... D'ailleurs, j'ai l'impression que c'est comme ça chaque fois que je suis réveillé : je n'arrête pas de penser à toi et d'avoir envie de te voir. Alors je me suis dit que je pourrais faire un saut... si ça ne te dérange pas. Je m'arrête au magasin de beignets pour en rapporter quelques-uns.

— Les beignets sont mauvais pour toi.

Il s'esclaffa de nouveau.

— Des tas de choses sont mauvaises pour moi, mais la plupart du temps, ce sont celles qui m'apportent le plus de joie.

— Les beignets t'apportent de la joie ?

— Oui, mais plus que le sucre, c'est toi. Tu m'apportes de la joie.

— Waouh. C'est... euh... gentil.

Bryn s'allongea sur le matelas, afin que sa tête se pose sur l'oreiller. Il avait une voix profonde et éraillée. Elle pouvait presque se le figurer, allongé dans son lit, un bras sous la tête, pendant qu'il discutait avec elle. C'était hyper sexy et, à chaque mot qu'il prononçait, la sensation doucereuse entre ses jambes augmentait.

— Tu es dans ton lit ?

— Oui. Et toi ?

— Mmmh.

La main de Bryn suivit le bord du T-shirt qu'elle portait toujours pour dormir, descendit le long de son ventre, où elle hésita, puis appuya plus loin, faufilant ses doigts sous la culotte pour effleurer les replis de son sexe. Elle prit une profonde inspiration.

— Ça va, Smalls ?

— Oui.

Elle posa l'index sur son clitoris et entreprit de le frotter lentement, fermant les yeux et imaginant que c'étaient les doigts de Dane sur son corps.

— Qu'est-ce que tu fais ?

— Rien.

Bryn garda les yeux fermés tout en se caressant du bout des doigts.

— Est-ce que tu es en train de te toucher ?

Dane avait parlé d'une voix encore plus rauque et Bryn laissa échapper un petit gémissement en appuyant plus fort sur son clitoris. Tellement perdue dans le plaisir qu'elle n'était plus en mesure de se censurer, elle répondit par l'affirmative.

— Bon sang, Smalls. Tu me tues. Je vois ça d'ici. Toi, allongée sur ton lit, en train de te caresser pendant que tu me parles. Je parie que tu es magnifique... et toute trempée. Est-ce que tu es nue ?

— Non.

Bryn réussit à bouger son doigt plus vite. On aurait dit que Dane devinait l'effet que sa voix lui faisait, parce qu'il continuait de parler, la poussant de plus en plus vite vers le pic de la jouissance.

— C'est tellement sexy. J'imagine d'ici à quoi tu ressembles, avec la main glissée dans ta culotte, en train de te toucher. Si j'étais à côté de toi, je ne verrais que ta main en train de remuer sous tes vêtements. Merde, cette image va rester gravée dans mon cerveau. Tu vas jouir bientôt, Smalls ?

Oui, c'était imminent.

— Continue de parler, ordonna-t-elle à Dane, désireuse que sa voix profonde dans son oreille la fasse basculer par-dessus bord.

— Tu aimes le son de ma voix ? Tu aimes savoir que tu me rends dingue à force d'imaginer ce que tu es en train de te faire ? Le jour le plus chanceux de ma vie, ça a été celui où tu m'as remarqué au supermarché, Bryn. Je te suis si reconnaissant de m'avoir accordé une autre chance, putain. Tu t'es insinué si profondément dans ma vie que je ne peux plus t'imaginer en partir. Tu me donnes envie de m'améliorer. Je brûle de...

Bryn gémit doucement en basculant dans le précipice. Elle continua à se caresser tandis que l'orgasme déferlait sur elle. Elle n'entendait plus que vaguement Dane continuer à parler, via le téléphone, dans le creux de son oreille. Ce fut seulement quand elle eut repris une profonde inspiration pour tenter de recouvrer la maîtrise d'elle-même qu'elle le comprit.

— Putain, ça a été hyper chaud, Bryn. Tu es tellement douce. Merci de partager ça avec moi.

— Euh... de rien ?

La phrase était sortie plus comme une question que comme un commentaire.

— Je sais que nous ne sortons pas ensemble depuis longtemps, mais que tu me fasses assez confiance pour partager ça avec moi signifie tout à mes yeux. Mais il faut que tu saches quelque chose.

Comme il n'ajoutait rien, Bryn demanda, hésitante :

— Quoi ?

— Je vais avoir envie de voir ça de mes propres yeux, un jour. Maintenant, tu veux des beignets ?

Bryn s'éclaircit la gorge et se redressa, jusqu'à ce que son dos s'appuie de nouveau contre la tête de lit. Elle savait qu'elle s'était empourprée jusqu'à la racine des cheveux, mais elle n'arrivait pas vraiment à s'en préoccuper. Elle n'avait pas planifié de se masturber au téléphone avec Dane, mais quand elle se l'était représenté allongé sur son propre lit et qu'elle avait entendu sa voix, elle n'avait pas pu s'en empêcher.

— Oui, j'ai envie de beignets.

— Lève-toi et habille-toi, Smalls. Je ne vais pas tarder à arriver.

— D'accord.

— Je suis sérieux. Habille-toi. Jean, soutien-gorge, T-shirt. Peut-être même un sweat-shirt. Je suis fort, mais je ne suis pas certain de pouvoir le supporter, si tu te pointes en chemise de nuit et culotte sur le pas de ta porte.

— Tu vas m'embrasser ?

— Oui, Bryn. Je vais t'embrasser. Quand le moment sera venu pour nous deux. Et alors je te ferai aussi l'amour.

— Je suis prête, insista-t-elle.

— Pas moi, répliqua-t-il aussitôt. Je veux être le genre d'homme dont tu puisses être fière. Le genre d'homme qui t'emmène manger sans péter un plomb. Le genre d'homme qui s'en fiche de n'avoir qu'une main. Je n'en suis pas encore là. Je m'y efforce et tu me donnes envie de redoubler mes efforts. Mais, ma chérie, t'avoir entendue haleter mon nom au moment où tu as joui, là, ça m'a donné une motivation supplémentaire. Et savoir que tu as passé du temps à faire des recherches sur la douleur fantôme et que tu en as parlé à un expert, encore une autre. Et savoir que la première chose que tu as faite en te réveillant, ça a été de te pencher pour attraper ton téléphone et composer mon numéro, afin de pouvoir partager avec moi ce que tu avais appris, ça a été le meilleur réveil de toute ma vie. Donc oui, je vais t'embrasser, Smalls. Je vais embrasser chaque centimètre carré de mon corps et te laisser m'embrasser de la même façon.

— D'accord.

Ces paroles ne donnaient qu'une envie à Bryn : celle de se caresser en les écoutant, mais elle savait que ce n'était pas la raison pour laquelle il les prononçait.

— Donc… trente minutes ? Tu seras habillée ?

— Oui, Dane. Je serai prête.

— Merci pour ce réveil, Smalls. J'arrive sous peu.

— Salut.

— Salut.

Bryn raccrocha et ferma les yeux pendant quelques instants. Elle était mortifiée, excitée et terrifiée tout à la fois. Prenant une inspiration, elle se tortilla et posa les pieds sur le sol. Elle avait besoin d'une douche si elle devait voir Dane ce matin. Souriante, avec la sensation d'être plus féminine que jamais, elle pénétra dans sa salle de bains, plus que prête à entamer sa journée… par un beignet et quelques heures en compagnie de Dane. La vie était chouette.

12

Dane regarda Bryn et sourit. Ils étaient installés sur son canapé, après un énième épisode de *Mythbusters*. Ils regardaient la saison 4 et l'intérêt de Bryn n'avait pas diminué d'un pouce. Rosie lui avait donné son après-midi après l'avoir vue parler avec Dane. Il n'était pas un visiteur régulier de la bibliothèque et la vieille femme s'était à l'évidence rendu compte qu'il faisait de son mieux pour courtiser Bryn.

Laquelle était une femme intrigante, qu'il fallait apprendre à connaître. La plupart des gens essayaient de faire semblant de ne pas remarquer sa prothèse... pas Bryn. Quand elle voyait des gens observer Dane, elle les interpellait à propos de ça. Si des gamins faisaient des commentaires, elle entamait la conversation avec eux et le poussait même vers eux afin qu'ils puissent voir sa prothèse de près et de leurs propres yeux.

Elle lui donnait l'impression qu'il n'y avait absolument rien qui clochait chez lui, afin qu'il commence à y croire lui-même. Ils n'avaient pas répété le petit épisode survenu deux semaines plus tôt, quand elle s'était masturbée au son de sa voix, mais il percevait le désir dans ses yeux, chaque fois qu'elle le regardait.

Il se retenait parce que... il n'était pas exactement sûr de la raison qui le poussait à agir ainsi. Peut-être parce qu'il redoutait de se sentir mal à l'aise en couchant avec elle. Il n'avait pas essayé de se retrouver avec une femme depuis son accident. Déterminer où poser sa main et ses coudes risquait d'être étrange.

Mais s'il était honnête avec lui-même, il savait exactement pourquoi il y allait lentement avec Bryn. Il avait beau brûler de se retrouver en elle, il savourait comme un fou les plaisirs de l'anticipation. Il n'avait jamais mis autant d'énergie à courtiser une femme auparavant et, plus il attendait avec Bryn, mieux ça serait. Il le savait.

— Tu es sûre que tu n'as pas besoin d'aller à Cœur d'Alene aujourd'hui ? demanda Bryn. On pourrait faire un saut au supermarché et t'acheter des aliments bio. Je sais que tu as aimé le pain sans gluten que je t'ai servi au dîner, l'autre soir.

— En effet, mais je préfère passer du temps avec toi.

Bryn redressa la tête et l'examina.

— C'est toujours pénible ?

Dane ne s'habituerait jamais à la façon dont elle ne se contentait pas simplement de le regarder : elle le regardait vraiment. Elle voyait des choses dont tous les autres se fichaient jusqu'à présent... tous les autres sauf Truck.

— Ça s'améliore. Lentement mais sûrement. J'aime bien faire des courses avec toi tous les week-ends. Ça m'aide.

— Eh bien, j'en tire davantage de profit que toi, je pense. Je n'ai plus à me soucier de voir ma voiture rendre l'âme quand je suis en ville et tu m'empêches de dilapider mon argent avec tous les mendiants. C'est du gagnant-gagnant pour moi. (Dane sourit et passa le doigt le long de sa joue.) Tu as des amis ?

— Des amis ?

— Oui, répondit Bryn. Je veux dire, je sais pourquoi je n'en ai pas beaucoup. Je suis trop bizarre. Les gens ne supportent pas mes bavardages et mon comportement. Mais toi ? Tu es beau, intelligent et tu es un héros. Pourtant, je ne te vois avec personne.

— Je ne suis pas beau. C'est les femmes qui le sont, les hommes, eux, sont séduisants.

Bryn agita la main devant lui, pour englober tout son corps.

— Non. Tu es beau. Tu es dur là où tu dois l'être, avec un petit air négligé et... tu es tout simplement beau.

Faute de savoir exactement quoi répondre à cette assertion, Dane ne rebondit pas.

— J'ai des amis, Bryn, dit-il à la place. Mais pas ici. Truck m'appelle dès qu'il peut.

— Qui encore ? Tu dois avoir plus d'un ami.

— Oui. Le groupe d'hommes qui sont morts dans l'explosion où j'ai perdu la main, c'étaient mes amis. Je ne m'étais pas rendu compte à quel point ils allaient me manquer. Et puis, Truck et son équipe soudée m'ont en quelque sorte ramené à la vie. Donc maintenant, ce sont mes amis, eux aussi.

— Ils ont des noms rigolos comme Truck ? demanda-t-elle.

— Je ne suis pas certain que « rigolo » soit le terme exact, mais oui, ils ont des sobriquets. Ghost, Fletch, Coach, Hollywood, Beatle et Blade.

— Cool. Et toi ?

— Et moi, quoi, Smalls ?

— Tu as un sobriquet ?

— Oui. C'est Fish.

— Fish... hum, tu es bon nageur ? s'enquit-elle.

Sans la moindre suffisance, Dane répondit :

— Le meilleur qui soit.

— J'aimerais voir ça, un jour.

— Quand il fera un peu plus chaud, je serai ravi d'aller nager avec toi, Smalls.

— Moi aussi.

— Et pour revenir à notre sujet, tu es mon amie aussi à présent, n'est-ce pas ?

Au lieu de répondre d'emblée, Bryn se contenta de le dévisager un instant de son regard intense. Puis elle sourit. D'un sourire si large que Dane faillit sursauter devant son éclat.

— Oui, je suis ton amie.

— Bien. Et, Bryn, tu n'es pas bizarre, tu sais. Je croyais qu'on en avait fini avec ça.

— Différente, dans ce cas.

— Différente, peut-être. Mais les gens qui ne sont pas capables de voir au-delà de ses différences pour découvrir la femme étonnante que tu es en dessous ne méritent pas d'avoir une amie comme toi. Tu es le genre d'amie qui n'arrive que le 36 du mois. Le genre d'amie qui laisserait tout tomber si quelqu'un l'appelait à l'aide. Altruiste, attentionnée, gentille et intéressante. J'ai plus appris à ton contact qu'avec n'importe qui d'autre. J'aime ça, chez toi.

Bryn se mordilla la lèvre, puis sourit timidement.

— Merci.

— De rien. Cela fait combien de temps qu'on se connaît ?

— Trente-sept jours.

Dane sourit. Il aurait dû deviner que Bryn connaîtrait le compte exact des jours.

— Bien. Et au cours de toutes les heures que nous avons passées ensemble, y a-t-il eu quelque chose que tu voulais me demander, sans oser le faire ?

Dane aimait la façon qu'avait Bryn de toujours dire ce qu'elle pensait, mais ces derniers temps, il avait la sensation qu'elle gardait quelque chose pour elle. Et il détestait cette impression. Il devenait de plus en plus difficile d'y aller lentement avec elle, mais il s'était promis de ne pas brusquer leur relation. Pourtant, à chaque journée qui passait, il avait toujours plus envie d'elle.

Alors qu'elle continuait de le dévisager, il l'amadoua :

— Allez, Smalls. On est amis. Je veux que tu sois honnête avec moi.

— *Pourquoitunem'aspasembrassée ?*

Les mots avaient été si mélangés qu'ils n'en formaient plus qu'un, puis elle poursuivit :

— Je veux dire, je vois la façon dont tu me regardes parfois et, l'autre matin, au téléphone, je me suis dit que peut-être...

Sa voix s'éteignit et elle baissa la tête pour retirer un fil au bas de son jean.

— Regarde-moi, Smalls, ordonna Dane.

Comme elle n'obtempérait pas, il plaça un doigt sous son menton pour lui relever doucement la tête. Quand elle croisa enfin son regard, il reprit :

— Je ne t'ai pas embrassée, parce que je ne me fais pas confiance.

— Pardon ?

— Je ne me fais pas confiance, répéta-t-il. Tu es absolument stupéfiante et je n'ai jamais été attiré comme ça par quelqu'un, jusqu'à maintenant.

— Dans ce cas, pourquoi ?

— Parce que je sais qu'une fois que j'aurai goûté à tes lèvres, je ne serai plus capable de me retenir. J'en voudrai plus. Je te voudrai sous moi, sur moi et je voudrai me perdre en toi. J'essaie d'y aller lentement. J'adore passer du temps avec toi. Regarder la télé, faire des courses, aller à la bibliothèque, te voir travailler.

— Comment ça fonctionne ? Est-ce que ça t'aide à te sentir mieux en public ?

Dane sourit devant ce changement de sujet. C'était typique de Bryn. Elle s'inquiétait toujours plus pour lui que pour elle.

— Oui, Smalls. Quand tu es là et que je peux me concentrer sur toi, ça m'aide à garder les deux pieds sur terre.

— J'en suis heureuse.

— Donc pour répondre franchement à ta question, je veux t'embrasser. Et je le ferai. Et histoire que tu sois au courant, une fois que j'aurai enfin tes lèvres sur les miennes, ce ne sera plus qu'une question de temps avant que je t'entraîne dans un lit.

— D'accord.

— D'accord.

— Dane ?

— Oui, Bryn ?

— Je ne veux pas te brusquer ou quoi que ce soit, mais je suis prête. Dès que tu le seras, moi aussi.

Dane sourit, lui prit la main et embrassa sa paume.

— C'est bon à savoir. Tu as envie qu'on commence un autre épisode ?

— Oui. Juste après, c'est l'épisode avec le canon à vapeur... là où ils essaient de comprendre si Archimède aurait pu en fabriquer un. J'aime comment ils s'y prennent pour que leurs épisodes ne soient pas trop compliqués, en mélangeant des mythes scientifiques avec des histoires rigolotes. Je suis impatiente de voir le résultat pour savoir si le carton de la boîte de céréales est plus nourrissant que la merde sucrée qu'elle contient.

Dane gloussa et se pencha vers le bout du canapé pour attraper la télécommande.

— Viens ici, Bryn.

Elle obtempéra et s'appuya contre lui, attirant son bras gauche autour d'elle, afin que son moignon repose sur sa hanche. Elle avait les yeux rivés à l'écran quand le générique de début se déclencha.

Dane soupira de contentement et ignora son sexe dur comme du bois. Il baissa la tête pour inhaler le parfum unique de Bryn et sourit quand son érection tressauta une fois de plus. Une bouffée de son shampooing à la noix de coco et il était au garde-à-vous.

Bien plus attentif à la femme à côté de lui, à la façon dont elle s'alanguissait contre lui qu'à la télévision, Dane remercia sa bonne étoile de lui avoir permis d'être assis ici, à côté de Bryn. Il savait mieux que n'importe qui que s'il ne l'avait pas rencontrée, sa vie aurait été très différente. Elle l'avait aidé à gérer son stress post-traumatique et lui avait permis de se sentir de nouveau un homme. C'était un miracle si elle ne le voyait pas comme un sous-homme. Et il n'allait pas laisser ce miracle lui filer entre les mains.

13

Bryn décrocha machinalement le téléphone, l'esprit toujours préoccupé par le problème mathématique qu'elle essayait de résoudre. Elle l'avait trouvé en ligne sur un forum où tout le monde affirmait qu'il était impossible à élucider. Autant agiter une cape rouge devant un taureau.

— Allô ?

— Salut, Smalls. Qu'est-ce que tu fais ?

— Des maths.

Dane lui gloussa dans l'oreille.

— Tu peux faire une pause ?

— Je peux. Mais je n'en ai pas très envie.

— Truck et ses amis viennent chez moi. Ils seront là d'ici une vingtaine de minutes à peu près.

Tout à coup, elle était très attentive aux propos de Dane.

— Quoi ? Là ? Ici, ici ?

— Oui, ici à Rathdrum. Ils ne restent qu'une journée

et demie, donc je fais un barbecue ce soir pour fêter ça. Tu veux venir les rencontrer ?

La première pensée de Bryn fut de répondre « oui » sans hésiter. Seulement une autre partie d'elle était encore très inquiète que ses amis de l'armée ne l'apprécient pas. Qu'elle sorte un truc complètement hors de propos et se les mette à dos. Et si ses amis ne l'appréciaient pas, alors peut-être que Dane risquait de changer d'avis la concernant.

À croire qu'il lisait dans ses pensées, il lui dit d'une voix douce :

— Bryn, fais-moi confiance.

— D'accord. À quelle heure ?

— Je passe te chercher.

— Je peux prendre ma voiture.

— Je sais. Mais je viens quand même.

— Dane, sérieusement, tes amis sont en route, ce n'est pas très sympa de les abandonner pour venir me récupérer.

— Smalls. Ils sont adultes. L'armée leur confie du matériel qui vaut plusieurs millions de dollars et ils sont responsables de la vie de centaines d'hommes et de femmes avec qui ils combattent. Je pense qu'ils vont se débrouiller chez moi pendant les trente minutes que me prendra le trajet jusqu'en ville pour te récupérer et revenir.

Percevant le sourire dans sa voix, elle céda :

— D'accord. Maintenant, si tu veux. Parce que si tu tardes, je vais me replonger dans cette équation que j'essaie de résoudre et je serai grognon si tu m'interromps.

— Je suis en route.

— Dane ?

— Oui, Smalls ?

— Comment je m'habille ?

Il ne se moqua pas de sa question.

— Jeans, baskets, T-shirt avec un pull ou un sweat-shirt, quelque chose comme ça. Il fait un peu frisquet dehors.

— OK. Ça marche. À tout de suite ?

— Oui. J'arrive aussi vite que possible.

— Sois prudent.

— Toujours.

— Salut.

— Salut, Bryn.

Elle raccrocha et resta assise à table, le regard perdu. Elle ne savait pas grand-chose sur Truck ou ses amis, tout simplement parce qu'elle n'avait pas posé de questions. Elle brûlait de tout apprendre sur eux, tout en redoutant d'en découvrir trop et qu'en définitive, ils ne l'apprécient pas. Ce serait encore plus douloureux en sachant ce qu'elle ratait.

Elle s'écarta de l'ordinateur et se hâta d'aller se changer. Elle tenait à être prête quand Dane arriverait.

Vingt minutes plus tard, elle était dans son pick-up et ils se dirigeaient vers chez lui.

— Répète-moi leur nom à tous, demanda-t-elle. Et dis-moi un petit quelque chose sur chacun.

Sans avoir l'air agacé par sa requête, il s'exécuta.

— Ghost est le chef de groupe. Celui qui se soucie le plus des autres gars, mais il n'hésite pas non plus à intervenir sur une mission quand ça tourne mal. Fletch s'est récemment marié avec une femme qu'il a rencontrée parce qu'elle vivait dans l'appartement au-dessus de son garage. Ils ont une fillette de six ans qui en paraît dix-huit. Annie. Elle me fait penser à toi par bien des aspects.

— Ah bon ?

— Oui. Elle est maligne. Très intelligente. Et originale. Elle veut devenir soldat professionnel quand elle sera grande, comme son papa. Tous les gens qui la rencontrent l'adorent dès le premier regard.

— Pour ça, elle a de la chance, commenta Bryn, un peu mélancolique.

Quand elle était enfant, elle, les gens semblaient plutôt irrités et un peu effrayés en la rencontrant.

Encore une fois, comme s'il lisait dans ses pensées, Dane tendit la main et exerça une pression dans sa nuque, un geste bref, avant de reposer la main sur le levier de vitesses.

— Et puis, il y a Coach. Il est grand, mince, et a failli se faire exploser la tête par un oiseau lors d'un saut en parachute avec la femme qui devait devenir sa petite amie.

— Mon Dieu. Et ça va ?

— Ouaip. Harley et lui vont super bien. Ils sont solides. Enfin, il y a Hollywood. Celui qui ressemble à un acteur de cinéma. Mais ne lui parle pas de ça, le sujet est un peu sensible.

— Ah. Euh… je ne comprends pas.

Dane gloussa.

— Je te taquine. Ça a toujours été celui sur qui toutes les filles craquent, dans le groupe. Son physique a toujours été sa marque de fabrique. Mais depuis peu, il n'est plus sur le marché. Je ne pensais pas qu'il accepterait de venir jusqu'ici.

— Pourquoi ça ?

— Parce qu'il est jeune marié... et que sa femme s'est fait poignarder dans le dos à deux reprises. Au sens propre. Mais elle va bien, maintenant, se hâta-t-il de la rassurer. Enfin, son rétablissement a pris longtemps.

— Ça craint. J'espère qu'ils ont attrapé le type qui avait fait ça, fit-elle d'une voix ferme.

— Oh, ça oui. Et je me suis assuré que le salaud derrière toute la merde que Kassie a dû traverser ne lui fasse plus jamais de mal.

Bryn lui posa la main sur la cuisse et se contenta de hocher la tête.

— Bien.

— D'accord, j'en termine... Beatle et Blade seront là aussi. Eux, ils sont célibataires. Et pour finir, Truck. Sur lui, je t'ai tout dit. Il est célibataire sans l'être.

— C'est-à-dire ?

— Il a craqué sur une femme de chez lui. Qui l'apprécie aussi, seulement elle a des soucis de santé et ne veut pas le retenir ou bien elle invoque une autre raison à la con du même genre.

— Mais ça va aller pour elle ? voulut savoir Bryn.

— Sans te mentir... je n'en sais rien. Elle n'en parle jamais et Truck non plus. Mais je connais mon ami. S'il y a quoi que ce soit qu'il puisse faire pour lui faciliter ce combat, il le fera.

— J'ai hâte de les rencontrer, déclara-t-elle en se déplaçant pour se positionner dos à sa portière.

— Et eux aussi, tous autant qu'ils sont.

— On peut décider d'une limite de temps ? demanda-t-elle avec un coup d'œil à sa montre.

— Comment ça ?

— C'est juste que... j'étais vraiment au milieu d'un

truc. Et si je sais que je ne dois rester auprès de tes amis qu'un certain laps de temps, je m'en sortirai mieux pour me faire apprécier. Par exemple, si je sais qu'on n'a que deux heures, ça va, je peux gérer. Mais si je n'ai pas d'horaire de fin et que j'ignore à quelle heure je peux retourner à la maison et à mon problème de maths, ça va... ça va être dur, termina-t-elle, penaude.

Ils venaient d'arriver chez Dane et Bryn se mordit la lèvre sous l'effet de l'agitation, en voyant les trois véhicules garés au hasard dans l'allée. Dane coupa le moteur et lui prit la main.

— Viens par ici, Smalls.

Elle se recroquevilla plus près de lui et, voyant qu'il continuait à la faire approcher, elle passa délicatement une jambe par-dessus ses hanches pour venir s'asseoir à califourchon sur lui. Il lui prit le menton entre ses doigts et la maintint face à lui. Le coude de son autre bras passé autour d'elle et posé dans le creux de son dos.

— Bryn. Ils vont t'adorer.

— D'accord.

Dane l'examina un long moment, puis il ajouta :

— Tu en as besoin, pas vrai ?

Elle hocha la tête dans un mouvement saccadé et s'efforça de s'expliquer :

— J'avais douze ans. J'étais invitée à une fête. Je ne voulais pas y aller, mais mes parents pensaient que ça me ferait du bien. C'était affreux. Les filles étaient toutes assises autour de moi à glousser et les garçons étaient carrément méchants. Je ne savais pas quand je pouvais partir. J'étais coincée là. Si j'avais su à quelle heure mes parents allaient revenir, ça aurait été plus facile. Mais là, je ne pouvais pas me dire : « Plus que deux heures, plus qu'une heure », parce que je ne savais pas quand mes parents seraient de retour. Alors j'ai dû rester assise et cette fête a duré une éternité. Je n'aime pas rencontrer des gens. Si je sais combien de temps je dois rester, je me sentirai mieux.

— D'accord, Smalls. Pas de problème. Que penses-tu de ça : on part sur deux heures. Dans deux heures, je fais un point avec toi et on voit comment tu te sens. Et si tu veux y aller, je te raccompagne.

— Merci, Dane, répondit-elle doucement, baissant les yeux vers sa montre pour voir l'heure. Cent vingt minutes, je peux y arriver. Pour toi.

— Pour moi, acquiesça-t-il.

Bryn agita la tête.

— Prête ?

— Non. Mais tu as dit qu'ils ne se moqueraient pas de moi et je te fais confiance, alors disons que je suis prête. En plus, c'est juste pour deux heures. Pendant un si court laps de temps, je peux endurer n'importe quoi.

Dane descendit la main de son menton à sa nuque et l'attira à lui pour l'embrasser sur le front. Puis il lui releva le visage et effleura ses lèvres des siennes. Sans réfléchir, Bryn ouvrit la bouche et l'invita à approfondir le baiser. Il lui donna un coup de langue paresseux sur la lèvre inférieure, puis inclina la tête pour mieux accéder à sa bouche.

Elle le laissa appuyer son moignon dans le creux de ses reins avec et l'attrapa par les pans de sa chemise tout en imitant timidement les mouvements de sa langue. Elle goûta ses lèvres et soupira quand il insinua la langue dans sa bouche.

Dane prenait son temps, le temps d'apprendre ce

qu'elle aimait, sans jamais mettre une once d'agressivité dans son baiser. Un gémissement monta de la gorge de Bryn, qui tenta de l'attirer plus près d'elle. Mais il se contenta de reculer en lui taquinant les lèvres à petits coups de dents.

Puis il la prit dans ses bras et l'étreignit.

Bryn fondit contre son torse. Le seul fait de se trouver ainsi contre lui permit d'apaiser les battements de son cœur affolé.

Leur premier baiser avait été tout ce dont elle rêvait et même plus. Il n'avait pas essayé de la dévorer. Pas fourré la langue dans sa bouche sans réfléchir à ce qu'elle aimait ou pas. Il avait pris le temps. Titillé. Goûté. C'était parfait, tout bonnement parfait.

Au bout d'un certain temps, il annonça :

— Une heure cinquante-sept, Smalls. On y va.

Bryn acquiesça et ouvrit la portière côté conducteur. Maladroitement, elle descendit de ses genoux et, usant de ses bras pour se soulever, elle sauta à terre. Il la suivit, empocha ses clés et referma la portière d'un coup de hanche. Il enroula le bras gauche autour de sa taille aussi loin que possible et ils se mirent en route vers la maison.

Bryn se passa la langue sur les lèvres, qui gardaient le goût de Dane, et regarda sa montre. Une heure cinquante-six minutes. Du gâteau.

* * *

— Je vous jure, je n'avais jamais rien vu de pareil. Il y avait Fish, avec juste un bras et demi, et Tex avec juste une jambe et demie, et ils ont filé la raclée du siècle à ce type avant qu'il ne sache ce qui lui arrivait ! racontait Kassie avec enthousiasme.

Dane était assis dans son salon, Bryn sur ses genoux, tandis que la femme de Hollywood racontait à Bryn l'histoire de la réception de mariage avortée d'Emily et Fletch. Kassie elle-même n'y était pas, mais le temps qu'elle récupère des blessures au couteau que lui avait infligées le copain psychopathe de son ex, Emily lui avait permis de se distraire en lui apportant les cassettes des enregistrements de vidéosurveillance de l'incident.

Dane avait été surpris de voir Kassie chez lui avec Hollywood. Ils étaient arrivés, comme prévu, après qu'il était parti récupérer Bryn. Apparemment, Hollywood ne voulait pas la laisser chez eux, même pendant sa courte visite ici et, de toute façon, Kassie ne voulait pas non plus rester seule au Texas.

Pour Bryn, ça avait été une excellente chose. Comme elle était nerveuse à l'idée de passer du temps avec lui et ses amis, la présence d'une autre femme lui avait permis de briser la glace. Et ainsi que Dane l'avait deviné, tout le monde adora Bryn. Ils furent fascinés par son intelligence et, à plusieurs reprises, ils lui avaient jeté un coup d'œil entendu. Il devinait ce qu'ils pensaient : qu'elle ferait une excellente recrue pour leurs missions, en tant que chercheuse. Mais pas question qu'il s'engage sur ce terrain avec elle. Connaissant sa curiosité, elle voudrait obtenir plus d'informations et il refusait de la mettre en danger. Car il savait sans l'ombre d'un doute qu'elle ne saurait pas s'arrêter. Ce serait à lui de la protéger d'elle-même, si nécessaire.

— J'aurais aimé voir ça, répondait-elle, tout à fait à l'aise.

— Alors là, pas de souci, je demanderai à Em de t'en envoyer une copie, lui promit Kassie, en s'écartant de Hollywood, contre qui elle était adossée sur le canapé. Je reviens.

— Il y a un problème ? demanda ce dernier, immédiatement en alerte.

— Non, répondit Kassie en levant les yeux au ciel. J'ai juste besoin d'aller aux toilettes.

— Je vais te montrer où c'est, proposa Bryn en s'extrayant péniblement des genoux de Dane.

— Tu t'en sors ? lui demanda-t-il en l'aidant à se mettre debout.

— Oui. Je reviens, le rassura-t-elle.

— Ça fait trois heures et demie. Smalls. Tout va bien ?

Au bout de deux heures, il l'avait prise à part et constaté avec bonheur qu'elle était surprise du temps qui s'était déjà écoulé. Les yeux écarquillés, elle avait consulté sa montre, incrédule. Sur quoi, elle lui avait assuré que tout allait bien et qu'elle appréciait ses amis. Elle était donc restée.

— Oui, ça va, répéta-t-elle. J'ai juste besoin d'une petite pause.

— Pas de souci, répondit Dane, pas offusqué pour deux sous.

Elle avait pris quelques pauses au cours de la soirée. De petites balades pour s'éclaircir l'esprit. Et à son retour, il avait vu qu'elle semblait plus détendue. Ce n'était pas qu'elle n'appréciait pas sa compagnie ou celle de ses amis, mais elle avait tout simplement besoin de petits moments pour recharger ses batteries de temps en temps.

Il la suivit des yeux tandis qu'elle et Kassie disparaissaient à l'angle de la maison.

— Je l'aime bien, Fish, fit Truck sitôt que les filles furent hors de portée d'oreille.

Dane sourit.

— Merci. Moi aussi.

— Tu as dit qu'elle a commencé par te harceler ? demanda Blade avec un grand sourire. J'aimerais bien me dégoter une harceleuse comme ça, moi.

— La ferme, fit mine de gronder Dane, jetant une serviette roulée en boule à son pote.

— En tout cas, tu as l'air mieux, commenta Ghost. Plus détendu. Moins à cran.

— C'est le cas, admit Dane. Elle me garde les pieds sur terre. Encore plus curieuse qu'Annie.

— Mon Dieu, tu es maudit, marmonna Fletch.

Dane sourit, avant d'expliquer :

— Pas dans un sens négatif. C'est adorable, en fait. J'adore sa façon de se perdre dans ses recherches, ça peut durer des heures d'affilée. Mais ces derniers temps, elle se passionne pour le mode de vie survivaliste.

— C'est dangereux, dit Coach.

— Ne m'en parle pas, grommela Dane. Moi, les survivalistes ne me dérangent pas trop. Ils sont secrets et tout ça, mais en cas de souci, je ne pense pas qu'ils pourraient lui faire du mal. Ce sont les autres, les extrémistes que je n'aime pas. J'essaie d'éloigner Bryn de leur truc de bunkers et autres préparatifs en vue de la fin du monde, mais une fois qu'elle a un truc en tête...

Il laissa sa phrase en suspens.

— Si tu as besoin de nous, tu appelles, lui ordonna Ghost. Je me fous de la raison. On peut être ici en deux heures max.

Dane baissa un moment les yeux pour se ressaisir.

Cette fraternité, il croyait l'avoir perdue dans l'explosion qui lui avait arraché le bras et la vie de ses amis. Ils se soutenaient. Plus d'une fois, il avait sauté dans un avion pour courir à leur rescousse en cas de besoin. Et non seulement il avait perdu son bras, mais il avait perdu ce lien aussi. Ce sentiment de sécurité qui allait de pair avec un groupe d'hommes prêts à tout lâcher juste pour être à vos côtés dans les coups durs.

Et voilà qu'il retrouvait ça. Ce groupe de Delta ne le connaissait pas, avant cet accident fatal dans le désert, pourtant ils l'avaient accueilli dans leur cercle si fermé. Sans ciller.

— Après ce que tu as fait pour Kassie, bon sang, et même avant, tu aurais déjà dû savoir qu'on était là pour toi, mec, ajouta Hollywood d'une voix douce.

— Jamais je ne te rembourserai ma dette, Fish, intervint Fletch. Emily n'en parle jamais, mais je sais qu'elle se torturait à l'idée qu'un jour, ce salaud sortirait de prison. Le fait que tu nous aies débarrassés de ce souci, ça vaut tout l'or du monde.

— Tu sais que je ne l'ai pas fait pour être remboursé, gronda Dane.

— N'empêche, on est là, répliqua aussitôt Fletch.

— Bref, éluda Dane, qu'est-ce que vous faites en ce moment, les gars ?

Mieux valait changer de sujet.

— Oh, c'est assez calme, ces temps-ci, répondit Beatle pour le reste du groupe.

Réponse qui lui valut immédiatement une pluie de serviettes roulées en boule, ainsi qu'un gobelet en plastique vide, lancés par les hommes assis un peu partout dans la confortable pièce de vie.

— Je n'en reviens pas que tu dises ça, tête de con, fit Blade. C'est quoi, la règle numéro 1 de l'équipe ?

— Jamais aucun commentaire sur l'ennui ou la lenteur des choses, récita Ghost, même si tous connaissaient leur mot d'ordre.

— Exact. Merde, si on m'envoie six mois au bac à sable, jamais je ne te le pardonnerai, fit mine de se plaindre Hollywood.

— Il y a quelque chose que tu voudrais nous dire ? lui demanda Truck avec un sourire moqueur.

— Ouais, Hollywood, t'as un problème ? ajouta Ghost.

— Allez vous faire foutre, marmonna l'interpellé.

— Ah, c'est comme ça ? Du coup, maintenant on sait tous que tu as quelque chose à nous dire. Allez. Vas-y, vide ton sac. Tu sais qu'on a les moyens de te faire parler, ironisa Fletch.

Dane adorait ces joutes. Elles lui rappelaient parfaitement ses camarades tombés au combat. Et pour une fois, leur souvenir n'était pas trop douloureux.

— Vous vous rappelez la fois où on était en mission et qu'on a entendu hurler Beatle ? On s'est tous précipités là où il était, mais il refusait de nous révéler ce qui lui avait fait pousser ce cri d'orfraie ?

— Oh, la ferme, lança Beatle à son ami.

Blade passa outre et poursuivit :

— Du coup, on l'a saoulé, scotché à un arbre et menacé de le laisser là toute la nuit s'il ne balançait pas tout.

— Mais vous n'avez pas vu la taille de ce putain d'insecte ! gronda Beatle. Énorme. Avec des crocs grands comme ça !

— C'est hilarant, que tout le monde croie que son surnom lui vient du fait que son patronyme soit Lennon. En réalité, c'est parce qu'il a la trouille des insectes ! Une toute petite araignée, un scarabée de rien du tout et il perd les pédales.

Beatle ne protestait plus, il se contentait de croiser les bras et de poser sur ses amis un regard noir.

— Oh, et quand il a appris que ma sœur était entomologiste et qu'il a juré sur-le-champ que jamais, au grand jamais, il ne voulait la rencontrer ! ricana Blade. Comme si j'allais te laisser l'approcher, de toute façon.

— Tu crois que je ne suis pas assez bien pour ta sœur ?

— Oh, ça, tu es assez bien pour elle. C'est elle qui ne voudrait pas de toi, répondit Blade.

— Pourquoi ?

— Parce qu'elle aime les insectes. Elle les adore. Elle en a dans de petits conteneurs un peu partout à travers son appartement. Elle ne les tue jamais, même pas les mouches. Elle les attrape et elle les relâche. Je pense même qu'elle a quelques cafards comme animaux de compagnie.

Beatle frissonna, mais Blade continua :

— Moi, je te prendrais comme beau-frère dans la seconde, mec, hélas jamais tu ne t'accorderais avec elle. Casey est une amatrice d'insectes et une dure à cuire. Vous deux, ce serait comme l'huile et l'eau. En fait, en ce moment, elle est au Costa Rica avec trois étudiantes de l'université où elle travaille. Elles étudient les fourmis. Ne me demande pas de quelle sorte, j'en sais rien, mais elles passent leurs journées dans la jungle à les chercher, les ramasser et les cataloguer. Des putains de fourmis qui rampent de partout. On a passé notre quota de temps dans la jungle, mais jamais tu n'irais là-bas volontairement. Je te connais.

— De toute façon, ce n'est pas comme si je l'avais déjà rencontrée, ta sœur. On peut revenir à notre conversation ? demanda Beatle en fixant les yeux sur Hollywood. Quel secret Hollywood nous cache et comment on le lui extirpe ?

Dane éclata de rire avec les autres. De toute évidence, Beatle essayait désespérément de changer de sujet.

Hollywood les dévisagea froidement un instant, puis ses lèvres s'étirèrent et il lâcha, l'air de rien :

— Je ne veux pas qu'on m'envoie ni au bac à sable ni dans la jungle pendant six semaines... parce que Kassie est enceinte.

Un silence accueillit son annonce pendant une demi-seconde, avant que tous se mettent à parler en même temps :

— Ouais !

— Youpi !

— Bien joué, mec !

— Félicitations !

Hollywood leva une main pour calmer tout le monde. Il jeta un coup d'œil nerveux vers le couloir, où avaient disparu sa femme et Bryn.

— Mais vous ne pouvez rien lui dire ni à vos femmes, les prévint-il une fois qu'il eut obtenu l'attention générale, en regardant plus précisément Ghost, Fletch et Coach. Ni à personne d'autre. On ne l'annonce pas encore officiellement tant qu'elle n'a pas atteint le cap des douze semaines. C'est-à-dire dans un mois environ. Je lui ai promis de garder le secret.

Tout le monde éclata de rire.

Hollywood secoua la tête.

— Oui, et elle m'a même cru, vu qu'on fait partie d'une des agences les plus clandestines du gouvernement et qu'on sait garder les secrets mieux que la moyenne des gens.

Encore une fois, tous ses amis s'esclaffèrent. Une blague entre eux. Il y avait des choses qu'ils avaient faites et qu'ils emporteraient avec eux dans la tombe, sans jamais en parler à personne, mais pour ce qui était des affaires de tous les jours et de leur vie privée, aucun d'entre eux n'hésitait à partager. Ça allait avec le boulot. Quand on avait traversé tant de merdes ensemble, ou tué un autre être humain à mains nues afin de sauver ses compagnons, les secrets de la vraie vie, du quotidien, ça n'avait aucun sens.

Ils savaient tous que ce qu'ils partageaient au sein du groupe resterait à l'intérieur du groupe. Point barre. Aucune question.

— Félicitations, mec, répéta Fletch. J'essaie de mon mieux de faire pareil avec Emily, mais elle n'est pas encore enceinte. En tout cas, le processus est pour le moins agréable.

Les gars échangèrent des sourires entendus, avant de revenir au sujet précédent… à savoir se moquer de Beatle pour sa haine et sa frousse de tout ce qui rampait ou se faufilait.

Bryn et Kassie revinrent dans la pièce et se joignirent aux persécutions bon enfant. Mais ce que préféra Dane, ce fut que Bryn retourne directement près de lui et se glisse sur ses genoux, comme s'il s'agissait du geste le plus naturel du monde. Il adorait l'avoir dans ses bras. Il adorait l'écouter informer Beatle que les cafards étaient parmi les insectes les plus fascinants et que les plus gros au monde étaient les cancrelats rhinocéros du Queensland, en Australie. Apparemment, ils mesuraient plus de dix centimètres de long et pouvaient peser jusqu'à deux ou trois cents grammes.

Alors que la conversation continuait gaiement autour de lui, Dane embrassa Bryn sur la tempe et se détendit dans son fauteuil quand elle enveloppa sa main autour de son moignon, le caressant machinalement du bout du doigt tout en continuant de discuter avec les gens qui comptaient le plus au monde pour lui.

Plus tard ce soir-là, après que Dane eut raccompagné Bryn chez elle, Truck le rejoignit à la cuisine. Tous les autres s'étaient installés pour la nuit. Hollywood et Kassie dans une chambre d'amis et Fletch dans l'autre. Le reste des gars dormait un peu partout où il y avait de la place... ils étaient habitués à passer la nuit à la dure, donc le sol ou le canapé chez Dane, c'était presque le luxe par comparaison, par exemple, à la jungle.

Tout était calme et silencieux quand Dane revint.

— Elle est bien rentrée ? demanda Truck.

— Oui. Ça va, répondit Dane.

— Je l'aime bien.

— Tant mieux.

— Non, Fish. Je l'aime bien, répéta Truck.

— C'est quoi ton problème, mec ? s'agaça Dane, croisant les bras. T'en as pas assez avec Mary ?

Au lieu de s'offusquer, Truck rigola.

— Je n'entendais pas par là que je la veux pour moi. Je voulais juste dire qu'elle est absolument parfaite pour toi.

— Qu'est-ce qui te fait dire ça ?

— Elle va te garder affûté. Tu n'es pas le genre d'homme qui réagit bien à l'ennui. C'est vrai, quoi, tu vis au milieu de nulle part au fin fond de l'Idaho, sans rien à faire. Alors que tu es habitué à être au cœur de l'action. Je m'inquiétais que tu t'empâtes et que tu te vautres dans ton malheur. Mais elle ne te laissera pas faire ça.

Dane ne voulait pas sourire, mais il ne put empêcher ses lèvres de se retrousser.

— Non, effectivement, acquiesça-t-il.

— Tant mieux. Donc je l'aime bien, réitéra Truck.

— Elle est originale.

— Oui, ça ne m'a pas échappé, Fish. Encore une fois, elle est exactement ce dont tu as besoin.

— Je suis d'accord. Elle me fait du bien. J'ai l'impression de respirer à nouveau. (Il baissa les yeux et secoua la tête.) Maintenant, je vais être obligé de dire à Akilah qu'elle avait raison.

— À quel sujet ?

— Le soir du mariage de Fletch et Emily, elle m'a déclaré que le jour où j'irai là où la terre nourrira mon âme, je trouverai une femme qui ne verrait pas ce qui me manque, mais qui me verrait, moi.

— La petite maligne, commenta Truck.

— Je ne devrais pas apprécier ça autant.

— Quoi ?

— De m'occuper de Bryn. De la protéger. Ça me donne la sensation d'avoir à nouveau un but. M'assurer qu'elle mange. Qu'elle rentre chez elle saine et sauve.

Qu'elle n'effectue pas des recherches qui puissent la mettre en danger.

Truck posa une main sur l'épaule de Fish.

— On est des hommes comme ça. C'est notre job. On protège ceux qu'on aime. On s'assure qu'ils aient ce dont ils ont besoin. On se tient derrière eux, on veille, afin qu'ils puissent s'épanouir.

— Et si elle se lasse de mes attentions ?

— Parfois il faut agir en douce. Faire en sorte qu'elle dépende tellement de toi qu'elle ne pourra plus imaginer sa vie sans toi, répondit Truck sur un ton tranquille en retirant sa main.

Dane regarda longuement l'homme qui lui avait sauvé la vie, avant de demander :

— C'est ce que tu fais, toi ?

— J'essaie, répondit-il aussitôt. Mais j'ai l'impression que ça marchera pour toi bien avant que ça ne commence à fonctionner pour moi.

— Merci de ne pas me faire passer pour un connard parce que je veux la protéger... y compris d'elle-même.

— Tu n'es pas un connard, Fish. Tu es un homme qui a trouvé le but de sa vie. Parfois, la vie, ça craint, c'est vrai, mais si tu gardes les yeux ouverts, elle t'offrira pile ce dont tu as besoin. Parfois, ça demande plus de travail qu'on voudrait, mais en persévérant, elle te montrera autant de beauté que tu peux en absorber.

— Ouh là là, quel philosophe, ironisa Dane.

— Ouais. Je ferais mieux de boire une bière et de m'écraser la canette sur la tête ou un truc du genre, ré-pliqua aussitôt Truck.

— Je vais au lit, l'informa Dane. Faut que je dorme quand je peux. Je ne sais jamais si Bryn ne va pas m'appeler à 3 heures du matin pour me parler d'un truc qu'elle a trouvé sur Internet.

— Profite bien, Fish. Et n'oublie pas que tu as des amis en cas de besoin.

— J'apprécie. Plus que tu n'imagines.

— Je sais. À demain matin.

— À plus.

Dane se rendit dans sa chambre, le cœur et l'esprit remplis. Il n'aimait pas vivre aussi loin de ses amis, mais il se plaisait dans l'Idaho. L'air pur, le peu de population... et Bryn. Même si les gars étaient quasiment à l'autre bout du pays, il savait sans l'ombre d'un doute qu'ils lâcheraient tout s'il les appelait à l'aide. Exactement comme il le ferait pour eux.

14

———

— Viens ! On y va !

Bryn se tortillait sur son siège, dans le pick-up de Dane.

Même si elle avait eu du mal à comprendre ce qu'il lui trouvait, elle appréciait chaque seconde passée avec lui. Après la visite de ses amis, elle s'était encore plus détendue en sa compagnie. Elle les avait vraiment appréciés... et ils l'avaient appréciée eux aussi.

Avoir Kassie ici était une surprise, au bon sens du terme. Cette femme l'avait aussitôt mise à l'aise en lui posant des milliers de questions sur l'Idaho et en la laissant parler à volonté de toutes les informations qu'elle avait emmagasinées sur son État d'adoption.

Quand elles s'étaient rendues à la salle de bains, Kassie lui avait avoué qu'elle était enceinte et que cela expliquait pourquoi elle avait tout le temps envie d'aller au petit coin. Bryn avait été déconcertée en apprenant que Kassie ne l'avait encore annoncé à personne d'autre. Le simple fait d'apprendre qu'elle ne l'avait pas dit à qui que ce soit, à part Hollywood, l'avait portée au bord des larmes. Bryn n'avait jamais eu de véritable amie et, même si elle ne connaissait pas très bien Kassie, la révélation de sa grossesse avait beaucoup contribué à apaiser l'anxiété que lui causait encore la visite des amis de Dane.

Non seulement cela, mais Dane paraissait vraiment apprécier la façon étrange qu'elle avait de débiter des faits au hasard de sa mémoire et il s'en sortait bien mieux en public. Elle aimait penser que c'était en partie grâce à elle. Ils étaient retournés un jour au Dairy Queen et ils avaient rencontré un homme appelé Steve qui s'efforçait de réparer l'un des fours du restaurant. Il possédait sa propre entreprise, entretenant des appareils industriels, surtout dans les restaurants, et ils avaient discuté avec lui pendant qu'ils attendaient leur nourriture.

Il s'avéra que Steve était bien plus occupé qu'il aurait voulu l'être. Originaire de Colorado Springs, il était venu s'installer dans la région de Rathdrum avec sa femme et ses deux enfants en bas âge, afin de profiter des activités en plein air que l'endroit offrait, mais il s'était retrouvé avec en fait moins de temps qu'auparavant à passer avec ses enfants.

Même si Dane n'avait aucune expérience du travail en entreprise, Steve était si désespéré qu'il déclara que même avec une seule main, Dane pourrait être formé à un travail de maintenance élémentaire ne demandant pas beaucoup de motricité fine et qu'il lui serait d'une grande aide, même à temps partiel. Aussi Dane cherchait-il les certificats et autres documents dont il pourrait avoir besoin pour travailler avec Steve. Bryn avait évoqué la possibilité de retravailler au supermarché, mais avait concédé qu'elle préférait mille fois passer ses nuits avec Dane et renoncé rapidement à cette idée.

La seule chose qui la contrariait dans sa relation avec Dane, c'était qu'il semblait toujours rechigner à l'embrasser. À l'embrasser vraiment. Après leur conversation chez lui, deux semaines plus tôt, quand elle lui avait demandé pourquoi il ne l'avait pas encore fait, il s'était mis à poser sans cesse les lèvres sur son front.

Ils se blottissaient l'un contre l'autre quand ils regardaient la télé et il lui tenait tout le temps la main, mais il ne l'avait embrassée, embrassée vraiment, que quelques fois depuis la soirée où elle avait rencontré ses amis. Et ces baisers lui donnaient toujours envie de plus. Cette situation commençait à la complexer, surtout après qu'il lui avait dit qu'une fois qu'il aurait commencé, il ne s'arrêterait plus. Elle aimait bien Dane et elle était quasi sûre que c'était réciproque. Mais elle ne voulait pas de lui comme ami. Pas seulement comme ami. Elle avait envie de lui. Beaucoup.

Dane se retourna sur le siège conducteur et lui lança, sur le ton le plus sérieux :

— Avant qu'on parte, je veux qu'on revienne encore une fois sur ce qu'on a dit.

— Dane, je sais. On a déjà parlé de ça des centaines de fois, geignit Bryn.

— C'est important, Smalls. Je sais que tu es excitée, mais le gars qui nous laisse voir son bunker ne le fait que comme une faveur à quelqu'un de ma connaissance. Il n'est pas enchanté de notre visite. Je sais que tu as un million de questions, mais tu dois revoir tes ambitions à la baisse. Ne lui demande pas quelle quantité il possède de telle ou telle chose. Ne lui demande pas où il s'est procuré ce que tu verras dans son bunker. Il ne voudra pas te donner des détails sur ceci ou cela, au cas où tu essaies de le compromettre auprès de ses sources.

— Je ne...

— Je le sais. Et tu le sais. Mais il ne le sait pas, lui.

— Je le lui dirai quand nous serons chez lui.

— Il ne te croira pas. Les survivalistes sont des gens super, Bryn. La plupart d'entre eux exercent des professions normales, ils occupent des fonctions dans la société, comme n'importe qui d'autre. Mais ça ne signifie pas qu'ils ne soient pas paranoïaques ou extrêmement soupçonneux envers les gens qui posent trop de questions sur ce qu'ils font et pourquoi. D'accord ?

— Oui, d'accord. J'ai pigé. Mais sache-le, ça va me tuer de tenir ma langue.

Dane lui sourit. Le genre de sourire qu'elle aimait, parce qu'il illuminait son visage entier. Les ridules autour de ses yeux s'approfondirent et elle aurait pu jurer avoir vu une étincelle dans son œil.

— Qu'est-ce que tu dirais d'une petite motivation ?

— Quel genre de motivation ?

Dane leva la main vers son visage et lui effleura la joue. Puis il la déplaça derrière sa nuque et l'attira contre lui.

— Je brûle de passer au niveau supérieur dans notre relation, tu le sais, mais je voulais m'assurer que c'était ce que tu voulais, toi aussi. Je veux sentir les battements de ton cœur contre mon torse pendant que nous nous étreignons. Si tu te conduis bien aujourd'hui et que tu ne nous mets pas dans la panade avec M. Jasper, je vais voir ce que je peux faire pour que ça arrive.

Bryn retint son souffle, les yeux rivés aux lèvres de

Dane. Sa proposition était un peu présomptueuse, voire un peu condescendante, sous-entendant qu'il détenait tout le pouvoir et tout le contrôle sur leur relation, mais comme c'était ce qu'elle attendait depuis un moment maintenant, sans résultat aucun, elle supposait qu'il avait raison de remettre le sujet sur le tapis. Elle n'allait pas laisser passer sa chance d'obtenir ce dont elle rêvait depuis des semaines.

— Marché conclu. À une condition.

— Laquelle ?

Elle voyait que la respiration de Dane s'était accélérée et sentait que c'était la perspective de l'embrasser, de l'embrasser vraiment qui avait produit cet effet.

— Je veux un aperçu de ce que j'aurai si je me conduis bien.

Sans un mot, Dane baissa la tête vers elle. Ses lèvres touchèrent les siennes une fois, puis une autre fois avant de se presser enfin sur elles comme s'il ne pouvait plus se retenir. La main dans sa nuque se resserra et Bryn passa à son tour la sienne derrière le cou de Dane, pour le garder contre elle.

Leur position était malcommode, car ils se trouvaient dans le pick-up, mais Bryn ne pensait à rien d'autre qu'à la sensation des lèvres de Dane sur les siennes. Elle ouvrit aussitôt la bouche, désireuse de davantage, et ne fut pas déçue quand la langue de Dane effleura la sienne.

Elle se soumit à lui, entremêlant leurs langues, savourant le goût et la sensation de son baiser. Quand il s'écartait, elle le suivait, passant la langue sur ses dents et mêlant sa langue à la sienne. Il se retira un tout petit peu, juste pour mordiller et suçoter sa lèvre inférieure. Bryn gémit et tenta de se presser plus fort contre lui.

Dane adoucit leur baiser et le termina en lui effleurant une nouvelle fois les lèvres des siennes. Il enfouit le nez contre son oreille et chuchota :

— Pour l'amour de Dieu, Smalls, je t'en prie, conduis-toi bien, aujourd'hui. J'ai encore besoin de ça. Je ne peux plus rester loin de toi.

Elle sourit et s'écarta, ignorant la chair de poule qui lui couvrait la peau quand l'air chaud de ses paroles effleura la peau sensible de son cou. Soudain, en comprenant tout le pouvoir qu'elle détenait en réalité sur Dane, elle fut prise de vertige.

Levant une main vers sa bouche, elle mima le geste de tirer une fermeture Éclair.

— Aucune question superflue ne franchira mes lèvres aujourd'hui. Promis.

— Bon sang, tu es adorable, murmura-t-il, avant de déposer sur ses lèvres un petit baiser supplémentaire et de s'écarter.

Bryn sourit alors que Dane se rasseyait sur le siège conducteur et rajustait son pantalon. Il lui adressa un petit rictus penaud.

— Pourquoi les gars font ça ?

— Quoi ?

— Ils se touchent en public.

— On ne se touche pas, Smalls. Tu m'as tellement excité que je bande. C'est inconfortable et mon érection appuie sur la fermeture Éclair de mon pantalon, alors je l'ajuste pour qu'elle soit positionnée à côté de la braguette plutôt que droit dessus.

— Oh.

Bryn avait parlé d'une petite voix, incapable de quitter des yeux l'entrejambe de Dane. Maintenant qu'elle y réfléchissait, il était en effet plus gros, par là. Elle se passa la langue sur les lèvres, curieuse de savoir à quoi il ressemblerait.

— Mais la plupart du temps, nous rajustons notre pantalon quand nos testicules sont coincés, lorsque nous sommes assis, ou quand ils nous collent à la peau. En général, ça n'a rien de sexuel du tout, c'est juste une question de confort. Mais si tu n'arrêtes pas de te passer la langue sur les lèvres et de me regarder comme si tu voulais m'enlever mon pantalon là, maintenant, dans ce pick-up, je ne réussirai pas à revenir à la normale, nous ne partirons jamais d'ici et tu ne verras jamais de bunker.

Bryn leva les yeux vers lui.

— Ce qu'il est gros ! (Elle voulait réagir aux autres choses qu'il avait dites, mais elle n'arrivait pas à cesser de penser à sa taille.) Aucun des autres hommes avec qui j'ai été ne paraissait en avoir un aussi gros que toi.

— Primo, s'il te plaît, arrête de parler des autres hommes. Ça me rend dingue. Secundo...

— Pourquoi ? le coupa-t-elle, perplexe.

— Pourquoi ça me rend dingue ? voulut-il préciser.

Bryn hocha la tête.

— Parce que je me rends compte que je suis possessif, quand il s'agit de toi. Et je ne supporte pas de penser que quelqu'un d'autre a été avec toi et t'a fait les choses que je brûle d'envie de te faire.

— Mais si je n'avais pas été avec eux, je serais vierge. Je serais encore plus timide que je le suis maintenant et je n'aurais aucune idée de ce à quoi m'attendre, ce qui me rendrait réticente à l'idée de coucher avec toi. En plus, je ne saurais rien de ce qui te serait agréable.

— Smalls, intervint Dane en secouant la tête. Crois-moi, d'accord ? Ce n'est pas que je me soucie que tu aies été avec d'autres hommes… D'accord, ce n'est pas vrai, je m'en soucie. Mais seulement parce que je veux être le seul homme dans ton esprit quand tu envisages de coucher avec quelqu'un.

— Tu es le seul homme dans mon esprit quand j'envisage de coucher avec quelqu'un, Dane.

— Tant mieux.

— C'était quoi, la deuxième chose que tu voulais me dire ?

— Mon sexe ne sera pas trop gros pour toi. Il est peut-être plus costaud que celui des hommes que tu as eus dans le passé, mais le corps des femmes est ainsi fait qu'il est capable de recevoir des membres de n'importe quelle taille. Je ne vais pas me contenter de m'enfiler en toi, je vais m'assurer que tu seras prête à me recevoir et que tu ne puisses plus imaginer ne pas m'avoir à l'intérieur de toi.

Bryn ouvrit, puis referma la bouche. Elle ne savait pas trop quoi répondre, alors elle opta finalement pour un simple mot :

— Merci.

Dane éclata de rire et se pencha vers elle, se soulevant en appuyant sa main valide sur le siège.

— Embrasse-moi, Smalls. Et puis on va aller jeter un œil à ce bunker que tu te languis de voir.

Elle obéit, en reproduisant sa position. Elle prit appui sur ses mains et leva le visage pour lui toucher les lèvres dans un baiser chaste.

— Et maintenant, attache ta ceinture. On y va.

Obtempérant, elle se réinstalla dans son siège. Son esprit n'arrêtait pas de passer de l'idée d'embrasser et de faire l'amour à des visions de l'endroit où ils se rendaient.

— Rappelle-moi comment tu es entré en contact avec ce gars ?

Dane quitta le parking devant l'immeuble de Bryn et tourna à gauche, pour prendre la direction de la ville.

— J'ai gardé des contacts de l'époque où j'étais à l'armée. Pour faire simple, je connais un type qui semble connaître tout le monde. Je l'ai contacté et il nous a arrangé une visite avec ce survivaliste. D'après ce que je comprends, M. Jasper n'était pas enchanté de notre visite, mais il a été convaincu par la promesse d'une livraison de matériel en général accessible aux seuls agents gouvernementaux.

— Quel genre de matériel ?

— Des choses qu'il ne peut pas se contenter de commander sur Internet.

— Combien de temps notre visite va-t-elle durer ?

— Aucune idée. Elle sera sans doute aussi courte que possible.

Bryn agita la tête : elle s'y était attendue.

— Je pourrai prendre des photos ?

Dane ricana.

— Je vais devoir te répondre « non », à celle-là. On improvisera, cela dit.

— Tu penses qu'il est dangereux ?

— Pas vraiment, répondit aussitôt Dane. Mais je ne veux pas non plus le tester là-dessus. Tu te rappelles notre conversation sur les différents types d'hommes de cette région ? Ceux qui sont sans danger et veulent juste qu'on les laisse tranquilles et les autres, qui pourraient être dangereux, parce qu'ils sont hostiles aux États-Unis et à tout ce qu'ils représentent ?

— Oui.

— Bien. Je suis presque certain que ce gars appartient à la première catégorie, mais je ne veux rien faire qui puisse l'amener à regretter notre présence chez lui ou le faire basculer dans la seconde catégorie. (Il la regarda fixement.) Joue-la fine, d'accord ?

— Eh, je suis la femme la plus fine de l'État. Je peux y arriver.

Elle fut récompensée par le gloussement de Dane. Elle avait pris l'habitude de se moquer de son intelligence plutôt que de se rabaisser à cause d'elle.

Ils continuèrent à parler de choses et d'autres pendant que Dane circulait sur les routes secondaires des environs de Rathdrum. Bryn fut désorientée au bout de deux virages, mais Dane poursuivait sa route comme s'il savait exactement ce qu'il faisait. Ce qui était effectivement le cas pour lui car, vingt minutes plus tard, il s'engageait dans une allée gravillonnée sillonnant entre deux imposantes collines.

Il arrêta son pick-up devant une maison qui avait connu des jours meilleurs. Elle était marron, avec un revêtement de bois. Bryn voyait des marques dessus, un résidu blanc laissé à l'endroit où la neige s'était accumulée pendant l'hiver. La terrasse – si l'on pouvait l'appeler ainsi – suggérait qu'un coup de vent un peu brutal pouvait l'emporter. Mais elle ne pouvait nier que la campagne alentour était magnifique.

Ils sortirent du pick-up et Dane contourna le véhicule pour venir lui prendre la main. Elle étudia les environs pendant qu'ils se dirigeaient vers la porte de la maison.

L'herbe était haute et il y avait des fleurs sauvages, où qu'elle porte le regard. De grands arbres entouraient la propriété, projetant leur ombre sur la maison. Il y avait un jardin sur le côté et Bryn entendait le frémissement d'un ruisseau quelque part au loin.

Le cliquetis d'un fusil qu'on armait l'éjecta de la joyeuse maison de Blanche Neige où tout n'était qu'oiseaux chantants et nains guillerets pour la ramener dans le présent avec un bruit sourd.

— Plus un geste et identifiez-vous.

15

———

La voix était dure et furieuse. Bryn se figea, la bouche sèche, incapable de prononcer un mot, même si sa vie en avait dépendu. Heureusement, Dane n'était pas aussi perturbé.

— Dane Munroe et Bryn Hartwell. Nous sommes ici pour voir le bunker.

Une réponse brève, qui allait droit au but. Bryn serra sa main et eut le soulagement de sentir celle de Dane étreindre la sienne en retour. Il ne quittait pas la maison des yeux, mais ne paraissait pas spécialement inquiet non plus.

Un homme sortit de derrière une palissade, sur le flanc de la maison. Maintenant qu'elle y regardait de plus près, Bryn remarqua qu'un trou avait été percé dedans, juste assez gros pour le canon d'un fusil.

L'homme était mince, de grande taille, quoique de quelques centimètres plus petit que Dane. Il portait un jean élimé et un T-shirt noir. Ses bras et son visage étaient hâlés, suggérant qu'il travaillait au grand air ;

quant à ses cheveux noirs, graisseux et rejetés en arrière, ils donnaient l'impression de n'avoir pas été lavés depuis plusieurs jours. Comme il plissait les yeux, on avait du mal à voir leur couleur. Son nez, crochu, avait dû être cassé plusieurs fois. Il était difficile de déterminer l'âge exact de cet homme, mais si Bryn avait dû formuler une hypothèse, elle aurait présumé qu'il avait entre cinquante et soixante ans.

— Monsieur Jasper, je suppose, déclara Dane d'une voix calme.

Il leva son bras gauche ainsi que sa main qui tenait celle de Bryn, pour montrer à leur hôte qu'il ne portait pas d'arme.

— Mouais. Vous êtes en retard, grommela le type.

— Désolé, se contenta de répliquer Dane.

— Eh bien, entrez donc. Finissons-en.

L'homme logea le fusil au creux d'un bras et les invita à le suivre d'un geste de l'autre.

Dane n'était pas ravi que M. Jasper conserve son arme, Bryn le voyait bien, mais il ne pipa mot. Il se contenta de marcher vers l'homme d'un pas lent et prudent, comme s'il redoutait qu'un mouvement soudain ne l'effraie. Pour la première fois, Bryn comprit ce qu'il avait essayé de lui expliquer. Il n'avait pas essayé de l'enfumer.

M. Jasper était nerveux et mal à l'aise de les avoir sur sa propriété. Ce qui l'avait incité à autoriser leur venue devait être énorme. Bryn se fit le vœu à elle-même de tenir sa langue autant que possible. Elle pourrait tout garder pour elle et effectuer ses recherches plus tard. Il existait plusieurs forums qu'elle avait découverts pendant qu'elle surfait sur Internet, en quête d'informations sur le survivalisme, où elle pourrait poser ses questions.

Ils s'arrêtèrent devant l'homme, qui leur tendit deux bandeaux. Du genre que les gens portent pour dormir.

— Mettez-les.

— Oh, mais… oh !

Bryn s'interrompit en sentant Dane lui serrer la main si fort qu'elle ne put étouffer un cri de douleur. Il ne dit rien, se contenta d'attraper les bandeaux.

Après quoi, il se tourna vers elle et la dévisagea.

— C'est bon. Il ne veut pas que nous soyons capables de retrouver son bunker à l'avenir, c'est tout. M. Jasper ne va pas nous faire de mal. Il protège sa famille. (Dane jeta un coup d'œil à l'homme pour qu'il confirme, mais celui-ci demeura silencieux.) Fais-moi confiance, Smalls. Il ne t'arrivera rien, je te le garantis.

Bryn hocha la tête, même si elle n'était pas ravie de la situation. Elle comprenait que Dane savait que ça se passerait de cette façon. Il ne paraissait ni surpris ni contrarié par les bandeaux. En le découvrant, elle devinait même pourquoi il ne lui en avait pas parlé. Elle n'était pas contente, pas contente du tout, mais elle faisait confiance à Dane.

— D'accord.

Il se pencha pour effleurer ses lèvres des siennes, avant d'utiliser sa prothèse et son autre main pour lui passer l'élastique du bandeau derrière la tête et l'installer sur ses yeux. Quand son monde devint noir, Bryn paniqua pendant quelques secondes, avant de soupirer de soulagement quand Dane lui enroula les doigts autour de la ceinture de son jean.

— Pour ce que cela vaut, confia M. Jasper à Dane, je

préférerais me montrer moins fébrile avec vous, mais des bruits courent parmi mes amis et moi, comme quoi des intrus tenteraient de s'infiltrer dans notre communauté. Nous ne voyons pas de problème à ce que d'autres gens s'installent, s'ils partagent notre état d'esprit, mais quand quelqu'un arrive et commence à poser de drôles de questions sur la présence des forces de l'ordre et comment nous restons sous les radars, ça nous rend nerveux. Je suis peut-être un survivaliste, mais j'aime mon pays. Les intrus qui racontent des conneries sur la bonne vieille Amérique, ça nous rend nerveux. Vous pigez ? Je ne veux rien avoir en commun avec ça et je nous protégerai, les miens et moi, de quiconque essaie de me priver de ma liberté. J'agis ainsi pour me protéger, ainsi que mon mode de vie. OK ?

— Oui, monsieur, répondit aussitôt Dane.

Bryn l'entendit se déplacer à côté d'elle et fut soulagée de sentir sa main s'enrouler de nouveau autour de la sienne.

— Tiens-toi à moi et je me tiendrai à la corde, Smalls. Je ne te lâche pas. Ne t'inquiète pas.

— Prends le commandement, ô mon vaillant guerrier sans peur.

Il s'esclaffa, mais ne répondit rien. Dans la seconde qui suivit, ils étaient en route. Il était tentant d'utiliser ses muscles faciaux pour repousser légèrement le masque afin de réussir à voir quelque chose, mais Bryn ne voulait rien faire qui risque d'agacer M. Jasper. Il était assez tendu comme ça. Et puis, elle avait vraiment envie de voir le bunker. Si l'homme était aussi nerveux à ce sujet, l'endroit devait être stupéfiant.

Ils marchèrent en trébuchant pendant dix minutes

environ, jusqu'à ce qu'ils atteignent l'endroit où se trouvait le bunker.

— Conservez vos bandeaux tant que je ne vous dis pas de les ôter. Je vais ouvrir la porte. Je vous indiquerai où avancer.

Bryn avait vraiment envie de voir le bunker de l'extérieur, mais elle n'allait rien dire à ce stade. Elle était à deux doigts de voir une véritable planque survivaliste, elle n'allait surtout pas gâcher sa chance.

Elle entendit un grincement sonore, puis Dane et elle avancèrent. Elle se cramponna plus fort à sa main et retint son souffle alors qu'il entamait la descente. Elle le suivit, sa main libre sur l'épaule de Dane en descendant les dix premières marches.

La porte se referma dans un claquement et M. Jasper déclara :

— D'accord, vous pouvez les enlever, maintenant.

La main tremblante, Bryn repoussa le bandeau. Elle tenait toujours celle de Dane, refusant de perdre le contact avec lui, et constata en passant qu'il avait déjà ôté son propre bandeau. Cillant sous la vive lumière qui tombait des lanternes disposées autour de la zone, elle observa l'espace alentour, les yeux plissés.

L'endroit ressemblait à des tas d'abris survivalistes qu'elle avait vus en ligne. Ils étaient entrés par une extrémité. Sa première pensée, qu'elle n'eut pas le temps de ravaler avant qu'elle ne sorte de sa bouche, ce fut :

— Ce n'est pas aussi grand que je l'avais imaginé.

À sa droite, il y avait un canapé, d'allure étonnamment confortable. À sa gauche, une télévision dans un coin et une table assortie d'un banc. Devant se trouvait l'espace cuisine, doté d'un évier. Il y avait un espace évoquant un petit couloir, plus loin vers l'avant, avec une pièce adjacente, sur sa gauche.

— Ça fait trois mètres sur quinze, répliqua M. Jasper avec une pointe de fierté, semblait-il.

— Je n'ai pas l'impression qu'il y ait quinze mètres, objecta Bryn, honnêtement.

— Parce qu'il y a une pièce secrète.

Bryn avança d'un pas, puis s'arrêta.

— Je peux jeter un coup d'œil ? demanda-t-elle à l'homme bourru.

— Oui.

La réponse n'avait pas été très polie, mais Bryn n'hésita pas. Elle se dirigea d'abord vers l'évier et ouvrit le placard en dessous. Apparemment, il était doté d'une plomberie normale. Les questions fusaient dans son esprit, mais elle les contenait. Elle voulait savoir des tas de choses, sauf qu'elle avait promis à Dane... et voulait sa récompense. C'était une motivation de poids.

Elle ouvrit les placards et vit des piles et des piles de plats prêts à manger. La nourriture déshydratée pouvait être stockée pendant des années avant de se gâter. Il y avait également des livres, des filtres et des boîtes de munition. Assiettes, tasses, ustensiles, savon, shampooing... Les piles étaient infinies.

Elle ouvrit une petite penderie et découvrit des habits d'hiver entreposés sous vide dans des sacs de stockage, à côté de piles de couvertures et de serviettes. Une importante section de la penderie était aussi allouée au stockage de matériel de premiers secours.

Elle ouvrit la porte de la salle de bains et fut étonnée de constater combien tout était moderne et élégant, ici. Ce n'était pas l'œuvre d'un bricoleur du dimanche.

M. Jasper avait dépensé pas mal d'argent pour s'assurer que sa famille et lui aient un endroit sûr où se réfugier en cas de guerre nucléaire, d'apocalypse et même d'attaque de zombies. Elle imaginait qu'il y avait des cuves de stockage pour les eaux propres et usées, mais elle étudierait la question une fois de retour chez elle.

Dane n'avait pas bougé de la porte pendant son exploration, son examen de chaque centimètre carré du bunker. Même si elle avait réussi à tenir sa langue, elle finit par demander, d'une voix hésitante :

— Est-ce que je pourrais voir aussi la pièce secrète ?

Sans un mot, M. Jasper se dirigea vers le mur jouxtant la salle de bains et déplaça une photo accrochée là et masquant une serrure digitale. Il tapa un code, en veillant à bien se tenir devant, de façon à ce que ni elle ni Dane ne puissent voir les chiffres utilisés, et le mur se déplia pour révéler la fameuse pièce.

Sans se soucier le moins du monde de sa sécurité, Bryn y pénétra, balayant les lieux du regard. Derrière une autre porte, contre le mur du fond, il y avait un lit *queen size*, tandis qu'à la droite et à la gauche de Bryn se dressaient des lits superposés. La « chambre principale », pour ainsi dire, jouissait d'une certaine intimité grâce à la porte. Elle avança et regarda à l'intérieur : un placard à gauche et ce qui ressemblait à une grosse lance dans un coin.

— Qu'est-ce que c'est ?

La question était sortie avant qu'elle puisse la retenir.

— Un système NBC de filtration de l'air, avec soupapes de décharge et clapet de surpression. Les toilettes sont sèches et la porte résistante aux balles. Il y a un chauffe-eau sans réservoir et une pompe pour évacuer les eaux ménagères. Le poêle est à alcool et l'eau provient du ruisseau qui coule sur la propriété. J'ai connecté un tuyau qui va de là-bas jusqu'ici. L'eau est stockée dans un grand réservoir sous le bunker.

Bryn était impressionnée et plus désireuse que jamais de rentrer chez elle pour s'informer sur tout ce qu'il avait mentionné, mais elle parvint à se contenter de hocher la tête.

— Vous avez terminé ?

Non. Elle n'avait pas terminé. Elle voulait ouvrir chaque placard, regarder sous chaque lit, faire fonctionner chaque gadget, prendre une douche, regarder un film et préparer un plat... juste pour voir comment cela fonctionnait. Mais elle avait promis à Dane. Donc elle acquiesça.

Les lèvres de son compagnon se retroussèrent, pourtant il se borna à lâcher :

— Merci de nous avoir montré tout ça.

M. Jasper grommela sa réponse, semblant avoir épuisé ses réserves de conversation depuis plusieurs minutes.

Bryn revint vers Dane et le regarda. Elle articula « merci », puis se tourna vers le vieux survivaliste.

— Merci, monsieur Jasper. Sincèrement. Je sais que vous n'étiez pas obligé de nous montrer ça.

— Je ne l'ai pas fait par bonté d'âme, fillette. Quand est-ce que je vais recevoir ma livraison ?

La question était adressée à Dane.

— J'arrange ça dès que j'arrive chez moi.

Sans un mot, le vieil homme verrouilla la chambre secrète et dissimula le clavier en raccrochant la photo au mur. Il se dirigea vers l'autre porte, puis se retourna vers eux.

— Remettez vos masques.

Cette fois, Bryn n'hésita pas et replaça le bandeau noir sur ses yeux. La main serrée dans celle de Dane, elle gravit l'escalier à sa suite, puis regagna la maison principale. Ils échangèrent encore quelques mots avec M. Jasper, pour le remercier une fois de plus, puis Dane lui ouvrit sa portière, attendant qu'elle s'installe avant de contourner son pick-up pour y grimper à son tour.

Sans plus attendre, il effectua un demi-tour et s'engagea sur l'allée de gravier afin de rejoindre les longues routes sinueuses qui les ramèneraient à Rathdrum.

— Tu vas exploser, Smalls ?

Bryn relâcha un très long soupir et s'exclama :

— Peut-être.

Pour la première fois depuis l'heure ou presque qu'ils avaient passée sur la propriété de M. Jasper, Dane se détendit. Il s'esclaffa du fond du cœur et lui sourit.

— Je suis fier de toi.

— Merci. Mais, euh... tu crois qu'on peut repousser ma récompense, le temps que je surfe un peu sur Internet ? Il y a deux, trois choses que j'aimerais vérifier au plus vite.

Dane continua à lui sourire. Il accrocha sa prothèse sur le volant et tendit son autre main vers elle pour la poser sur sa cuisse.

— Oui, mon cœur. J'attendrai jusqu'à ce que tu sois prête. Mais tu penses pouvoir m'accorder un baiser pour me faire patienter quand on sera arrivés chez toi ?

— Oui, je pense que ça peut s'arranger, répondit-elle

en lui prenant la main pour embrasser le creux de sa paume. Merci d'avoir arrangé ça pour moi. C'était génial.

— De rien. Tu n'as rien d'autre à me demander, pendant qu'on va chez toi ?

— Puisque tu l'évoques, si.

Elle prit une profonde inspiration et se mit à parler. Elle lui posa des questions pendant tout le trajet jusqu'à son immeuble et pendant les dix minutes et quelques qu'il fallut à Dane pour garer son pick-up devant.

Quand elle ralentit la cadence, Dane intervint :

— Vas-y. Je sais que tu meurs d'envie de trouver des réponses aux questions pour lesquelles je suis resté sec. Tu m'appelles plus tard ?

— Oui, fit-elle en se mordillant la lèvre.

— Quoi ?

Elle leva un regard timide vers lui :

— Tu pourrais m'embrasser ?

— Je pensais que tu ne me le demanderais jamais. Viens ici.

Dane se pencha et actionna le levier pour ramener le siège. Elle avança dessus et s'agenouilla juste à côté de lui. Il la fit pivoter pour qu'elle vienne se placer sur ses genoux. Elle commençait vraiment à s'habituer à se retrouver blottie dans son giron. Elle s'y sentait bien. Protégée.

Elle n'avait pas encore recouvré son équilibre que déjà Dane l'embrassait. La main autour de sa taille pour qu'elle reste stable, il la dévorait de ses lèvres. Sa langue lui plongea sans prévenir dans la bouche. Bryn l'ouvrit plus largement, pour faciliter son exploration. Sa tête allait d'avant en arrière, afin de modifier l'angle de leur baiser, mais ses lèvres ne quittaient jamais celles de Dane.

Finalement, il s'écarta, frotta son nez contre le sien.

— Appelle-moi quand tu as fini.

— D'accord.

Elle restait assise sans bouger sur ses genoux, les yeux rivés sur ses lèvres. Lesquelles dessinèrent un sourire.

— Allez, ouste.

Il l'aida à se relever et à regagner l'autre côté du pick-up. Quand elle eut retrouvé une position normale sur le siège passager, il demanda :

— Ça va, Smalls ?

— Plus que bien, Dane. Encore une fois, merci pour aujourd'hui. Ça signifie beaucoup à mes yeux, que tu m'aies fait plaisir comme ça.

Il hocha la tête.

— À plus tard, ma chérie.

— À plus tard

Elle ouvrit la portière et sauta du véhicule. Sachant qu'il ne repartirait pas tant qu'elle ne serait pas entrée dans son immeuble, elle referma la portière et lui adressa un petit signe de la main, puis elle recula, sans cesser de le regarder dans les yeux.

Quand elle atteignit la porte, elle l'ouvrit et disparut à l'intérieur. Elle porta les doigts à sa bouche et sourit en se remémorant combien il était agréable d'avoir ses lèvres sur les siennes et génial de se retrouver dans ses bras. Elle ne s'était jamais sentie aussi heureuse où que ce soit qu'avec les bras de Dane autour d'elle.

Elle verrouilla la porte de son appartement et fonça sur son ordinateur, embrayant presque aussitôt sur le survivalisme, à l'instant où elle repensa au bunker de

M. Jasper et à la façon dont il avait été installé. C'était génial et elle avait envie de découvrir le plus d'informations possible dessus. Elle ne ferait que quelques recherches, histoire d'apaiser son besoin immédiat de connaissances, puis elle appellerait Dane.

16

———

Bryn se réveilla lentement, gémissant à chaque muscle qui s'étirait quand elle s'assit. Elle se trouvait à son bureau, son ordinateur devant elle, toujours ouvert sur le forum survivaliste qu'elle avait parcouru de fond en comble la nuit précédente. Les gens qu'elle y avait rencontrés avaient été très gentils pour l'essentiel et disposés à répondre à ses questions. Elle avait eu l'impression, après ses échanges avec Dane et M. Jasper, que tous les survivalistes étaient paranoïaques et mutiques. Sur le forum, elle avait reçu une tout autre expérience. Bien entendu, plus elle obtenait de réponses, plus surgissaient de nouvelles questions.

Elle bâilla et leva les bras pour s'étirer. Elle avait fait des rêves bizarres toute la nuit. À propos de bombes et d'une foule de gens essayant de pénétrer chez elle et...

Mince !

Dane !

Elle regarda l'horloge de son ordinateur et poussa un grognement d'exaspération quand elle lut 6 h 30. Impossible de se rappeler quand elle avait fini par s'endormir, mais ça devait être tard... ou tôt. Elle s'était connectée au forum et avait tchatté avec plusieurs survivalistes en même temps. L'expérience avait été fascinante, au point de faire disparaître Dane et l'appel qu'elle était censée lui passer de ses pensées.

Elle se déconnecta du site, s'efforçant de ne pas songer à la prochaine fois où elle aurait plus de temps pour échanger encore avec les survivalistes qu'elle avait rencontrés en ligne, puis elle se rendit dans le salon de son petit appartement. Comme il faudrait encore un moment avant que le soleil du matin n'illumine le ciel, elle alluma la lumière dans l'entrée et s'approcha du guéridon, à côté de la porte, pour attraper son téléphone portable.

Elle avait reçu trois textos. Tous de Dane.

Dane : J'ai passé un agréable moment, aujourd'hui.

Dane : Tu continues tes recherches ?

Dane : Je vais supposer que tu es toujours devant ton ordinateur, en quête d'informations sur le moyen de sauver notre peau quand la fin du monde va arriver et que tu ne m'évites pas exprès. ☺ Je t'appelle demain. J'espère que tu vas dormir un peu.

Bryn relut les messages plusieurs fois, la poitrine réchauffée par un agréable sentiment. Il avait pris de ses nouvelles et ne paraissait pas fâché qu'elle l'ait oublié. La dernière fois qu'elle s'était comportée comme ça avec un homme au début de leur relation, il avait été si furieux qu'elle lui ait « gâché sa nuit » qu'il lui avait déclaré ne plus jamais vouloir la revoir.

Dane la comprenait.

Et ne paraissait pas se formaliser qu'elle soit écervelée par moments. Qu'elle donne de l'argent aux sans-abri. Qu'elle ne semble pas voir le mal dans les gens. Qu'elle puisse se perdre en recherchant des informations et en oubliant tout le reste autour d'elle.

Après un nouveau coup d'œil à sa montre pour constater que quatre minutes seulement s'étaient écoulées depuis qu'elle avait regardé et qu'il était trop tôt pour appeler Dane, elle se rendit dans sa chambre. Elle allait prendre une douche, se changer et aller le voir. Elle ne travaillait pas ce jour-là, mais elle tenait à faire une halte à la bibliothèque pour y chercher le livre qu'un des survivalistes lui avait recommandé. Le titre en était, naturellement, *Survivre à l'apocalypse*. Elle voulait voir si la bibliothèque le possédait déjà ou si elle pourrait le commander.

L'une des choses que lui avait dites un type du forum, la nuit précédente, c'était qu'il était primordial d'avoir des exemplaires papier des manuels d'instruction. Si les infrastructures s'effondraient après une bombe nucléaire ou un chaos de masse, on aurait du mal à se connecter à Internet. Donc posséder un véritable livre serait plus sensé que compter sur Internet ou tout appareil électronique.

Après sa douche, Bryn tua le temps en préparant des muffins à partir de rien. Elle rechignait à retourner en ligne parce qu'elle finirait aspirée par les connaissances qu'elle pourrait dégoter à l'écran, elle le savait.

Finalement, à 7 h 50, elle se rendit à la bibliothèque.

Ils ouvraient de bonne heure pour les gens qui aimaient lire le journal et, en général, commençaient leur journée en se détendant au-dessus d'un livre ou d'un magazine.

Bryn salua sa collègue au comptoir de prêt, mais sans engager de conversation avec elle. Elle se dirigea vers un ordinateur pour y chercher ce qu'elle désirait. Tout en effectuant ses recherches, elle se souvint qu'elle n'avait pas rapporté les deux livres qu'elle avait trouvés sur les bunkers et les engrais.

Cette pensée la stoppa en pleine action. Dénicher un survivaliste n'était pas vraiment chose aisée. Bon sang, Dane avait dû recourir à l'ami d'un ami, ayant des liens avec le gouvernement, pour mettre la main sur M. Jasper. Mais grâce à ces deux livres, elle avait déjà trouvé quelqu'un d'autre à qui parler. Toute personne ayant consulté ces livres était à l'évidence un survivaliste extrémiste.

Bryn se demanda si elle devrait essayer de vérifier l'adresse de ce John Smith. Elle se rappelait qu'une personne de ce nom avait été répertoriée, mais la question était de savoir s'il s'agissait d'un vrai nom ou d'un pseudonyme. Ce serait fascinant de parler avec lui. Elle pourrait en obtenir une tonne d'informations. Ce serait comme avoir un forum survivaliste en chair et en os juste devant elle.

Elle repensa à ce que Dane lui avait dit... et à leur expérience avec M. Jasper. Il avait accepté de leur montrer son bunker, mais seulement parce que Dane lui donnait quelque chose en retour. Elle avait bien compris que les survivalistes pouvaient s'avérer dangereux. Elle ne pensait pas qu'ils l'étaient tous, mais distinguer parmi eux qui l'était et qui ne l'était pas se montrait délicat.

Bryn reconnut le sentiment qui l'animait. C'était le

même que quand elle était jeune et qu'elle avait envie de disséquer une grenouille pour en apprendre davantage sur cet animal. Elle savait qu'il pourrait être dangereux de parler à quelqu'un qui avait consulté un livre sur le survivalisme et un autre sur les explosifs, mais elle avait du mal à laisser passer l'opportunité.

Au-delà de la curiosité, cependant, il y avait l'idée inquiétante que quelqu'un, dehors, puisse être vraiment dangereux. Quelqu'un susceptible de blesser des gens. Parmi lesquels, Dane. Il ne vivait pas en ville, il serait vulnérable tout seul, dans sa maison. Que se passerait-il si ce John Smith était vraiment dangereux ? Ne devrait-on pas l'arrêter avant qu'il blesse quelqu'un ?

Bryn n'arrivait pas à décider ce qu'elle devrait faire. Elle voulait vraiment visiter un autre bunker. Les comparer. Établir les similitudes et les différences entre les deux qu'elle aurait vus. Mais elle ne pouvait pas se contenter de dire : « Salut, je m'appelle Bryn et je veux visiter votre bunker. » Elle savait que ça ne fonctionnerait pas. Mais que se passerait-il si elle découvrait plus d'informations sur cet homme sans entrer directement en contact avec lui ? Elle pourrait décider si elle devrait dénoncer ce John Smith aux autorités.

Et si elle n'était pas capable de dénicher la moindre information supplémentaire et qu'elle finisse par le voir, elle n'aurait qu'à lui assurer qu'elle se fichait de l'endroit où il vivait et qu'elle n'avait aucune intention de revenir lui voler son matériel si la fin du monde arrivait. Elle voulait juste le sonder.

Décidant sur-le-champ de voir ce qu'elle pourrait dégoter sur John Smith la prochaine fois qu'elle viendrait travailler, Bryn reporta son regard sur l'écran de l'ordinateur et les livres que la bibliothèque possédait sur les survivalistes et l'entraînement au survivalisme. Par chance, il y en avait plusieurs, pas celui que le type du forum lui avait suggéré, mais Bryn décida de commencer par ce qui était disponible.

Elle n'était pas surprise que son intérêt pour la question frôle l'obsession, parce que c'était toujours ainsi que cela fonctionnait avec elle. Un sujet éveillait un écho en elle et, à partir de là, elle devait épuiser toutes les voies possibles pour dénicher des informations dessus. Par le passé, elle avait effectué des recherches exhaustives sur l'emploi des pesticides dans les fermes du Midwest ou sur les montagnes russes – comment les construisait-on, les entretenait-on ? –, qui s'étaient terminées par un voyage à Cedar Point, un parc d'attractions de Sandusky, dans l'Ohio, où elle avait pu les observer et obtenir une visite VIP.

Il n'y avait pas d'explication à ce qui finissait par l'obséder mais, au fil des années, Bryn avait appris que la seule façon de revenir à la « normale », quoi que ce terme signifie, c'était d'en apprendre le plus possible sur le sujet. Une fois que sa curiosité était satisfaite, qu'elle avait la sensation de bien comprendre le problème ou le sujet, elle pouvait laisser tomber.

Le voyage au bunker de M. Jasper n'avait fait que piquer son intérêt. Il avait commencé par le livre sur les bunkers qu'elle avait trouvé à la bibliothèque et maintenant, elle était plongée en plein milieu du besoin obsessionnel d'en savoir plus. Elle n'avait pas parlé à Dane de ses tchats avec les survivalistes qu'elle avait rencontrés sur le forum, mais plus elle discutait avec eux, plus elle voulait en savoir.

Cela étant, si elle voulait en savoir plus sur les bunkers et le mode de vie survivaliste, elle avait aussi une autre obsession... Dane. Elle aimait bien cet homme. Vraiment bien. Elle était fascinée par sa prothèse et par l'homme lui-même. Sans même parler du plaisir qu'elle prenait à l'embrasser. Ça ne lui ressemblait pas d'avoir deux obsessions en même temps, pourtant elle était tout autant captivée par Dane que par le mode de vie survivaliste.

Comme si penser à Dane avait l'effet d'un aimant, elle ressentit le besoin d'entendre sa voix. Pour s'excuser de ne pas l'avoir appelé la nuit dernière. Pour se connecter avec lui.

Tirant son téléphone pendant qu'elle se dirigeait vers les piles de livres où elle avait déniché ceux qui portaient sur le mode de vie survivaliste, Bryn sélectionna le numéro de Dane.

— Salut, Smalls.

— Je suis vraiment, vraiment désolée de ne pas t'avoir appelé. Je le voulais. Ce n'est pas comme si je ne voulais pas que tu reviennes ou qu'on se bécote. C'est juste qu'après m'être connectée, j'ai commencé à faire des recherches sur les abris survivalistes et qu'ils sont tous tellement différents. Tu savais que certaines personnes doivent conduire deux heures pour atteindre le leur ? Ils sont dans les montagnes, si bien cachés que personne ne sera en mesure de les repérer. Et ils doivent utiliser un GPS pour les retrouver. Et il y en a qui sont très onéreux – ceux qui sont construits par des entreprises. Tu savais que certaines sociétés sont spécialisées dans la construction d'abris dans ce genre ? Et il existe à l'inverse des containers Conex que les gens enterrent dans leur jardin.

C'est totalement stupéfiant. Mais j'ai été distraite : je voulais juste envoyer des messages à quelques personnes, et puis j'ai perdu le fil du temps. Désolée.

Comme Dane ne disait rien, elle lui demanda, hésitante :

— Dane ?

— Où es-tu ?

— À la bibliothèque. Pourquoi ?

— Je suis là dans dix minutes.

— Euh... d'accord.

Il partit d'un petit rire, sans pour autant développer.

— À tout de suite, Smalls.

Bryn raccrocha, les sourcils froncés tant elle était confuse. Elle n'avait jamais vraiment compris les hommes, mais Dane la laissait carrément perplexe, parfois. Haussant les épaules, elle fourra son téléphone dans sa poche et examina attentivement les étagères. Si elle ne disposait que de dix minutes, elle devait trouver les livres dont elle avait besoin et les enregistrer avant l'arrivée de Dane. La dernière chose qu'elle voulait, c'était l'oublier encore une fois. Apparemment, il n'était pas du tout en colère... cette fois, mais elle ne voulait pas tenter le diable.

Dix minutes plus tard exactement, Bryn remerciait Bonnie qui venait de lui tendre les deux livres qu'elle avait empruntés, quand elle sentit une main au creux de ses reins.

En se retournant, elle vit Dane, planté derrière elle, qui lui souriait.

— Salut.

— Salut à toi, répliqua-t-il. Tu es prête ?

— Je pense. Même si je ne sais pas où nous allons.

— Chez moi

— Oh, d'accord. Tout va bien ? demanda Bryn.

Il se comportait bizarrement et elle ne savait pas exactement quoi penser.

— Oui.

Il la conduisit vers son pick-up, garé sur le parking.

— Je peux conduire jusque chez toi.

— Non.

Ayant grimpé dans la cabine, Bryn attendit que Dane ait attaché sa ceinture et commencé à conduire dans Rathdrum avant de parler :

— Je suis vraiment désolée, Dane. Je ne voulais pas perdre le fil du temps. Mais il faut que tu le saches : ça m'arrive très souvent. Je ne peux rien y faire.

— Je sais.

Bryn poussa un soupir d'exaspération.

— Dans ce cas, qu'est-ce qui se passe ? Tu ne dis pas plus de deux mots à la fois. Tu as besoin d'un café ? Tu fais de l'hypoglycémie ? Je commence à flipper, là.

— Je ne suis pas fâché du tout, ma chérie. En te déposant, je savais que je ne recevrais probablement aucune nouvelle de toi. Je sais comment tu fonctionnes. Et ça ne me dérange pas. Mais je n'ai pas très bien dormi, cette nuit.

— Pourquoi ?

— Je m'inquiétais de ce qui se passait dans ta jolie petite tête. Est-ce que tu avais pris un billet d'avion pour le Wyoming afin de rencontrer un gars croisé en ligne parce qu'il t'avait proposé de te montrer son bunker ? Je me demandais si tu allais dormir un peu ou pas. Je redoutais que tu essaies de hacker la base de données du FBI pour dénicher plus d'informations sur ce que j'ai peut-être arrangé pour inciter M. Jasper à accepter de nous rencontrer.

— Je ne sais pas hacker. Même si je suis sûre que j'y arriverais, ça ne doit pas être si compliqué. Mais je ne m'intéresse pas aux ordinateurs sous cet angle. La science et les maths sont plus ma tasse de thé.

Dane sourit sans pour autant quitter la route des yeux.

— Je n'ai pas très bien dormi parce que je n'arrêtais pas de t'imaginer encore une fois sans ton chemisier, mais en pleine possession de mes moyens, pour le coup, et je brûlais de poser ma main et ma bouche sur toi.

— Oh.

— Oui, « oh ». (Il se tourna enfin pour la regarder et Bryn fut presque brûlée vive par la chaleur et le désir qu'elle lut dans ses yeux.) J'ai envie de toi, Smalls. De toutes les manières possibles. Je jure devant Dieu que je n'ai jamais éprouvé une telle attirance pour aucune autre femme.

— Tu n'as pas couché avec une femme depuis longtemps, laissa-t-elle échapper.

— Certes, convint-il aussitôt. Mais ce n'est pas parce que je n'ai eu personne depuis ma blessure que je ne me suis pas trouvé dans les parages de femmes séduisantes. Des femmes qui auraient bien voulu me ramener chez elles pour que je les baise si j'en avais manifesté la moindre envie. Mais je n'avais même pas le désir d'y penser. Rien. *Nada.* J'étais trop occupé à m'apitoyer sur mon sort. À me lamenter sur ma situation et mes douleurs. Je pense que si je me suis montré aussi méchant avec toi dans le supermarché, cette fameuse nuit, c'est parce que j'ai été attiré par toi au premier regard. Ça m'a complètement perturbé et j'ai mal réagi. Je suis au comble du bonheur que tu sembles m'avoir pardonné, mais je ne me suis pas pardonné à moi-même pour le moment. Je travaille à réparer la situation.

— Donc on va chez toi pour que tu puisses m'enlever mon chemisier et me peloter ?

Il éclata de rire et secoua la tête, amusé.

— Tu dis vraiment les choses comme elles sont, hein, Smalls ?

Elle haussa les épaules.

— Oui. C'est trop perturbant quand les gens disent des choses qu'ils ne pensent pas. Je ne saisis pas toujours le sarcasme non plus... même si je pense que je m'améliore.

— Dans ce cas, oui. Je t'emmène chez moi pour qu'on puisse se peloter et que je voie tes seins magnifiques sans soutien-gorge pour les dissimuler. Je veux te voir jouir et je tuerais pour connaître la chaleur et la moiteur de ton sexe. C'est assez clair ?

— Euh... oui. Dane ?

— Oui, mon cœur ?

— Est-ce que je pourrai te voir, moi aussi ? Te faire jouir ?

— Tu peux faire tout ce que tu veux de moi.

— Dans ce cas, d'accord.

— Mais je ne vais pas te sauter dessus à la seconde où nous nous retrouverons à l'intérieur. Je veux savoir ce que tu as appris la nuit dernière. Je veux voir les livres que tu viens d'emprunter et je veux te nourrir. J'aime prendre soin de toi, t'écouter. Ensuite, tu me demanderas ce que j'ai fait après être rentré chez moi et on aura une conversation agréable. Je te caresserai pendant ce temps. Peut-être que je te tiendrai la main. Je t'embrasserai sans doute une fois ou deux. Puis quand on sera à l'aise et qu'on aura fait durer la conversation autant que possible, je t'emporterai dans ma chambre et je t'allongerai sur mes draps et on partira de là.

— On couchera ensemble ?

Dane secoua la tête lorsqu'il s'engagea dans son allée.

— Je ne pense pas. Enfin, bien sûr, on pourra changer d'avis si on est trop excités pour résister... mais ce n'est pas ce que je projette.

Il gara son pick-up et coupa le moteur. Il sortit d'un bond et marcha à grandes enjambées vers son côté pour lui ouvrir sa portière. Avant qu'elle puisse descendre, il avait fait un pas en avant et bloqué sa route. Une main sur ses hanches et son moignon sur l'autre cuisse, il se pencha et la regarda dans les yeux.

— Je te désire, Bryn. Je veux m'enfoncer si profondément en toi que je ne pourrai plus dire où tu termines et où je commence, mais si je suis honnête, j'ai aimé apprendre à te connaître pendant ces dernières semaines. Tu es drôle, intelligente et j'apprends tous les jours quelque chose de toi. Je ne passe pas du temps en ta compagnie dans le seul espoir de tirer mon coup. J'espère qu'il en va de même pour toi.

Bryn laissa échapper un petit rire.

— Non, Dane. Aucun gars n'a encore voulu passer du temps avec moi comme tu le fais. S'il voulait coucher avec moi, le sujet venait sur le tapis à notre deuxième rendez-vous.

— Donc je veux aller au lit avec toi. Je veux te faire jouir, mais je veux aussi te prouver que tu signifies plus pour moi qu'une simple partie de jambes en l'air. OK ?

— Tu n'as pas à me le prouver.

— Mais je veux me le prouver à moi-même. Et maintenant, viens ici. Je vais voir ce que j'ai chez moi pour te concocter un petit-déjeuner tardif. Je sais que tu as sans doute déjà mangé, mais je veux que tu manges autre chose, histoire que tu prennes des forces. Je ne veux pas que tu tombes dans les pommes, tout à l'heure. (Il sourit, puis reprit :) J'ai commandé les saisons 5 à 8 de *Mythbus-ters* et je les ai reçues aujourd'hui. On peut commencer là où on s'est arrêtés et avancer à partir de là.

— Aujourd'hui ?

Dane l'aida à sortir du pick-up et referma la porte derrière elle.

— Oui, Smalls. Aujourd'hui. Mais pas trop. J'ai d'autres plans pour nous... Tu n'as pas oublié ?

Elle leva les yeux vers lui tandis qu'ils se dirigeaient vers la porte d'entrée de sa maison.

— Non, je me rappelle.

Bryn relâcha Dane assez longtemps pour qu'il puisse déverrouiller sa porte et prit une profonde inspiration. Parcourue de picotements d'excitation, elle savait, sans aucun doute possible, que si elle franchissait la porte de la maison de Dane, sa vie changerait pour toujours. Mais elle désirait ce changement. Elle désirait Dane.

17

Dane leur prépara à tous les deux une petite omelette aux légumes et ils regardèrent deux épisodes de l'émission scientifique que Bryn avait commencé à aimer. Mais Dane voyait bien qu'elle n'était pas vraiment concentrée sur les images.

Désireux de détourner l'esprit de Bryn de ses préoccupations, il passa la main sur son bras, savourant la chair de poule qui surgissait dans son sillage. Ayant ôté l'élastique de ses cheveux, il enfouit les doigts dans ses boucles soyeuses, puis il se pencha en avant et inhala l'odeur qu'il associerait éternellement à Bryn. Ce faisant, il veilla à ce que son nez effleure la nuque si sensible de la jeune femme.

Elle était prête, soit à se lever et à arracher ses vêtements, soit à s'enfuir en courant de la maison, parce qu'elle n'était pas mûre pour ce qu'il projetait de lui faire. Il n'arrivait pas à trancher. S'il devait tout de même choisir, il pencherait plutôt en faveur de la première que de la seconde hypothèse. Il devait avancer prudemment : la dernière chose qu'il voulait, c'était faire quoi que ce soit qui blesse sciemment la femme stupéfiante qui se trouvait à côté de lui.

Quand le deuxième épisode se termina, Dane se leva et lui tendit la main.

— Tu viens ?

Elle hocha la tête et lui attrapa la main aussi fort que si elle était sur le point de se noyer et qu'il était le seul être humain en mesure de la sauver. Il lui montra le chemin jusqu'à sa chambre et ôta ses chaussures. Elle l'imita. Dane ne portait pas sa prothèse, car elle lui avait dit qu'elle préférait ça, quand ils se trouvaient tous les deux, chez elle ou chez lui. Lui-même avait la sensation d'être plus normal, quand il ne la portait pas. Aussi se réjouissait-il qu'elle ait la même approche.

— Allonge-toi, ma chérie, sans quoi, tu vas tomber par terre.

En quelques mouvements saccadés, Bryn se précipita sur le lit et s'allongea, tête sur l'oreiller. Retenant son souffle, elle plaqua les mains sur ses flancs. Elle s'inquiétait de ce qu'ils s'apprêtaient à faire, c'était évident.

Au moment où elle semblait sur le point de se mettre à paniquer, il lui ordonna :

— Respire, Smalls. Respire profondément. Je ne ferai rien qui ne soit pas agréable... pour l'un ou l'autre d'entre nous.

Bryn relâcha d'un coup le souffle qu'elle retenait.

— Je ne suis pas douée pour ce genre de choses, laissa-t-elle échapper. Je t'aime beaucoup et je ne veux pas te décevoir.

Dane se pencha et fit peser son poids sur ses coudes, plantés de part et d'autre de ses bras à elle. Il passa alors les doigts de sa main valide le long de son bras, pour essayer de l'apaiser. Il sentit qu'elle levait les mains et les refermait sur les pans de son T-shirt.

— Je peux te promettre que je ne serai pas déçu. En fait, c'est plutôt moi qui devrais être nerveux.

— Toi ? Pourquoi ?

— Tu sais que c'est la première fois que je le fais depuis que j'ai été blessé.

— Oui, et alors ? C'est ton bras qui a été blessé, pas ton pénis.

Dane s'interdit de ricaner en l'entendant utiliser le mot « pénis ». Il aimait la façon qu'elle avait de toujours dire ce qu'elle avait à l'esprit. Cela promettait de rendre leurs ébats à tout le moins intéressants.

— En effet, mais par le passé, quand j'étais avec quelqu'un, je n'ai jamais eu à me préoccuper de l'endroit où j'allais poser mes mains. Je pouvais supporter mon poids où et comment j'en avais besoin, sans avoir à y réfléchir. Mais c'est impossible, maintenant. Je n'ai plus qu'une main. Je ne peux plus faire qu'une seule chose à la fois. Si je veux m'assurer que tu es assez mouillée pour me prendre en toi sans douleur, je ne peux plus me contenter de tendre la main et de te caresser comme je l'aurais fait par le passé.

Dane voyait bien qu'elle réfléchissait à ce qu'il venait de dire.

— Je comprends que ça puisse être un problème, lâcha-t-elle enfin au bout de quelques secondes, mais je te connais, je suis certaine que tu trouveras le moyen de compenser.

Dane sentit son ventre se dénouer. Elle avait une telle confiance en lui que c'en était grisant.

— Alors, détends-toi, Smalls. D'accord ?

— Je parle trop.

Cette fois, il fut incapable de retenir le sourire qui se dessina sur son visage.

— Mais non.

— Si, insista Bryn. La dernière fois, le gars m'a collé sa main sur la bouche en marmonnant qu'il n'arrivait pas à jouir pendant que je jacassais.

— Le connard, grommela Dane en fronçant les sourcils. Bryn, j'ai passé assez de temps avec toi pour savoir que tu parles beaucoup et pour trouver absolument adorable que tu dises exactement ce que tu penses. Ce n'est pas la seule chose qui me plaît en toi, mais j'aime beaucoup ce trait de ton caractère. Je n'ai pas à m'inquiéter d'avoir merdé quelque part ou dit quelque chose qu'il ne fallait pas. Soit tu m'en informes, soit je jette un œil sur ton visage si expressif et je le devine. C'est rafraîchissant et, honnêtement, je suis plus à l'aise, ainsi. Surtout ici, au lit. La dernière chose que je veuille, c'est te faire du mal ou quelque chose que tu n'apprécies pas. Sachant que tu l'énonceras et que tu ne m'obligeras pas à deviner ce que tu aimes, c'est un incroyable aphrodisiaque. Donc rien de ce que tu diras pendant que je me trouve à l'intérieur de ton corps humide et chaud n'aura le moindre effet sur l'orgasme de l'un d'entre nous... à moins peut-être de le précipiter.

— Je lui ai dit que l'homme moyen éjacule entre l'équivalent d'une cuillère à café et d'une cuillère à soupe quand il jouit.

Pendant qu'elle parlait, Dane fit passer son poids sur son coude gauche et déplaça sa main droite vers le bas de son T-shirt. Il la vit prendre une profonde inspiration et sentit son dos se cambrer sous sa main, quand il enve-loppa son sein gauche.

— Intéressant. Quoi d'autre, encore ?

— Quand ils se masturbent, soixante-quinze pour cent des hommes atteignent l'orgasme en deux minutes.

— Ça semble exact, murmura Dane en repoussant le bonnet de son soutien-gorge pour pouvoir accéder à son téton.

Débarrassé du tissu, il s'empara du petit bouton qu'il titilla entre ses doigts jusqu'à ce qu'il soit dur et pointé.

— Tu aimes ça, Smalls ?

— Oui. Oh, oui. Chaque fois que tu fais... ça... je le sens entre mes jambes.

Dane eut toutes les peines du monde à ravaler sa salive. Mince, elle était sidérante.

— Qu'est-ce que tu sais à propos des tétons ?

Il ne détachait pas les yeux de son visage afin de s'as-surer que tout ce qu'il lui faisait était excitant et ne la mettait pas mal à l'aise.

— Certaines personnes trouvent que le sommet, les côtés ou la base de leurs seins sont plus sensibles que les tétons.

Dane voyait bien que Bryn ne réfléchissait pas vrai-ment à ce qu'elle disait. Sa récitation de faits aléatoires n'en était que plus étonnante.

— Comme ça ? demanda-t-il en bougeant les doigts de façon à ce qu'ils ne fassent plus qu'effleurer le pour-tour de son téton sans le toucher directement.

Puis il fit passer son index sur le bas et le côté de son sein, guettant sa réaction.

— Dane, protesta-t-elle en arquant le dos, pour

l'obliger à garder le doigt sur son téton. C'est agréable, mais pas autant que...

Ses mots disparurent dans un murmure : elle désirait à l'évidence que ses doigts regagnent l'endroit qu'ils avaient quitté.

— Il me semble que nous avons découvert ce que tu préférais, non ? Les tétons, les tétons et encore les tétons. C'est bon à savoir. (Dane se déplaça vers son autre sein, qu'il débarrassa aussi du bonnet de son soutien-gorge.) Je suis en train d'apprendre la meilleure manière de te satisfaire, mais je peux te dire qu'une chose ne va pas être facile...

Il laissa à dessein sa phrase en suspens.

— Quoi ? haleta Bryn.

Il sourit et attendit un instant, pinçant son autre téton jusqu'à ce qu'il soit aussi pointé entre ses doigts que son jumeau l'avait été.

— Je n'ai pas deux mains pour satisfaire ces deux bébés en même temps... Donc je vais être obligé d'utiliser mes doigts d'un côté et ma bouche de l'autre, si je veux les stimuler tous les deux simultanément.

— Purée, Dane, gémit-elle.

— Enlève ton T-shirt, Smalls, ordonna Dane. Je ne peux pas y arriver avec une seule main... et même si je pouvais, je suis un peu occupé pour le moment.

Il n'interrompit pas ses caresses pendant qu'elle passait à l'action. Ouvrant les mains qu'elle avait cramponnées à ses flancs, elle attrapa l'ourlet de son T-shirt et le releva.

Dane se hissa autant que possible sur son coude tandis qu'elle se dénudait pour lui. Ses cheveux se coincèrent dans le T-shirt pendant qu'elle le retirait et finirent par se répandre sur l'oreiller sous elle. Déconcentré, Dane se pencha pour enfouir le nez dans ces mèches brunes.

— Putain ce que tu sens bon, Smalls. Je te jure que j'ai la trique chaque fois que je sens une odeur de noix de coco, maintenant. Si un jour, on va à la plage, ce sera une torture pour moi, parce que je vais être capable de m'imaginer que c'est toi, dans mon lit, avec tes cheveux répandus sur mon oreiller.

Elle reposa les mains sur ses flancs et les glissa sous son T-shirt.

— Enlève-moi ça, toi aussi, exigea-t-elle, ignorant ses commentaires sur la plage et ses cheveux.

— Ma main est occupée. Fais-le pour moi, ordonna-t-il.

Elle ne se le fit pas dire deux fois : remontant les mains le long de ses flancs, elle emporta le tissu de coton du même coup. Dane frissonna en sentant les mains chaudes de Bryn caresser sa peau sensible. Il lâcha son téton assez longtemps pour lever son bras et lui permettre d'ôter le T-shirt, puis il reporta aussitôt le regard sur ses seins.

— Dane, lève ton autre bras, que je puisse te débarrasser de ça, dit-elle une fois que le T-shirt eut franchi sa tête.

— Laisse tomber, répliqua-t-il, refusant d'y accorder de l'attention.

À son grand soulagement, elle obtempéra. Le T-shirt tomba sur le matelas. Il n'avait pas voulu retirer sa main droite longtemps de ses seins et se soulever assez pour que son T-shirt puisse être jeté sur le côté.

Il plongea le regard dans ces yeux transparents que Bryn écarquillait.

— Tu es magnifique, Bryn. Je n'ai jamais vu une perfection pareille. Dis-moi encore ce que tu sais à propos des tétons.

— Euh... ils apparaissent sur le fœtus avant les organes sexuels... Bon Dieu... Dane !

Il l'entendit à peine, car il avait plongé pour prendre son téton droit dans sa bouche. Il le sentit se dresser encore quand ses dents se refermèrent doucement dessus et qu'il y exerça une pression légère et régulière en le suçotant et en le caressant aussi de sa langue. Sa main valide enveloppait et caressait l'autre sein, tandis qu'il se concentrait sur le téton dans sa bouche. Bryn se tortillait sous lui, mais sans chercher à s'écarter. Finalement, il recula un peu et murmura :

— Je rêvais de faire ça depuis la nuit où j'étais saoul et où tu as levé ton chemisier, par souci d'équité. Je savais que tu serais aussi réactive. Je le savais, putain.

Sans lui laisser la moindre possibilité de répliquer, il déplaça ses lèvres vers l'autre sein et vénéra ce téton, utilisant sa main pour remonter le globe de chair plus près de ses lèvres avides.

Il recula quand il sentit la main de Bryn caresser son sexe dur comme la pierre à travers son jean. Il pressa les hanches contre sa paume et rejeta la tête en arrière quelques instants, savourant cette main qui le touchait à travers l'épais tissu de son pantalon bien plus qu'il ne l'avait jamais fait quand d'autres femmes posaient directement leur paume sur sa peau nue.

Prenant son visage dans la main occupée jusqu'à

présent de son sein, il obligea Bryn à le regarder dans les yeux.

— Tu es sûre, Smalls ?

— Les hommes ont plus besoin de sexe que les femmes.

— Quoi ?

— Les hommes ont plus besoin de sexe que les femmes, répéta Bryn.

— Peut-être. Mais je me suis masturbé régulièrement depuis que je te connais. Je peux donc attendre jusqu'à ce que tu sois prête.

— Tu étais gaucher.

Habitué à ses commentaires apparemment proférés au hasard, Dane se rapprocha d'elle et frotta son torse contre la poitrine de Bryn.

— En effet. Et alors ?

Le souffle de Bryn s'accéléra, mais elle précisa :

— C'est difficile pour toi de te masturber avec la main droite, non ?

Dane sourit et répondit sincèrement à sa question :

— Au début, oui. J'étais frustré et en colère en même temps. J'avais l'impression d'avoir douze ans et d'être en train d'apprendre à nouveau la meilleure façon de jouir. Mais c'est devenu plus facile avec la pratique et ce n'est pas ce qui a manqué au cours des deux derniers mois.

Pour commencer, il se dit qu'elle n'avait pas compris, mais elle ferma brièvement les yeux et gémit. Quand elle croisa de nouveau son regard, elle se déplaça sous lui, passant ses tétons érigés sur son torse.

— Je n'ai encore jamais joui avec un homme. J'ai un vibromasseur et je peux jouir avec, si je le pose sur mon clitoris, mais les hommes ne m'ont pas semblé savoir quoi faire.

— Je te donne la permission de me dire exactement ce que tu aimes et ce dont tu as besoin, si je n'arrive pas à le deviner. Qu'est-ce que tu en dis ? (Dane déplaça sa main du visage de Bryn à sa nuque.) Je veux être le premier, Smalls. Le premier à sentir ton corps tout chaud se contracter autour de mon sexe au moment où tu exploseras. Le premier à te regarder prendre ton pied. Le premier à te montrer que les femmes peuvent plus facilement avoir des orgasmes multiples que les hommes.

— Tu es affreusement sûr de toi, constata Bryn. La plupart des hommes n'ont aucune idée de la façon dont est fait un corps de femme ni où et comment il faut le toucher.

— C'est pour cette raison que tu vas me l'enseigner. (Comme il vit de l'intérêt dans ses yeux, il continua :) Appelle ça de la recherche. Tu vas découvrir si l'on peut apprendre à un ex-soldat doté d'un seul bras à te toucher au bon endroit et de la bonne façon pour que tu jouisses. D'accord ?

— OK, accepta-t-elle aussitôt. Si, de ton côté, tu m'apprends comment te toucher. Je n'ai jamais sucé un homme… ni masturbé qui que ce soit avec mes mains.

— Purée, ça va être marrant, déclara Dane qui se déplaça jusqu'à se retrouver agenouillé au-dessus d'elle. Enlève ton soutien-gorge, Bryn. Puis déboutonne et baisse la fermeture Éclair de ton pantalon, mais garde-le. Ça, c'est mon boulot.

Hochant la tête, elle arqua aussitôt le dos pour replier les bras afin de crocheter son soutien-gorge. Sans détacher le regard de ses contorsions, Dane s'attaqua à sa propre ceinture pour ouvrir son pantalon. Pressée contre la braguette, son érection lui faisait mal, mais il n'osait pas se libérer lui-même pour l'instant. Il avait besoin de pression pour garder le contrôle de son corps. Malgré ce qu'il avait raconté à Bryn, cela faisait longtemps qu'il n'avait pas eu de relation sexuelle et il savait qu'il ne tiendrait pas longtemps, dès l'instant où il se retrouverait à l'intérieur d'elle.

Une fois qu'elle se fut exécutée, il ordonna :

— Mains au-dessus de la tête.

— Je veux te toucher, protesta-t-elle.

— Tu le feras, mais dans la seconde qui suivra, je vais exploser, alors laisse-moi d'abord prendre soin de toi. S'il te plaît.

Elle opina du chef et leva lentement les bras jusqu'à ce qu'ils reposent sur l'oreiller au-dessus de sa tête.

Au lieu d'attendre qu'elle soit installée, il déplaça aussitôt la main et les yeux vers son ventre. Il plaqua la main dessus et la fit remonter entre ses seins, puis redescendit jusqu'à ce que son talon soit pressé contre le sexe de Bryn. Puis il remonta de nouveau la main, en passant cette fois ses callosités sur son sein droit, puis le gauche, avant de redescendre le long de sa poitrine.

— Dane...

— Tu n'as rien à dire, Smalls ? Je suis choqué, plaisanta-t-il, sans cesser de déplacer la main sur son corps pour l'habituer à son toucher tout en stimulant ses terminaisons nerveuses.

— Je n'arrive pas à penser, gémit-elle quand il se pencha sur elle en utilisant les muscles de ses cuisses pour se tenir droit et passer légèrement son moignon balafré sur son téton. Oh !

— C'était un bon ou un mauvais « oh » ? demanda Dane en se figeant.

Il n'avait pas réfléchi à ce qu'il faisait, il avait en fait oublié qu'il lui manquait une main sur son côté gauche. Il ne voulait pas faire quoi que ce soit qui puisse la mettre mal à l'aise, mais heureusement, le recours à son moignon paraissait plutôt l'exciter que la laisser de marbre.

— Un bon. Oui, un bon, sans hésitation. Encore !

Bryn se tortillait sous lui, utilisant ses mouvements pour se frotter contre son moignon.

— Oui, Smalls. Bon Dieu, c'est tellement sexy, putain.

Dane n'arrivait pas à détourner les yeux du spectacle qu'elle lui offrait, de ce téton qu'elle frottait contre les cicatrices de son bras gauche. Elle lui avait dit et redit qu'elle ne le voyait pas comme un handicapé et n'était pas le moins du monde répugnée par l'endroit de son amputation, mais ses actions, en cet instant, achevèrent de l'en persuader. Elle était pleinement dans l'instant, ne voulant rien d'autre que se sentir bien, et c'était ce qu'il faisait pour elle. Peu importait qu'il lui manque une main ou qu'il soit terrifié, ou même qu'il soit extrêmement nerveux quand il se retrouvait en public.

Pendant qu'elle continuait à se tortiller contre lui, Dane utilisa sa main pour baisser la culotte et le jean de Bryn jusqu'à ce que son pouce soit en mesure d'atteindre ses replis détrempés. Il baissa les yeux et prit une profonde inspiration. Si les poils pubiens de Bryn étaient doux sous sa main, son sexe lui-même s'avérait brillant et lisse.

— Bon Dieu, Bryn. Tu te rases ?

Il releva les yeux vers son visage, tandis que son

pouce la caressait paresseusement, répandant ses sucs sur chaque centimètre carré de cette petite chatte.

Elle haussa les épaules en croisant son regard, avant de bégayer :

— C'est p...plus p...propre et p...plus esthétique.

Dane appuya la main, de façon à ce que son pouce pénètre en elle, puis l'en retira et se déplaça vers son clitoris avant de pénétrer à nouveau dans son sexe.

— C'est très agréable à regarder. Mais un autre avantage... ça donne plus de sensibilité sans les poils.

Bryn haussa les hanches à sa rencontre, prenant une profonde inspiration.

— Encore, exigea-t-elle.

— Est-ce qu'on est entrés dans la phase Instruction de nos ébats ? s'enquit Dane avec un sourire.

— Oui.

— Et tu vas me dire où et comment tu veux que je te touche si je ne m'y prends pas bien ?

Dane abaissa encore les sous-vêtements de Bryn et tordit le poignet de sorte que son pouce appuie une nouvelle fois sur sa fente. Il le fit entrer lentement en elle, mais là, il ne se contenta pas d'y insinuer la pulpe. Il continua à s'enfoncer, jusqu'à ce que son doigt soit aussi profondément en elle que possible avec son index et son majeur toujours œuvrant sur son clitoris humide.

Bryn faillit sortir du lit quand il retira doucement son pouce, avant de le renfoncer, veillant à toujours frotter son clitoris avec ses autres doigts pendant ce temps. Bryn descendit les mains qu'elle avait levées derrière sa tête et lui agrippa les deux biceps, lui plantant les ongles dans la peau. Dane s'en fichait, la petite douleur dans ses bras ne faisait qu'augmenter le plaisir qu'il éprouvait. Ni lui ni elle n'étaient complètement nus, mais c'était l'expérience la plus sexy et la plus érotique de sa vie.

Bryn souleva encore les hanches, jusqu'à ce que son dos supporte tout son poids. Dane se rapprocha d'elle, afin qu'elle appuie son fessier surélevé sur ses cuisses à lui. Il se pencha sur elle, plaçant le bras gauche sur son ventre pour que son moignon se retrouve entre ses seins, histoire de l'aider à rester immobile.

La position l'ouvrit davantage à lui et Dane regretta de ne pas avoir eu la prévoyance de lui ôter sa culotte avant d'aller aussi loin, mais il ne pouvait plus s'arrêter, s'il voulait rester en vie. Il avait besoin de son orgasme comme il avait besoin de respirer. Il effectuait des mouvements de va-et-vient avec sa main dans ses replis. Sans relâche. Pour une fois, ce fut lui qui parla et Bryn qui resta muette.

— Vu que tu ne me dis pas ce que je dois faire, peut-être bien que je m'y prends comme il faut ? Tu aimes ça, Smalls ? Ça fait du bien, non ? Tu es si mouillée, ma main est toute trempée. Je te sens qui te contractes autour de mon pouce… Il n'est pas assez gros, n'est-ce pas ? Tu as besoin de quelque chose de plus large en toi, hein ? On va y venir, promis, mais pour le moment, montre-moi comme tu es belle quand tu jouis. Je veux voir ce qu'aucun autre homme n'a eu la chance de voir avant moi. C'est à moi. Vas-y, Bryn. Fais-moi confiance pour t'y emmener. Arrête de penser et ressens. Contente-toi de ressentir, ma douce Bryn.

Dane voyait bien qu'elle était à deux doigts de l'orgasme et, lorsqu'il enfonça de nouveau son pouce en elle, il alla juste un peu plus loin et recourba son doigt pour sentir les parois spongieuses de son sexe par-delà son clitoris. Quand elle sursauta sous sa main, il sourit.

— C'est ça, Smalls. C'est là ? J'ai trouvé le fameux point ? C'est bon, hein ? (Soulignant chaque mot, il poussa son pouce sur son point G.) Jouis pour moi, Bryn. Tu peux le faire.

Et s'enfonçant une ultime fois, Dane appuya plus fort sur le point à l'intérieur du vagin de Bryn, tandis que ses deux autres doigts frottaient son clitoris.

Sans cesser de la retenir sur le lit, pour savourer ses mouvements saccadés et incontrôlés, il continua à exercer une pression sur son clitoris pour lui donner l'orgasme le plus puissant, le plus dévastateur dont il ait eu le privilège d'être le témoin. Puis, quand il relâcha lentement la pression à mesure qu'elle redevenait plus sensible, il l'aida à descendre des sommets sexuels où elle planait.

Il retira peu à peu le pouce de son entrejambe et le porta à ses lèvres. Il attendit que Bryn ouvre les yeux, qui étaient pour le moment à l'état de deux fentes, puis écarta les lèvres et lécha chaque goutte des sucs qu'elle avait déversés sur ses doigts.

— L'éjaculation féminine consiste avant tout en eau et il y a peu, voire pas, de calories dedans. Dans le sperme en revanche, il y a entre cinq et sept calories par cuillère à café.

Dane gloussa et se rejeta en arrière, reposant les hanches de Bryn sur le matelas avant de se pencher pour l'embrasser. Leurs langues se mêlèrent et plusieurs secondes s'écoulèrent avant qu'il ne recule.

— C'est bon à savoir : je vais pouvoir te manger et te faire jouir autant que je veux sans avoir à m'inquiéter des apports caloriques. (Bryn s'empourpra et se passa nerveusement la langue sur les lèvres.) Tu aimes ton goût ?

Elle haussa les épaules.

— Je n'y avais jamais pensé auparavant. Mais j'aime le goût que tu avais, juste là. Avec moi encore sur ta langue. (Dane ne put s'empêcher de sourire.) J'ai joui. Avec toi. Et je n'ai même pas eu besoin de te dire quoi faire.

— Non, en effet.

— C'était mon point G, non ?

— Oui.

— Le point G est une abréviation pour point Gräfenberg, nommé d'après Ernst Gräfenberg, qui était un gynécologue allemand. Il n'a pas du tout été prouvé qu'il existe. Certaines personnes affirment qu'il s'agit seulement d'une extension du clitoris.

Dane fut incapable de se contenir. Il rejeta la tête en arrière et rugit de rire. Reprenant tant bien que mal le contrôle de lui-même, il se pencha en avant et frotta son nez contre celui de Bryn.

— À mon avis, il existe, Smalls. Tu veux que je t'en apporte une nouvelle fois la preuve ?

Bryn se mordilla la lèvre et parut d'une indécision adorable avant de déclarer finalement :

— Peut-être plus tard. Maintenant, à mon tour de te faire ça.

— « Ça » ?

— De te faire jouir.

Souriant toujours, Dane s'écarta d'elle pour rouler sur le dos, juste à ses côtés, plaçant sa main valide derrière sa tête, comme s'il se reposait sur une plage de Tahiti.

— Vas-y.

Bryn s'agenouilla lentement, juste au niveau des hanches de Dane et prit son temps pour l'observer, puis demanda :

— Je peux t'enlever ton pantalon ?

— Oui, répondit-il avant de s'empresser d'ajouter, quand elle se pencha pour attraper le vêtement : J'ai la sensation que ça va être très rapide. Je suis tellement excité, là maintenant, que je ne suis pas certain de tenir longtemps. Et avant que tu commences à t'angoisser, sache que tout ce que tu me feras sera parfait. Tu ne peux rien faire foirer, Smalls. Je le jure.

— Tu es en forme, constata Bryn en lui retirant son jean. Il faut aux hommes entre une minute et une heure pour redevenir durs après qu'ils ont joui... Vu ton âge et ta morphologie, je dirais que tu te situes sans doute dans l'extrémité basse de cette échelle.

— Merci pour ton vote de confiance, mais on va improviser. Ce n'est pas une compétition et j'ai envie de tester des tas d'autres choses avec toi, avant qu'on fasse vraiment l'amour. (Il tendit sa main valide et la lui plaça dans la nuque afin de l'attirer vers lui et qu'ils se retrouvent les yeux dans les yeux.) Détends-toi, Smalls. Nous avons tout le temps devant nous, non ?

Bryn agita la tête de façon saccadée et il la relâcha. Soulevant les hanches, il tendit la main et repoussa son boxer tant bien que mal de sa main valide, utilisant un pied pour s'aider à l'ôter tout à fait. Il se rallongea, complètement nu, sans se sentir intimidé pour la première fois depuis qu'il avait été blessé. Il savait instinctivement que Bryn ne le trouverait pas répugnant. C'était une pensée grisante qui le rendait encore plus dur.

Il observa Bryn pendant qu'elle examinait son corps nu pour la première fois. S'il ne s'y était pas attendu, il aurait pu s'inquiéter du regard clinique que lui portaient ses yeux. Il s'en était rendu compte il y avait quelques semaines, mais elle appréhendait le monde différemment de tous les autres gens qu'il avait rencontrés. Le cerveau de Bryn était en mouvement perpétuel et, presque comme un ordinateur, exigeait une alimentation permanente.

Au bout de quelques secondes, elle le regarda dans les yeux et se passa la langue sur les lèvres.

— Est-ce qu'il y a des endroits interdits ?

— Bon sang ! s'exclama-t-il, le souffle coupé, avant de le récupérer et de répondre : Non. Touche-moi partout où tu en as envie, Smalls. Je peux encaisser.

18

Bryn se passa la langue sur les lèvres, puis se mordilla celle du bas. Il avait dit « partout ». Mais elle n'avait aucune idée de l'endroit où commencer. Il était splendide, depuis la tête jusqu'à la pointe des orteils. Elle remarquait quelques cicatrices ici et là, mais elles ne faisaient que le rendre encore plus beau. C'était un homme complexe et les imperfections de son corps en faisaient quelqu'un de plus accessible et de plus intéressant. Fermant les yeux, elle se pencha et fourra le nez dans son cou pour inhaler profondément son odeur.

Dane pencha la tête sur le côté, afin de lui laisser plus de place et Bryn donna des petits coups de nez sur sa peau. Il avait une odeur légèrement musquée, mêlée à une touche du savon qu'il avait utilisé ce matin. Descendant prudemment le long de son corps, elle passa le nez sur son torse, puis son ventre, puis plus bas. S'aidant d'une main pour soulever son érection, elle inspira l'odeur à sa base. Oui, plus musquée que le reste de son corps, mais elle ne la détourna nullement de son exploration.

Se déplaçant jusqu'à être assise entre ses jambes, Bryn rouvrit les yeux et examina Dane. Il l'observait avec un regard indescriptible. Elle se figea. Mince, est-ce qu'elle se comportait bizarrement ? Elle n'aurait pas dû le renifler comme elle l'avait fait ? Il avait affirmé que rien ne lui était interdit, mais peut-être était-ce juste une façon de parler ?

— Vas-y, Smalls. Continue ton exploration.

Elle relâcha son souffle et remarqua qu'une goutte de liquide pré-séminal était apparue à la pointe de son sexe.

— Tu sens bon... une odeur intéressante... ça ne te dérange pas ?

— Non.

La réponse était brève et directe, mais c'était tout ce qu'elle avait besoin d'entendre.

Elle relâcha encore une fois son souffle et fut récompensée en voyant la goutte grossir.

— Le liquide pré-séminal est produit par la glande de Cowper et le sperme par les testicules. On se trompe en affirmant que le liquide pré-éjaculatoire ne contient pas de sperme. Environ quarante et un pour cent des hommes ont du sperme actif dans leur liquide pré-séminal et peuvent féconder une femme avec.

— C'est vrai ?

La voix de Dane se fissura, mais Bryn était si fascinée par ce dont elle était témoin qu'elle ne s'en rendit pas compte.

— Oui. Les études montrent que le liquide pré-séminal et le sperme ont le même goût. Salé et amer, mais cela peut dépendre de la nourriture que l'homme a ingérée.

Elle leva les yeux vers Dane en récupérant du bout du doigt la goutte de liquide à la pointe de son sexe.

— Oh, mon Dieu, haleta-t-il sans pour autant cesser de l'observer.

Bryn se mit le doigt dans la bouche et enroula la langue tout autour. Au bout de quelques secondes, il demanda :

— Alors ? Quel est ton verdict ?

— Ce n'est pas... si bon que ça.

Il gloussa et Bryn reporta son attention sur son sexe qui tressautait au rythme de son rire.

— Certaines personnes aiment, d'autres non. Ce n'est pas grave si tu n'aimes pas, Bryn.

— Tu ne seras pas fâché si je n'ai pas envie de l'avaler ?

— Pas du tout. Rien de ce que nous faisons quand nous sommes ensemble de me fâchera. Si tu n'aimes pas, tu n'aimes pas.

— Je peux toujours te sucer... du moment que tu ne me forces pas à avaler.

Dane faillit s'étrangler.

— Bon sang, Smalls, dit-il cependant. Tu n'as pas idée à quel point ce que j'imagine en ce moment peut être sexy. Tu es penchée sur moi, ou agenouillée devant moi pour prendre ma queue dans ta bouche. Je vois juste tes lèvres qui se referment autour de moi... putain... Jamais je ne me plaindrai d'avoir à jouir dans ta belle petite chatte plutôt que dans ta bouche. Je suis de la pâte à modeler entre tes mains, chérie. Je veillerai à ce que tu aies tout ce que tu veux. Mais j'espère que tu ne seras pas contrariée si j'aime ta saveur et que je projette de devenir très intime avec ta chatte, et ce, de façon régulière.

— Euh, non, je ne pense pas que ça va me déranger le moins du monde.

Bryn se passa la langue sur les lèvres et examina le sexe de Dane. Elle n'avait jamais encore eu la possibilité de s'approcher autant d'aucun spécimen. Par le passé, les hommes qu'elle avait fréquentés n'avaient qu'une idée en tête : fourrer leur érection en elle aussi vite que possible, sans lui laisser la possibilité de l'étudier. Elle ne voulait surtout pas laisser passer cette chance... même si elle redoutait toujours de dire ou faire quelque chose d'incongru. Dane se rendrait compte qu'elle était vraiment la plus zarbi des zarbis de la planète et prendrait ses jambes à son cou.

Elle se pencha, lui plaquant le sexe sur le ventre afin de pouvoir observer ses testicules. Ils étaient légèrement poilus et pendaient d'une façon qui lui parut inconfortable entre les jambes. Plaçant un doigt sur l'un d'eux, elle fut assez surprise de constater qu'il était doux.

— Prends-les dans ta main, ordonna Dane. Ne les serre pas, mais soupèse-les.

Elle s'exécuta.

— Ils sont bien plus doux que je l'aurais cru.

— Juste avant que je jouisse, ils deviennent plus durs.

— Ils sont toujours aussi gros ?

Dane ricana.

— Non. Tu devrais les voir quand j'ai froid ou peur. Ils se ratatinent tellement qu'on dirait des raisins.

Bryn hocha la tête.

— Oui, c'est le réflexe crémastérien, qui raccourcit les

muscles pour les rapprocher de ton corps et les tenir au chaud. Ils pendent plus bas quand tu as chaud ?

Elle enveloppa précautionneusement ses testicules d'une main, afin de s'habituer à leur taille et à leur poids.

— Je pense.

— Tu les sens s'entrechoquer quand tu marches ?

Dane éclata franchement de rire, cette fois-ci.

— Non. Pas vraiment. Ils restent assez comprimés dans mon boxer. Ils se déplacent parfois quand je suis assis, et je suis obligé de les rajuster, mais la plupart du temps, je n'y prête pas vraiment attention... à moins qu'on me flanque un coup de pied dedans ou si je suis dans les parages d'une belle femme... comme toi.

Bryn agita la tête. Son esprit était déjà passé au sujet suivant.

— Les hommes ont un point G, eux aussi. Des recherches ont montré qu'il se trouvait à environ cinq centimètres à l'intérieur de l'anus et qu'il faisait approximativement la taille d'une noisette. La plupart des gens appellent ça la prostate, mais j'aime plutôt y penser comme au point G des hommes.

Elle fit descendre son index vers ses fesses et leva les yeux vers lui quand il lui attrapa le poignet.

— Ça te dirait qu'on garde ça pour un autre jour ?

— Tu n'aimes pas ça ?

— Je n'ai jamais essayé, mon cœur.

— Oh.

Elle aimait ça, qu'il y ait quelque chose qu'il n'ait pas déjà essayé, qu'elle pourrait peut-être partager avec lui. Elle plongea les yeux dans les siens, sans parvenir à deviner à quoi il pensait.

— Tu vas me montrer ce qui te fait du bien ? Je ne voudrais pas commettre d'erreur.

— Avec plaisir, mais je ne pense pas que tu puisses commettre la moindre erreur. Donne-moi ta main.

Bryn la lui tendit et il l'enveloppa autour de la pointe de son sexe, pour que son liquide pré-séminal se trouve dessus. Puis il la fit descendre pour lubrifier sa hampe, avant de la faire remonter. Il serra sa propre main sur la sienne, mais pas trop, afin de ne pas lui donner l'impression de lui faire mal.

— La meilleure façon, c'est de commencer lentement, d'accélérer au bout d'un moment, puis de terminer lentement. (Bryn était focalisée sur leurs mains jointes sur son corps, enregistrant chaque mot pour le graver dans sa mémoire.) Je suis déjà dur comme la pierre, mais quand ça fera moins longtemps qu'on n'aura pas été ensemble, ça me prendra un peu plus de temps pour atteindre ce stade-là. Tu peux te servir d'une seule main pour me faire jouir, c'est comme ça que je dois m'y prendre, maintenant, mais ce serait plus intéressant si tu alternais... en utilisant une main, puis les deux, puis que tu revenais à une main. Change de rythme et de toucher... ça me gardera plus longtemps au bord du précipice.

Bryn hocha la tête et leva sa main gauche, pour attraper ce sexe en dessous de l'endroit où il guidait son autre main, souriant quand il gémit de plaisir.

— Je te sens qui te contractes sous ma main. C'est chaud, souffla-t-elle, sans détacher les yeux de ce membre érigé que leurs mains continuaient à caresser de haut en bas.

— Oui, j'aime ça. Et n'oublie pas mes couilles. Elles sont très sensibles. Tu peux soit faire une pause avec la main qui me caresse, soit utiliser ton autre main pour les tripoter. Tu peux les serrer, mais que ce soit léger... Purée... oui... juste comme ça... c'est parfait...

Bryn recourut à ses ongles pour griffer légèrement la peau délicate et fut récompensée par une autre goutte de liquide pré-séminal qui perla au sommet de son sexe.

Il poursuivit, la voix rauque :

— La pointe de ma queue est très sensible, c'est là qu'il y a le plus de terminaisons nerveuses. Forme un « O » avec ton pouce et tes autres doigts et fais-les monter et descendre au bout... pas aussi bas... oui, putain, exactement comme ça. Bon sang, Bryn, ta main est tellement plus douce et mieux coordonnée que la mienne.

Elle dévisagea Dane et sentit son rythme cardiaque s'accélérer. Il avait fermé les yeux, rejeté la tête en arrière. La main qui avait guidé la sienne était retombée le long de son flanc, cramponnée au drap à côté de lui. Elle ne s'était jamais sentie aussi puissante qu'en cet instant. L'homme le plus fort et le plus entreprenant qu'elle ait jamais rencontré était de la pâte à modeler entre ses mains. La sensation était stupéfiante.

Alors qu'il était resté sans parler depuis plusieurs secondes, elle lui demanda d'une voix douce :

— Et ensuite ?

— Utilise ta main libre pour appuyer contre la base de ma queue, il y a un morceau de peau qui rencontre...

Sa voix se tut lorsque Bryn trouva exactement l'endroit décrit et se mit à le caresser. Elle bougea son autre main depuis le sommet de son sexe jusqu'à sa base, puis se remit à n'en caresser que le sommet. Elle ajouta quelques rotations de sa paume, fit varier la force avec laquelle elle le serrait.

Il laissait échapper du liquide presque en permanence à présent, lubrifiant sa longueur et facilitant les va-et-vient de la main qui le caressait. Bryn se passa la langue sur les lèvres, heureuse de pouvoir lui procurer ce plaisir.

— Je suis tout près, Smalls. Vraiment tout près. Non... n'accélère pas... plus je vais m'approcher de l'orgasme, plus je vais être sensible. Quand je vais gicler, dirige ma queue vers mon ventre pour qu'il récupère mon sperme et tiens-la fermement... ne me caresse plus... ça me fera plus de mal que de bien... tu es prête ?

— Oui. S'il te plaît. Je veux te voir jouir.

Bryn sentit la main de Dane se lever et lui empoigner la cuisse, là, entre ses jambes. Le moignon de son autre bras se dressa lui aussi pour s'enrouler du mieux qu'il put autour de l'avant-bras droit de Bryn.

— Oh oui... serre mes couilles un petit peu plus... merde, exactement comme ça... quand je te le dirai, serre fort à la base de ma queue... prête ? Ça y est... maintenant ! Putaiiiiiin !

Bryn entendit à peine les jurons de Dane, parce qu'elle était trop absorbée par le jet de sperme à la pointe de son sexe. Elle immobilisa sa main comme il l'avait demandé et le sentit se cabrer sous sa paume alors qu'il jouissait. Son sperme jaillit en longs jets d'un blanc laiteux qui lui couvrirent le bas du ventre.

Il gémit plusieurs fois et, quand elle déplaça lentement sa main le long de sa hampe qui ramollissait, il souleva ses hanches. Des gouttes de sperme supplémentaires coulèrent de sa pointe, lubrifiant sa paume et rendant son sexe extrêmement glissant. Comme elle se rappelait qu'il avait dit être très sensible après l'orgasme,

Bryn le relâcha et le reposa sur son bas-ventre, non sans le couvrir de sa paume.

— Qu'est-ce que tu fais ? chuchota-t-il.

— Ça ne me semblait pas correct de me contenter de le laisser comme ça, répondit-elle, un peu penaude.

Il gloussa et leva sa main vers la sienne.

— Donne-moi ton autre main.

Bryn obéit et déglutit péniblement quand il la plaça sur son ventre, là où il avait déchargé.

— Ce n'est pas une expérience scientifique rigoureuse si tu ne la mènes pas jusqu'au bout, Smalls.

— Ce n'était pas scientifique, en aucune manière que ce soit, rétorqua-t-elle en souriant, mais sans pour autant détacher le regard de leurs mains étalant son sperme sur son ventre. Nous n'avions pas d'hypothèse officielle à vérifier.

— Mais me caresser t'a fourni un aperçu des causes et des effets, non ? Et je pense que ce n'est pas seulement fiable, c'est aussi valide.

Bryn lui sourit, ravie qu'il parle son langage. Elle imita son jargon :

— Je pense que vous avez raison, monsieur Munroe. Si je reproduis le même test, je crois que j'ai de fortes chances d'obtenir le même résultat.

— Vous m'étonnez ! Est-ce que l'expérience a permis de mesurer ce qu'elle était censée mesurer ? demanda-t-il nonchalamment.

— Vous voulez savoir si j'ai découvert la bonne manière de palucher votre queue pour que vous jouissiez ? répliqua Bryn.

— Oui.

— Dans ce cas, oui. La validité de mes recherches a été établie.

— Viens là, ordonna Dane, en tendant le bras gauche et accrochant son coude sur sa hanche.

Bryn remonta le long de son torse, frottant à dessein ses tétons dans son sperme. Elle se laissa tomber sur lui et plaqua sa bouche sur la sienne tandis qu'il levait la tête à sa rencontre.

Ce ne fut pas un gentil baiser poli, comme ceux qu'ils avaient échangés par le passé. Celui-ci fut passionné et presque désespéré. Bryn frottait son nez contre celui de Dane et elle tournait impatiemment la tête pour essayer de s'approcher encore. Sa bouche s'ouvrit en grand sous les assauts de la sienne et accueillit sa langue qui s'enroula et lutta avec la sienne. Elle avait les mains plaquées sur son torse, mais qui remontaient lentement, jusqu'à ce que ses doigts sentent sa mâchoire et son cou pendant leur étreinte.

Dane glissa la main sous sa ceinture désormais lâche, afin de la refermer sur ses fesses et de broyer son bas-ventre contre le sien. Son autre bras s'enroula autour de son dos, pour la serrer au plus près de son torse.

L'odeur de sperme ne fit qu'exciter Bryn davantage. Elle n'était pas fan du goût, mais aimait son fumet de sexe... leur odeur de sexe. Les doigts toujours empoissés, elle se rendit compte qu'elle lui avait étalé sa semence sur le torse et le cou pendant qu'ils s'étaient embrassés. C'était un excitant aussi bien olfactif que tactile. Elle prit une profonde inspiration et ils s'embrassèrent encore. Elle s'immergea de nouveau dans une brume de satisfaction sexuelle.

Dane s'écarta et mordilla doucement sa lèvre inférieure avant de l'attirer en suçotant dans sa bouche. Elle geignit, aussi pantelante que si elle avait couru cinq kilomètres.

Ouvrant les yeux, elle vit Dane qui l'observait. Dès qu'il se rendit compte d'avoir été pris sur le fait, il ferma les yeux et inclina de nouveau la tête, pressant une fois de plus ses lèvres sur les siennes. Cette fois, quand elle passa sa langue sur la sienne, il la suçota. Bryn gémit contre sa bouche. Elle ne s'était jamais sentie aussi submergée de toute sa vie. Pas une seule fois. Pas même quand elle avait passé l'examen d'entrée à l'université.

Finalement, quand ils eurent besoin l'un et l'autre de reprendre leur souffle, ils écartèrent leur visage, sans pour autant éloigner leur corps d'un centimètre. En silence, Bryn posa la tête sur l'épaule de Dane et se laissa aller contre lui.

Son sperme était devenu collant entre eux, ils avaient l'odeur qu'à son avis devait avoir un plateau de film porno une fois celui-ci tourné. Quant à sa culotte, elle était détrempée depuis qu'elle avait joui et parce qu'elle était toujours excitée d'avoir été en mesure de faire jouir Dane. Pourtant, Bryn n'avait aucune envie de bouger. Elle tenta de se souvenir de chaque seconde de ce qui s'était passé, pour vérifier qu'elle n'avait rien fait qui soit suscep-tible de gâcher leur relation dans un futur proche.

Quand son rythme cardiaque finit par ralentir et qu'elle fut en mesure de respirer normalement, elle chuchota :

— Merci.

Sous elle, Dane ricana.

— Je pense que c'est ma réplique, ça, Smalls.

Elle leva la tête afin de pouvoir le dévisager.

— Personne ne m'a jamais fait confiance comme tu l'as fait. Jamais. Je n'avais pas idée de ce que c'était si… étonnant. Désordonné. Intense.

— Attends juste que je vienne en toi et qu'on jouisse ensemble.

— Tu as toujours envie ?

Elle n'avait pu dissimuler la note de vulnérabilité dans sa question.

— Oui, Bryn. Je veux jouir en toi, je n'ai jamais rien désiré aussi fort. Y compris lorsque je me suis réveillé à l'hôpital en Allemagne, que j'ai compris que j'avais perdu ma main et que j'ai prié pour que toute cette histoire ne soit qu'un rêve.

— Waouh.

— Eh oui, convint Dane. Si tu trouves que ce que nous venons de faire était chaud, attends que je me retrouve en toi.

— Mon Dieu, haleta Bryn. Je ne sais pas si j'y survivrai.

— Tu y survivras. Et j'espère bien que tu deviendras accro.

— Je ne pense pas que ce sera un problème, commenta-t-elle, avant de murmurer, à contrecœur : Il va sans doute falloir qu'on se lève.

— Oui. Dans un petit moment. (Il n'avait pas du tout l'air pressé de bouger.) Je suis bien, là. Pas toi ?

— Si, mais tu es couvert de…

Sa voix s'éteignit.

— En effet. Et la sensation est démente.

— Dans ce cas, ça va.

— Dans ce cas, ça va, répéta-t-il. Et pour information, ajouta-t-il d'une voix douce, tandis que sa main, glissée sous la culotte de Bryn, lui caressait doucement les fesses, je n'ai jamais été aussi excité de ma vie que tout à l'heure. Tu peux être novice en la matière, la passion dans tes yeux, l'enthousiasme et l'émerveillement qui pétillent en toi... c'est le meilleur cadeau qu'on m'ait jamais fait. Merci, Bryn. J'ai passé presque toute l'année dernière en n'ayant pas l'impression d'être un homme à part entière. Tu as changé tout ça rien qu'en te servant de ta main. C'est cru, mais c'est vrai.

Bryn se blottit de nouveau contre la poitrine de Dane, refusant de lui laisser voir les larmes que ses paroles y avaient fait naître.

— J'ai utilisé mes deux mains, répliqua-t-elle, tremblante.

Il ricana.

— En effet. (Sachant qu'elle avait besoin d'un peu de temps pour se ressaisir, il se borna à ajouter :) Dors un peu, Smalls. Tu vas avoir besoin de toute ton énergie, ce soir.

— Je ne fais pas de sieste.

— Chuuut.

— Ce que tu peux être autoritaire.

Elle l'entendit lâcher un petit rire, mais il ne répliqua rien d'autre. Il se contenta de lui caresser le dos avec son moignon et les fesses avec sa main. Elle n'aurait jamais cru cela possible, mais au bout de quelques secondes, elle était profondément endormie.

19

———

Bryn posa ses deux coudes sur la table et son menton dans ses mains. Elle était prête, plus que prête à coucher avec Dane, mais ils avaient été tirés de leur petit somme par la sonnerie de son téléphone à lui. C'était Steve, demandant si Dane avait envie de l'accompagner sur quelques chantiers, pour voir si travailler avec lui était vraiment ce qu'il voulait.

Le regard brûlant de désir que Dane avait porté sur elle avait été difficile à combattre, mais Bryn l'avait encouragé à aller de l'avant et à passer ce qui restait de la journée en compagnie cet homme. Elle voulait faire l'amour avec Dane plus qu'elle n'avait jamais rien désiré de sa vie... même la fois où elle avait eu possibilité d'échanger avec Stephen Hawking à propos de ses dernières recherches. Mais il avait besoin de tenter l'expérience pour se retrouver et travailler avec Steve pourrait être le premier pas dans cette direction. Et puis, par-dessus le marché, maintenant que la brume de l'orgasme s'était dissipée, son manque d'assurance était revenu.

Alors elle échappa à son étreinte, attrapa son T-shirt et lui fit signe de répondre favorablement à Steve.

Une heure plus tard, elle avait regagné son appartement... et s'ennuyait à mourir. Les mots croisés n'y faisaient rien, personne n'était connecté sur le forum survivaliste et elle ne trouvait en ligne aucune information sur le survivalisme qu'elle ne connaisse déjà.

Un coup d'œil à sa montre indiqua à Bryn que la bibliothèque était déjà ouverte. Une fois que l'idée prit racine, impossible d'y renoncer. Sa soif de connaissance était insatiable et elle savait qu'elle serait incapable de penser à quoi que ce soit d'autre tant qu'elle ne l'aurait pas étanchée.

Sachant que Dane était occupé et qu'il le serait pour le reste de l'après-midi, elle en conclut qu'elle avait tout le temps nécessaire pour aller à la bibliothèque et y faire ce dont elle avait besoin avant qu'il ne rentre et ne vienne la retrouver chez elle.

Elle se sentit frissonner à la pensée de ce qu'elle voulait faire avec Dane, plus tard dans la soirée. Il n'avait laissé planer aucun doute sur le fait qu'ils feraient l'amour quand il rentrerait... et le baiser qu'il avait planté sur ses lèvres lui avait communiqué une impatience encore plus brûlante de voir ce qui l'attendait.

Mais chaque chose en son temps.

Bryn relégua les visions de Dane nu dans un coin de sa tête et attrapa ses clés de voiture et son téléphone. Elle ne s'embarrassait pas de son sac à main, parce qu'elle allait seulement à la bibliothèque... L'institution ne se trouvait qu'à un kilomètre et quelques et, si elle conduisait en respectant les limitations de vitesse, il ne devrait pas y avoir de problème.

* * *

Une heure plus tard, Bryn roulait sur une route gravillonnée, à des kilomètres de Rathdrum, focalisée sur sa mission. Elle avait commencé en compulsant simplement quelques livres sur les survivalistes qu'elle n'avait pas encore feuilletés et s'était rappelé la personne qui avait emprunté *Concevoir et construire son propre bunker pour le Jugement dernier* et *Des dangers des engrais*.

Plus elle y pensait, plus elle comprenait que c'était inquiétant. Les gens du forum survivaliste lui avaient répété que certains d'entre eux pouvaient être très dangereux, surtout parce qu'ils étaient paranoïaques à la pensée que des étrangers découvrent leurs bunkers. Ils faisaient un peu de jardinage, mais pas beaucoup, encore une fois parce qu'ils ne voulaient pas trahir l'emplacement de leurs bunkers... et l'existence d'un grand jardin pourrait guider quelqu'un droit chez eux.

Cela donna matière à réflexion à Bryn. Pourquoi un survivaliste voudrait-il se procurer un livre sur les dangers des engrais, quand il n'y avait aucune raison qu'il en ait beaucoup à disposition de toute façon ?

Puis elle se souvint de l'adresse qu'elle avait vue. Et elle se dit qu'elle pourrait juste effectuer une petite visite là-bas. Voir si quoi que ce soit avait l'air suspect. Elle n'entrerait en contact avec personne : elle gardait bien à l'esprit Dane et les autres en ligne, qui la mettaient en garde quant aux dangers de se confronter à un survivaliste.

Elle se contenterait de vérifier si cette adresse était mensongère ou si quelqu'un vivait bel et bien là-bas. Et si tel était le cas, elle confierait à Dane ce qu'elle avait trouvé à la bibliothèque, lui parlerait des livres et il pourrait l'aider à décider quoi faire… en cas de besoin.

Elle rentra l'adresse dans l'application de son téléphone. La vue satellite ne montrait aucune maison, mais le sigle pointait sur une route existante. Sachant que ce ne serait pas judicieux de partir sans en informer Dane, elle tenta de le joindre, mais tomba directement sur sa boîte vocale.

« Salut Dane. Je voulais te dire que je suis allée vérifier une adresse. Il y a eu deux livres empruntés récemment par la même personne à la bibliothèque et je pense que cette personne prépare un sale coup. Je ne sais même pas si cette adresse est réelle, l'individu l'a sans doute inventée. Mais ne t'inquiète pas, même si elle est réelle, je ne parlerai à personne. Je vais juste vérifier l'adresse. Je t'en dirai plus quand je rentrerai. Je devrais être à la maison vers 17 heures. J'espère que ta journée avec Steve se passe bien et que rien ne t'a effrayé aujourd'hui. Si c'est quand même le cas, ne sois pas triste. Je suis certaine que Steve veillera sur toi. Quoi qu'il en soit, je suis impatiente de coucher avec toi ce soir. Tu savais que quand les gens faisaient l'amour, leurs narines se dilataient ? Les scientifiques pensent que c'est dû à l'augmentation du flux sanguin. J'aimerais bien savoir si c'est vrai ou pas… D'accord, j'y vais. Et ne t'inquiète pas, je suis en sécurité. Salut. »

Plaçant le téléphone dans son support sur le tableau de bord, Bryn garda un œil sur le petit écran, pour s'assurer qu'elle empruntait les bonnes directions aux intersections.

Empruntant l'allée gravillonnée à une voie, qui devait conduire à la maison qu'elle cherchait, à supposer qu'elle existe et que ses indications aient été les bonnes, elle ne put s'empêcher de se sentir nerveuse. Sa quête de connaissance l'avait parfois mise dans la panade, mais cette fois, elle s'était montrée maligne. Elle avait informé Dane de l'endroit où elle se rendait et elle n'aurait jamais emprunté l'allée si elle avait aperçu une maison, quelle qu'elle soit.

Cahin-caha, elle parvint au bout du chemin et s'arrêta devant un bâtiment déglingué. Ça ne ressemblait pas vraiment à un endroit habité, mais on était dans l'Idaho rural. Ce n'était pas comme si l'on rencontrait des manoirs au bout de toutes les routes gravillonnées. Bryn vit aussi une grande bâtisse évoquant un garage, construite à partir de ce qui ressemblait à un énorme tuyau coupé en deux.

Elle resta dans sa voiture, où sa curiosité livrait bataille contre son besoin d'être maligne et prudente. Elle abaissa sa vitre : aucun bruit, si ce n'était le souffle du vent à travers les arbres et le gazouillis des oiseaux.

Elle frissonna, envahie par la sensation que quelque chose clochait.

Aussitôt, elle entama donc une marche arrière pour filer de cet endroit, quand le bruit d'un fusil qu'on armait la fit pivoter.

Un homme se tenait à côté de sa vitre ouverte, le canon de son fusil dirigé vers le sol.

D'une certaine manière, il lui faisait penser à M. Jasper. Ses cheveux étaient trop longs, appelant désespérément un lavage. L'homme était grand et mince. Mais les ressemblances s'arrêtaient là. Alors que M. Jasper avait l'air méfiant, ce type paraissait complètement cinglé.

Même si la suspicion lui faisait plisser les yeux, elle voyait le mal tapi dans leurs profondeurs. L'homme avait les mains et le visage crasseux, couverts de poussière et d'allez savoir quoi. Quant à sa barbe négligée, elle lui donnait un air encore plus sinistre.

Il était plus jeune que M. Jasper, sans doute proche des trente-cinq ans. Et quand il prit la parole de sa voix basse et menaçante... elle sut jusqu'à la moelle de ses os qu'elle avait de gros ennuis.

— Vous êtes qui, putain ?

Bryn aurait voulu revenir en arrière, ne serait-ce que de quelques minutes. Elle n'aurait pas dû emprunter ce chemin. À l'instant où elle avait réalisé qu'il n'y avait probablement pas de maison à l'adresse notée à la bibliothèque, elle aurait dû se contenter de faire demi-tour et de rentrer à Rathdrum. Elle aurait raconté à Dane ce qu'elle avait trouvé. Il lui aurait dit si elle tenait une piste, si la personne qui avait consulté ces livres était inoffensive ou pas.

Mais il était trop tard à présent.

— Euh... Je m'appelle Bryn... Il me semble que je me suis perdue. J'ai dû tourner au mauvais endroit quelque part. J'étais en train de faire demi-tour. Je vais m'en aller.

— Oh, c'est sûr que tu as tourné au mauvais endroit quelque part, fillette. Sors de ta voiture. Tout de suite.

Elle ne voulait pas. Ne voulait vraiment pas. Mais quand il leva son fusil et le pointa sur elle, elle comprit qu'elle n'avait pas le choix. Elle était maligne. Peut-être qu'elle pourrait s'en sortir en parlementant. Elle songea à se pencher en travers de sa voiture pour se saisir de son téléphone. Appeler Dane. Mais à peine eut-elle esquissé un mouvement que l'homme fit un pas en avant et elle vit ses doigts presser sur la gâchette.

— D'accord, d'accord. Je sors, murmura Bryn en ouvrant sa portière pour mettre un pied dehors.

Elle garda les yeux sur l'homme devant elle et sur son fusil, sans oser porter son regard sur quoi que ce soit d'autre.

Elle ne comprit pas le mouvement qu'il effectua alors : il lança brusquement la tête vers la gauche, puis opina une fois.

Bryn ne vit personne surgir derrière son dos et ne sut plus rien quand elle tomba, évanouie, sur le sol.

* * *

Dane grimpa dans Miss May avec un grognement de fatigue. Il était épuisé. Au cours des quatre heures qu'il avait passées à suivre Steve ici et là, à tordre et à porter des tuyaux pendant que son « patron » vérifiait raccords et connexions, cherchant à comprendre pourquoi une grande cuisinière ou un frigo ne fonctionnaient pas, il avait fait travailler des muscles qu'il n'avait pas utilisés depuis des lustres.

Il prit la décision de se remettre à courir et de recouvrer sa forme. Il savait qu'il s'était laissé aller bien trop longtemps. Truck avait essayé de lui suggérer de bouger son cul, mais il avait fait la sourde oreille. Maintenant que Steve lui avait officiellement offert un poste à temps partiel, il était très motivé par la perspective de retrouver son niveau de forme d'avant sa blessure.

Il se pencha pour ouvrir son vide-poche et s'emparer de son téléphone. Il n'avait pas voulu être dérangé pendant qu'il travaillait, afin de faire de son mieux pour celui qui allait peut-être devenir son futur chef.

Souriant en constatant qu'il avait reçu un message de Bryn, Dane cliqua sur « Écouter » et se sentit aussitôt inquiet. Il était évident qu'elle n'avait pas vraiment compris à quel point les survivalistes pouvaient s'avérer dangereux. Et il la connaissait. Il était impossible qu'elle se contente de passer en voiture devant une adresse si elle pensait qu'un bunker puisse effectivement se trouver sur les lieux.

Il sourit brièvement en entendant son commentaire sur les narines et l'imagina en train de tenter de glisser un doigt dans son nez, pour évaluer si ses narines s'étaient bel et bien dilatées pendant qu'ils faisaient l'amour. Mais son inquiétude surpassa bien vite l'amusement né de son excentricité.

Il composa son numéro et attendit, malheureusement il tomba tout droit sur sa boîte vocale. Il laissa un rapide message lui demandant de le rappeler dès qu'elle l'aurait reçu, mais il n'avait pas la moindre intention d'attendre qu'elle revienne. Dès qu'il eut démarré son pick-up, il fonça à travers Rathdrum, vers l'appartement de Bryn.

Comme sa voiture n'était pas là, il fit demi-tour et se rendit à la bibliothèque. Le tacot de Bryn ne s'y trouvait pas non plus, mais cette fois, il se gara et entra dans le bâtiment. La bibliothèque fermait, toutefois il avait assez de temps pour entrer et savoir si Bryn avait parlé à quelqu'un avant de partir.

La situation lui inspirait un mauvais pressentiment. C'était la même sensation qu'avant le départ de son unité pour enquêter sur les rapports faisant état d'insurgés dans la zone, le jour où ils avaient sauté sur une bombe artisanale. Quand il s'était réveillé à l'hôpital, en Allemagne, il s'était fait la promesse que s'il éprouvait encore une fois cette sensation, il ne l'écarterait pas en arguant simplement qu'il se montrait paranoïaque.

La porte tinta lorsque Dane pénétra dans le bâtiment public et se dirigea vers le comptoir de prêt. Il n'attendit même pas que la femme assise là – son prénom devait être Bonnie – lui demande en quoi elle pouvait l'aider. Il l'avait rencontrée quelques fois auparavant, mais il n'avait aucune intention d'échanger des plaisanteries avec elle pour le moment.

— Vous avez vu Bryn, aujourd'hui ?

— Salut, Dane. Oui, elle est venue, un peu plus tôt. Pourquoi ?

— Elle ne répond pas au téléphone et je suis inquiet à son sujet.

Bonnie parut soulagée.

— Oh, eh bien, elle est sans doute distraite par quelque chose. Elle se comporte souvent comme ça.

Dane avait secoué la tête avant qu'elle ait achevé sa phrase.

— Non, c'est plus que ça, cette fois.

Pour la première fois, Bonnie parut préoccupée. Elle fronça les sourcils et se mordilla la lèvre avant de répliquer :

— Je devrais peut-être appeler Rosie, pour qu'elle parle avec vous.

— Oui, je vous en prie, accepta aussitôt Dane, sachant que la bibliothécaire en chef serait en mesure de l'aider plus vite que sa collègue étudiante, assise au comptoir d'accueil.

Bonnie se leva et recula pour continuer à le regarder, jusqu'à ce qu'elle atteigne une porte dans son dos. Sur quoi, elle pivota sur ses talons de huit centimètres de haut et disparut derrière la porte.

Dane avait le plus grand mal à s'empêcher de faire les cent pas. Il sentait les secondes s'égrener comme au ralenti. Chacune de celles qu'il passait ici, dans cette bibliothèque, c'était une de plus au cours de laquelle Bryn était peut-être en danger. Il n'en était pas encore sûr, peut-être l'adresse qu'elle était allée vérifier se révélerait sans intérêt, mais sans trop savoir pourquoi, il n'y croyait pas. Il ignorait quand et comment cette femme était devenue aussi importante pour lui, mais c'était désormais indéniable.

Rosie Peterman franchit la porte derrière le comptoir.

— Bonjour, Dane, je peux vous aider ?

— Bonjour, Rosie. J'ai des raisons de croire que Bryn a des ennuis. Ces derniers temps, elle est fascinée par le mode de vie survivaliste. Je l'ai emmenée rencontrer un homme propriétaire d'un bunker et j'ai peur que ça n'ait fait que nourrir son envie d'en savoir plus. Je sais que c'est inhabituel, mais nous connaissons Bryn, vous et moi. Elle ne voit pas exactement les dangers quand elle est en quête de connaissances. Pourriez-vous m'aider à déterminer ce qu'elle a cherché et quelle adresse elle a dénichée ?

La bibliothécaire en chef hocha la tête avec gravité.

— Je sais. Son amour de l'information en fait une employée exceptionnelle. Et oui, j'ai dû plus d'une fois lui rappeler de se concentrer sur son travail plutôt que de feuilleter les livres qu'elle rangeait sur les étagères. Suivez-moi. Nous allons voir ce que nous pourrons trouver. Commençons par examiner les vidéos de sécurité... pour voir ce qu'elle a fait quand elle était ici.

Dane suivit la femme après un coup d'œil à sa montre. Instinctivement, il savait qu'il n'avait pas beaucoup de temps pour chercher la fameuse adresse, mais puisque c'était le seul moyen de trouver Bryn, il en passerait par là. Pourvu seulement qu'elle tienne le coup jusqu'à ce qu'il la localise.

* * *

Bryn leva la tête de l'endroit où elle reposait, sur sa poitrine, et gémit sous la douleur qui fusa. Son cou la faisait souffrir, à cause de l'angle bizarre de sa position, et elle avait mal à la tête... Elle ne savait pas trop ce qui causait cette souffrance, sauf le fait qu'elle était réelle. Elle tenta d'ouvrir les yeux, avant de les refermer aussitôt face à la lumière éclatante qui lui vrilla les pupilles et redoubla les élancements dans sa tête.

— La prisonnière est réveillée.

Faute de comprendre ce que cette voix voulait dire, Bryn souleva prudemment les paupières d'un demi-centimètre, afin de voir où elle se trouvait et ce qui se passait.

La vive lumière qui brillait au-dessus et devant elle l'empêcha de voir quoi que ce soit.

— O... Où suis-je ? balbutia-t-elle.

— C'est nous qui posons les questions, pas toi. Qui es-tu et qu'est-ce que tu fais sur ma propriété ?

La gorge serrée, Bryn passa la langue sur ses lèvres desséchées, sans résultat. Sa bouche n'était pas en mesure de produire la moindre salive susceptible de soulager sa peau déshydratée.

— Je m'appelle Bryn. J'étais perdue. (Elle avait décidé de s'en tenir à l'histoire qu'elle avait racontée au début.) Vous m'avez frappée ?

— C'est nous qui posons les questions, ici. (Cette fois, les mots étaient prononcés par une voix nettement féminine.) Tu travailles pour qui ?

— La bibliothèque. Je travaille à la bibliothèque.

Bryn hurla quand de l'eau glacée l'arrosa de la tête aux pieds. Elle tenta de dégager ses mains pour faire obstacle au second seau, mais ses bras étaient étroitement liés dans son dos. Le souffle coupé après une seconde douche aussi froide et inattendue que la première, elle ne put que battre des paupières pour chasser l'eau de ses yeux, tout en tirant sans succès sur ses liens.

— Essaie encore.

C'était l'homme qui avait parlé.

Bryn plissa les paupières, mais ne put rien voir à cause de la vive lumière braquée sur ses yeux. Elle eut l'impression d'être debout sur une scène, un projecteur braqué sur elle. La pièce était plongée dans l'obscurité, à l'exception de ces lumières-ci. Elle baissa les yeux vers son corps et vit qu'elle portait toujours le jean et le T-shirt qu'elle avait enfilés le matin, avant de partir pour la bibliothèque.

Elle l'avait su quand elle avait vu la maison pour la première fois, mais à présent, sa mauvaise décision lui apparaissait d'autant plus clairement. Elle n'aurait pas dû essayer de découvrir si cette adresse était véritable ou non. Elle aurait dû aller trouver Dane tout de suite... ou même les flics. Elle repensa non seulement à ses conversations avec Dane, mais à tous les tchats qu'elle avait eus avec des hommes et des femmes en ligne, sur les différences entre un survivaliste qui voulait vivre isolé et les hommes dangereux susceptibles de vivre dans les campagnes à l'écart. Elle devait avoir trouvé par elle-même à quel point ils avaient tous raison.

Mais au moins avait-elle appelé Dane pour l'informer de l'endroit où elle était allée.

Elle gémit. Mince. Elle ne lui avait pas donné l'adresse, en fait. Elle lui avait dit qu'elle allait la vérifier, mais pas où elle se rendait.

Elle était dans la merde jusqu'au cou, et c'était entièrement sa faute. Pour quelqu'un d'aussi intelligent qu'elle était censée l'être, elle s'était montrée sacrément stupide.

— Je m'appelle Bryn Hartwell. Je travaille vraiment à la bibliothèque, dit-elle à l'homme. Je ne suis personne. Une asociale complète qui a rencontré un survivaliste l'autre jour et ça a renforcé mon intérêt pour ce mode de vie. Je me promenais dans la région pour voir les différentes propriétés en vente et je me suis perdue. C'est tout. Il n'y a rien d'autre.

— Qui as-tu rencontré ? Frank ?

La tête de Bryn lui tourna. Qui était ce Frank, bon sang ? L'homme ne lui laissa pas la possibilité de répondre.

— Aucune importance. Tu es juste une autre espionne du gouvernement, qui est ici pour s'assurer que je ne mène pas à bien l'œuvre de ma vie. C'est ma destinée. Le gouvernement des États-Unis lave le cerveau de ses citoyens. Ils nous observent en permanence. Ils connaissent tous nos faits et gestes. Ils ne nous laisseront pas prier qui nous voulons et encore moins que d'autres pays prient comme ils l'entendent. Il faut que ça s'arrête. Et la grande majorité des citoyens s'en accommodent parfaitement. Ils s'en fichent, s'occupent de leurs affaires, sans se soucier du massacre que perpètre leur pays, tout cela, au nom de la sécurité nationale. Pour qui tu travailles ? La CIA ? Le FBI ?

— Non ! s'écria aussitôt Bryn. Personne. Je suis toute seule.

— Tu mens.

— Non, je le jure !

Bryn se débattit une nouvelle fois pour se libérer, ne désirant rien tant que de recommencer cette journée et de ne pas prendre la décision incroyablement stupide d'aller vérifier cette adresse toute seule.

— Tu veux que j'aille m'occuper de sa voiture maintenant ? demanda la femme d'une voix basse et tremblante.

— Eh bien, Bryn, j'ignore qui tu es vraiment, mais je vais le découvrir, déclara l'homme. J'ai travaillé trop dur et trop longtemps pour arriver là où j'en suis et monter l'opération que j'ai planifiée, je ne vais pas laisser une fouineuse tout gâcher. Comme quoi les bonnes femmes ne sont bonnes qu'à avoir des enfants et à tenir une maison, comme le fait la mienne. Elle ne va nulle part où on ne veut pas d'elle et fait exactement ce qu'on lui dit. Quand les talibans prendront le contrôle de ce pays, ils veilleront à ce que les femmes connaissent leur place. Reste où tu es, tu m'entends ? Je vais revenir et tu ferais mieux d'être prête à répondre à mes questions. Tu n'as pas envie de savoir ce que je ferai si tu ne coopères pas.

Bryn entendit des pas, puis le claquement d'une porte, puis plus rien.

Elle n'avait aucune idée de l'endroit où elle se trouvait, mais savait qu'elle avait de gros ennuis. Elle frissonna sous l'air froid et secoua la tête, tentant de repousser une mèche de cheveux mouillés restée collée sur sa joue. La mèche ne bougea pas d'un pouce. Elle laissa tomber sa tête, accablée par sa situation désespérée.

Mais son instinct de survie la ramena à elle. Elle n'allait pas rester là à attendre que l'insaisissable M. Smith la torture davantage.

Elle passa plusieurs minutes à s'efforcer de libérer ses mains de leurs liens, mais ne réussit qu'à se blesser les poignets. Ses chevilles étaient attachées aux pieds de la chaise de bois sur laquelle elle était assise. La lumière qui tombait sur elle du plafond lui agressait les yeux et l'obligeait à les garder fermés. Elle s'efforça de réfléchir.

Son téléphone était toujours dans sa voiture, aussi longtemps que M. Smith et sa femme ne le trouvaient ni ne l'écrasaient. Peut-être Dane pourrait-il la localiser de cette manière ? Elle n'avait pas vraiment parlé de ce qu'elle faisait à ses collègues de la bibliothèque, mais s'était connectée via leur système informatique. Dane était intelligent. Sans doute réussirait-il à remonter ses actions et à découvrir ainsi cette adresse.

Elle relâcha un souffle, à mi-chemin entre le sanglot et le rire. Ce n'était pas comme si Dane était un génie de l'informatique. Il était intelligent, mais elle ignorait complètement s'il penserait à la pister de cette manière. La compagnie téléphonique pouvait suivre le signal de son téléphone, grâce aux relais qu'elle avait dépassés, mais quand il songerait à faire ça, il serait peut-être trop tard. Bon sang, juste le jour où elle avait enfin hâte de passer la nuit avec un homme, il fallait qu'elle se débrouille pour tout faire foirer.

Décontractant les muscles de son cou, elle reposa la tête sur le dossier de sa chaise. Elle garda les yeux fermés et prit une profonde inspiration pour refouler ses larmes. Pleurer ne lui serait d'aucune utilité. La seule chose sur laquelle elle puisse compter, c'était son cerveau. Elle devrait trouver le moyen de sortir d'ici par la discussion. Elle n'avait dit à personne où elle allait. Dane n'allait pas apparaître ici pour la sauver comme par enchantement de sa propre stupidité. Elle aurait dû l'écouter, mais la question était désormais stérile. Elle était seule à présent.

20

— Donc elle a passé du temps sur un ordinateur et elle est partie ? demanda Dane. Y a-t-il un moyen de voir ce qu'elle regardait ?

Rosie secoua la tête.

— Pas vraiment. Je veux dire, tous les employés ont un identifiant de connexion à eux et je suis certaine que quelqu'un de doué en ordinateurs saurait sans doute y faire, mais pas moi.

— Je pourrais peut-être vous aider.

Dane se tourna vers la porte pour voir, plantée dans l'encadrement, la femme avec laquelle il avait parlé un peu plus tôt. Il fouilla son cerveau pour retrouver son nom et finit par se le rappeler.

— Bonnie, c'est ça ?

Elle hocha la tête.

— Je me spécialise en science informatique, à l'université de l'Idaho. Au semestre dernier, j'ai eu un cours sur le suivi des identifiants de connexion et la surveillance des frappes. Je ne suis pas sûre de pouvoir vous aider, je n'ai obtenu qu'un B à ce cours, mais je peux essayer.

— À ce stade, n'importe quelle aide me serait extrêmement précieuse. Je vais aller passer un appel dehors, mais je vous en prie, faites-moi savoir si vous trouvez quoi que ce soit, lança Dane aux deux femmes.

— Bien entendu, répondit Rosie, concentrée sur l'écran auquel Bonnie s'attaquait déjà.

Dane composa le numéro pendant qu'il sortait de la bibliothèque silencieuse.

— Allez, allez, marmonna-t-il pendant que les sonneries retentissaient à son oreille.

— Salut ! Comment va, Dane ?

— J'ai besoin de ton aide.

Inutile de tourner autour du pot. Si quelqu'un pouvait l'aider à comprendre dans quel guêpier Bryn s'était fourrée, ce serait Truck, grâce à ses relations.

— Balance.

— Bryn a disparu. Elle m'a dit qu'elle vérifiait l'adresse de quelqu'un ayant emprunté des livres à la bibliothèque, mais elle ne m'a pas précisé où elle allait. Elle ne répond pas au téléphone. Je tombe directement sur sa boîte vocale.

— Tu as appelé Tex ?

— Non. Je voulais d'abord t'en parler. J'ai un très mauvais pressentiment, Truck.

— Donne-moi son numéro et j'appelle Tex.

Dane le dicta aussitôt à son ami. Le fait que Truck se charge de contacter Tex permettrait à Dane de se concentrer sur ce qui se passerait ici.

— Qu'est-ce qu'elle conduit ? demanda Truck.

— Un vieux machin pourri, une Corolla de 1990. Elle est injoignable depuis à peu près deux heures, à quinze minutes près.

Dane entendit Truck s'adresser à quelqu'un à l'arrière-plan. Il fit les cent pas en attendant que son ami reprenne le combiné.

— D'accord, je suis sur l'affaire, mais voilà le topo. Je me serais mis en route dans l'instant si j'avais pu, seulement tu me contactes au pire moment possible. Je ferais littéralement tout pour toi, frère, mais je ne peux pas partir sur-le-champ.

Dane sentit son ventre se serrer. Il s'était dit que Truck viendrait assurer ses arrières. Il s'était dit…

— Mais je suis en train de t'envoyer le reste de l'équipe. Ils mettent les voiles dans vingt minutes. Ils arrivent, Fish.

— Tout va bien pour toi ? demanda Dane.

Il avait beau être englué dans ses inquiétudes à propos de Bryn, il ne pouvait ignorer le signal d'alarme qui avait retenti dans son esprit en entendant la réplique de Truck.

— J'ai un rendez-vous que je ne peux pas manquer. Tu sais que je serais venu si je pouvais. Mais c'est littéralement une question de vie ou de mort. Si je ne fais pas ça aujourd'hui, je perds mes chances. (Sa voix tomba.) Ça me tue. Putain, ça me tue de ne pas pouvoir être là. Mais j'ai assuré ta protection. Je serai en lien avec Tex et je vais contacter le poste de police local pour toi, pendant que tu effectues tes recherches.

Dane n'avait aucune idée de ce qui pouvait être une

question de vie ou de mort pour son ami, mais ce n'était pas le moment d'approfondir le sujet.

— Dane ? Je crois que j'ai trouvé quelque chose.

Les mots lui étaient parvenus de la porte d'entrée de la bibliothèque et Dane, en se tournant, découvrit Bonnie, plantée là, qui lui faisait signe de rentrer.

— Attends une seconde, Truck.

— Je suis là, j'écoute.

En cet instant, Dane appréciait son ami plus qu'il n'aurait su le dire. Il regagna la bibliothèque et se dirigea vers le bureau de Rosie sans raccrocher d'avec Truck.

— Vous avez réussi à vous connecter ?

— Oui, répondit Bonnie. Elle a consulté deux livres qui ont été empruntés il y a deux mois environ. *Concevoir et construire son propre bunker pour le Jugement dernier* et *Des dangers des engrais*. Après quoi, elle a accédé à la base de données des abonnés pour regarder la fiche d'inscription de celui qui les avait empruntés. Un certain John Smith.

— Son adresse figure sur la fiche d'inscription ?

— Oui, bien sûr, répondit Bonnie en la dictant à haute voix.

— Tu as entendu, Truck ? demanda Dane dans le combiné.

— C'est en cours de vérification.

— C'est donc là qu'elle est allée, conclut Dane en se tournant vers Bonnie, qui le regardait maintenant avec inquiétude. Merci. C'est exactement l'information dont j'avais besoin.

— Est-ce qu'elle va bien ? Vous allez la retrouver ?

— Je vais la retrouver, affirma-t-il avec conviction. Merci.

Et il repartit une fois de plus vers l'entrée de la bibliothèque.

— J'appelle Tex. Je vais lui donner l'info que tu viens de trouver. Entre-temps, ne fais pas de bêtise. Tiens bon et pas de geste stupide.

— Elle est là-bas, répliqua Dane. Elle a besoin de moi.

— Et elle t'aura, confirma Truck. Du moment que tu ne perds pas les pédales. Il te faut des infos. Alors patiente, bordel, attends que je revienne vers toi. Ne fonce pas tête baissée vers cette adresse. Bryn est forte. Quoi qu'il se passe, elle tiendra jusqu'à ce que tes renforts puissent arriver.

— Je n'aime pas ça.

Comme si Truck n'était pas déjà au courant.

— Hollywood non plus n'a pas aimé savoir que Dean détenait sa femme, mais il a laissé son équipe faire ce qu'elle fait le mieux.

Dane savait que Truck avait raison.

— D'accord, j'attends, mais tu m'appelles à la seconde où tu reçois une information.

— Évidemment.

Dane soupira de soulagement, puis lui posa la question qui le taraudait :

— Tu vas pouvoir t'occuper de tout ça et régler ta question de vie ou de mort ?

— Oui. Je vais peut-être être occupé dans les trente minutes, mais je vais m'assurer que l'équipe soit ici, prête, et que tu aies toutes les infos dont tu as besoin avant de m'occuper de la fameuse question.

— Je te revaudrai ça.

— Va te faire foutre, rétorqua Truck. Tu me dois que dalle. Il faut que j'appelle Tex.

Dane fronça les sourcils quand Truck lui raccrocha au nez, mais il cessa d'y penser et se dirigea vers son pick-up. Il décida de se rendre de nouveau dans l'appartement de Bryn. Peut-être était-elle miraculeusement rentrée chez elle ? Dans ce cas, il préviendrait Truck pour qu'il fasse rentrer les gars.

Elle n'était pas là. Dix minutes plus tard, Dane était assis dans son pick-up, à fixer sans les voir les fenêtres de l'appartement de Bryn. Il voulait se précipiter vers l'adresse que lui avait communiquée Bonnie, mais savait que Truck avait raison quand il affirmait qu'il lui fallait des informations avant de foncer droit dans une situation potentiellement explosive. La dernière chose dont il avait besoin, c'était de devenir lui-même un otage.

Quand son téléphone sonna, Dane répondit avec impatience, sachant qu'il s'agissait de Truck.

— Qu'est-ce que tu as trouvé ?

— Ça pue, répondit Truck sans ménagement. Tex a vérifié l'adresse et découvert qui est vraiment ce type. Encore un de ces micmacs informatiques, mais son vrai nom est en fait Joseph Knox et il figure plutôt deux fois qu'une sur les listes de surveillance. Non-paiement de l'impôt, violences domestiques, attaque à main armée et connardise généralisée. Et ça, seulement au cours de ces trois dernières années. Avant, il a vécu à l'étranger.

— Merde, jura Dane.

— Oui. Il a pris un avion pour Paris, où il a disparu. Il a refait surface deux ans plus tard en Angleterre. Il a été expulsé après avoir été arrêté en tant que suspect dans l'un des attentats à la bombe qu'ils ont eus par là-bas.

Faute de preuve pour l'incriminer directement, ils l'ont renvoyé ici.

— Purée ! Donc il a passé du temps avec des terroristes, là-bas ? s'enquit Dane, qui n'en revenait pas. Bon sang, comment a-t-il pu être autorisé à vaquer à ses affaires ici ?

— Rien n'a pu être prouvé. Voyager n'est pas contraire à la loi, précisa Truck. Enfin, il est marié. Les parents de sa femme ont effectué plusieurs dépositions où ils affirment qu'il ferait du lavage de cerveau à leur fille, mais les flics n'y peuvent pas grand-chose, parce que chaque fois qu'ils l'interrogent, elle jure qu'elle n'est pas maltraitée, en aucune manière que ce soit, et que sa place est aux côtés de son mari. Ça m'a tout l'air d'un syndrome de Stockholm typique. L'adresse de ce type est littéralement au milieu du trou du cul de nulle part et, quel que soit le côté par lequel tu approches de chez lui, il sera sans doute au courant de ton arrivée alors que tu seras encore à plus d'un kilomètre.

— Tu penses qu'il se fait passer pour un survivaliste histoire d'avoir une couverture ? demanda Dane.

— J'en suis certain, répondit Truck.

— S'il se comporte comme tel, il a sans doute toute une installation, alors. Quel est le meilleur emplacement pour un bunker sur sa propriété ?

Son intuition soufflait à Dane que si Bryn était bien là-bas, c'était dans le bunker que le connard la gardait... à supposer qu'il n'ait pas tiré à vue sur elle. Bryn avait dit qu'elle ne ferait que passer, mais si Knox montait la garde, il l'avait repérée. La pensée qu'un terroriste endoctriné avait mis la main sur Bryn lui filait la chair de poule.

— Au sud-ouest de la propriété. L'endroit s'adosse à

une grosse colline, avec un ruisseau à proximité. Il y a des arbres partout, des bosquets ici et là. Assez pour se mettre à couvert, mais pas assez pour que toute la propriété soit dissimulée. La voiture de Bryn n'est visible nulle part, mais il y a une dépendance à côté de la maison. Ils peuvent l'avoir déjà planquée. Ils ont eu le temps.

— J'y vais.

— Attends l'équipe, ordonna Truck.

— Tu sais que je ne peux pas faire ça, répliqua Dane d'une voix aussi grave que déterminée. Bryn est là-bas et je ne sais pas si ce trouduc lui fait du mal. S'il se sent supérieur aux femmes, il va mal supporter l'intelligence de Bryn et elle ne sera sans doute pas capable de se la boucler. Elle est ainsi faite. Alors ne me demande pas d'attendre.

— Il a emprunté des livres sur les engrais, contre-attaqua aussitôt Truck. C'est pour cela que Bryn a été si pressée de vérifier l'existence de cette adresse. Mais au cas où tu aies oublié tout ton putain d'entraînement, cela signifie qu'il peut la faire exploser avant que tu t'approches d'elle, s'il se sent menacé.

— Putain ! jura Dane.

— Écoute-moi, Fish, ordonna Truck. Maintenant je ne déconne plus. J'ai un grade supérieur au tien, alors tu vas faire ce que je te dis, entendu ?

— Il a Bryn, répéta Dane d'une voix douce déformée par la souffrance.

— Je sais. Mais tu as six des hommes auxquels je fais le plus confiance au monde, qui viennent te porter assistance. Ils ne vont rien laisser lui arriver. En revanche, il faut que tu leur laisses le temps de parvenir jusqu'à toi pour t'aider. Tu piges ?

— Oui.

— Tu me fais confiance ?

— Oui, répéta Dane.

— Tu leur fais confiance ? (Dane prit une profonde inspiration et acquiesça dans un souffle.) Bien. J'ai parlé avec Fletch. On a discuté de la meilleure manière de gérer le truc. Ils étudient les cartes satellites afin de connaître la topographie du terrain. Tu devras encaisser les coups une fois sur place. Tu auras six gars pour assurer tes arrières, mais ton boulot, ce sera Bryn. Et Bryn seulement. Tu m'entends, Fish ? Sors l'otage. Laisse l'équipe se charger du reste.

— Ça me va, fit Dane qui aimait bien cette partie du plan.

— Parfait. Fletch te contactera à l'instant où ils auront atterri. Il te donnera l'heure probable à laquelle ils te retrouveront. Ta mission sera de détourner autant que possible l'attention de Knox. Dis ce que tu as besoin de dire. Fais ce que tu as besoin de faire.

— Tu as des idées ? La dernière chose que je veux, c'est qu'il fasse prématurément exploser l'un des putains d'engrais qu'il a stockés, marmonna Dane.

Truck resta silencieux quelques secondes avant de répondre :

— La culture islamique prétend que les hommes sont supérieurs aux femmes et ça me donne une idée sur la manière dont tu pourrais entrer là-dedans et récupérer ta Bryn sans commencer de Troisième Guerre mondiale ou amener Knox à faire exploser sa saloperie de colline.

— Vas-y, crache, ordonna Dane.

Les deux hommes passèrent plusieurs minutes à discuter de l'idée de Truck et à la préciser. Ils envisagèrent les scénarios possibles et la meilleure façon d'approcher l'individu lunatique qu'était Knox sans le provoquer.

Quand ils eurent terminé, Truck dit :

— Fish...

— Oui ?

— Je serai vraiment furax si tu te fais buter. Je n'ai pas passé une heure à sauver ton bras pour que tu flanches en plein milieu du trou du cul de l'Idaho.

Dane partit d'un petit rire, mais sans joie.

— Je ne te promets rien. Il n'y a que Bryn qui compte.

— Conneries. Écoute-moi, sergent, ordonna Truck, sachant fort bien que son ton était suffisamment revêche pour récupérer encore une fois l'attention de Fish. Tu ne pourras pas l'aider si tu te pointes là-bas furax et en proie à l'émotion. Arrête avec cette merde, tout de suite. Utilise ta tête. Tu es plus intelligent que ça et, d'après ce que tu m'as dit, Bryn l'est aussi. Tu ne peux pas battre Knox si tu te pointes là-bas avec des flingues qui mitraillent. C'est ce qu'il attend. Tu dois te montrer plus rusé que lui. C'est la seule manière pour vous tirer, Bryn et toi, de ce merdier. Enferme tes émotions sous clé et fais ce qu'on a convenu. Ton équipe assurera tes arrières. Tu piges ?

Dane prit une profonde inspiration. Truck avait raison. Même si ça le mettait en rogne, il avait raison.

— Ce gars ne va pas accueillir avec bienveillance des flics sur sa propriété. Il veut tenir son lieu d'habitation et ses occupations secrets. Il a peut-être utilisé sa véritable adresse sur sa fiche de renseignements à la bibliothèque, mais il a donné un faux nom. Il n'est pas si malin que ça, mais il est assez intelligent pour avoir un plan au cas où quelqu'un vienne renifler dans les parages... comme

Bryn l'a fait. Il déteste toutes les formes d'autorité. Si la police locale s'approche de lui, il va péter un câble.

— Je suis d'accord. Ils prendront position en contrebas de la maison. Ce sera l'équipe et toi. Point final. Il ne saura même pas que les flics sont là jusqu'à ce qu'il soit trop tard pour qu'il réagisse en conséquence.

— Bien.

— Je regrette à mort de ne pouvoir être avec vous, ajouta Truck d'une voix douce.

Dane avait eu un peu de temps pour réfléchir pendant qu'il attendait l'appel de Truck. Il n'avait littéralement pu songer qu'à une seule chose susceptible d'empêcher Truck de venir dans l'Idaho avec le reste de l'équipe. Une seule personne en fait.

— Il faut que tu veilles sur sa santé, déclara Dane fermement. Bryn occupera toujours la première place dans ma vie. Toujours. C'est ainsi que les choses doivent aller. Nos femmes viennent toujours en premier. Je comprends, Truck. Tu n'as pas besoin de me le rappeler.

— Merci, frère, murmura Truck d'une voix rauque, comme s'il refoulait une émotion très puissante.

— Il faut que je retourne chez moi me changer, ajouta Dane. Tu m'appelles pour les mises à jour.

— Je n'y manquerai pas.

— À plus tard.

— À plus tard.

Dane coupa la communication, l'esprit déjà prêt à lutter : il passait ses options en revue, examinant comment il allait s'y prendre une fois sur la propriété de Knox. Il n'avait pas menti à Truck. Il devait repasser par chez lui. Il avait besoin de récupérer quelque chose et puis, oui, le jean, la chemise à boutons et le blouson de cuir qu'il portait n'allaient pas faire l'affaire. Pas pour ce qui devait être fait.

— Tiens bon, Smalls. Je viens te chercher, murmura Dane en engageant son pick-up dans Main Street en direction de sa maison.

21

Bryn n'arrivait pas à se libérer de ses liens. Elle avait essayé, sans succès, encore et encore. Pour la première fois de sa vie, elle n'avait rien à dire. Aucun fait obscur ne se tapissait dans son cerveau, prêt à jaillir, et aucune idée sur ce qu'elle pourrait inventer pour convaincre le type qui la gardait prisonnière qu'elle était vraiment un témoin innocent. Elle avait supplié l'homme, mais cela n'avait servi à rien. Elle ignorait depuis combien de temps elle était là, mais ça devait faire des heures, désormais.

— Tu recherches des informations pour qui ?

— Je ne travaille pour personne, je le jure ! J'étais juste perdue.

Un autre seau d'eau se déversa sur elle depuis un point derrière l'énorme projecteur et Bryn cracha et s'étrangla en se le prenant une fois de plus en plein visage. Elle était trempée avec toute l'eau dont on l'avait arrosée. Ce n'était pas un simulacre de noyade, mais pour l'heure, la méthode semblait tout aussi efficace. Elle était prête à dire ce que l'homme voulait entendre. Malheureusement, elle n'avait aucune idée de ce dont il s'agissait. Elle avait froid, tremblait sur son siège et commençait à penser qu'elle n'allait pas sortir vivante de cet endroit, quel qu'il soit.

— Tu dis ça, mais je ne te crois pas. Tu travailles à la bibliothèque, donc tu m'as sans doute espionné et tu as découvert mon dernier projet. Tu travailles pour le gouvernement ? Des sacs à merde. Les gens qui dirigent ce pays ne comprennent rien. Tu espionnes pour leur compte ? Tu travailles pour le FBI ? Tu essaies de découvrir comment je vais prouver à quel point chacun est vulnérable dans ce pays ? Les règles sont faites pour protéger les leaders, pas les petites gens. Ils n'en ont rien à foutre de nous. Quand les bombes nucléaires commenceront à tomber, ils vont aller où, à ton avis ? Eh oui, dans leurs bunkers surprotégés, en nous laissant nous débrouiller tout seuls. Eh bien, je suis presque prêt à le prouver. À montrer aux gens, au moins à ceux des environs, comment ça va se passer, dans le futur. Alors quand...

Il continuait à parler, mais Bryn avait cessé de prêter attention à lui. Elle avait entendu ses diatribes un si grand nombre de fois qu'elle aurait presque pu les réciter mot pour mot. Ce gars était à l'évidence un extrémiste. Certains survivalistes l'avaient prévenue à ce sujet. Et il avait un bunker plein de bombes artisanales qu'il projetait de placer dans Cœur d'Alene et de faire exploser. Il voulait prouver à quel point il était facile de perturber la société.

Elle n'avait vu que l'espace de deux mètres sur deux qui entourait sa chaise. Les projecteurs l'empêchaient d'apercevoir quoi que ce soit au-delà et elle n'avait pas vu ni l'homme ni la femme depuis qu'elle s'était réveillée. Elle n'avait fait qu'entendre leur voix.

Et ces voix lui avaient posé les mêmes questions, sans relâche. Elle avait cherché à leur parler comme s'ils étaient des collègues, des scientifiques, puis elle avait tenté à nouveau de feindre de s'être juste perdue. Ensuite, elle avait essayé de le distraire en lui posant des questions sur la fin du monde, comment ce serait si des bombes étaient lâchées sur la région, histoire qu'il ait l'impression d'être l'autorité qu'il pensait être... mais rien n'avait fonctionné. La seule chose qu'ils voulaient vraiment entendre d'elle, c'était qu'elle travaillait comme espionne pour le gouvernement et qu'elle se trouvait sur leur propriété dans le but de recueillir des informations et de les faire arrêter. Elle n'avait aucune intention de le reconnaître, car ils allaient probablement la tuer, à l'instant où les mots sortiraient de sa bouche.

Tout à coup, un « bip » atténué retentit de quelque part à proximité.

— Merde ! C'est l'alarme. Je savais qu'elle mentait ! cracha l'homme. Eh bien, allons voir qui tu as envoyé te retrouver ici. Tu ne bouges pas, ajouta-t-il avant d'éclater d'un rire cruel.

— Non, attends ! s'écria Bryn.

Mais il était trop tard. Le couple avait disparu.

À présent paniquée, Bryn tira encore plus fort sur ses liens. Si Dane avait réussi à la trouver, il risquait de se fourrer dans une situation encore bien pire que la sienne. Il serait probablement armé jusqu'aux dents et, même si elle détestait l'admettre, avec une seule main valide, il était dans une position défavorable.

Quand tous ses efforts l'eurent épuisée, Bryn s'affaissa. Si Dane était blessé par sa faute, elle ne se le pardonnerait jamais.

Dane gara son pick-up et tapota le minuscule écouteur dans son oreille. Il reçut un clic en réponse, qui l'informait que son équipe était en place et prête à se déplacer dès l'instant où il le ferait. Cela avait pris bien trop de temps depuis l'instant où Truck lui avait dit que l'équipe était en route, mais il avait réussi à s'empêcher de se rendre seul à la fameuse adresse... *in extremis*.

Sachant que Fletch et les autres, désormais dans les parages, avançaient, Dane sauta de son véhicule, s'attendant à moitié à ce qu'on lui tire dessus dès l'instant où il mettrait un pied dehors. Comme rien ne se produisit, il avança d'un pas, puis s'arrêta. Il allait attendre que le mystérieux M. Knox vienne le trouver plutôt que d'aller à sa rencontre. Et Dane n'avait aucun doute que l'homme avait été mis au courant à la seconde où il avait pénétré sur sa propriété. Il n'avait pas repéré la moindre alarme ou des pièges, mais il savait d'instinct qu'il y en avait. Si ce gars fabriquait des bombes, il était prêt à accueillir quiconque franchissait les limites de sa propriété, en connaissance de cause ou non.

Dane avisa aussitôt les deux personnes qui se déplaçaient furtivement entre les arbres en provenance du sud-ouest, exactement comme l'équipe l'avait deviné. Ils devaient parfois vivre dans la maison délabrée qui se trouvait près de lui, mais ils passaient plus probablement l'essentiel de leur temps dans le bunker où ils préparaient aussi leurs explosifs. Et où ils retenaient sans doute Bryn prisonnière.

Les deux personnes se déplacèrent vers l'autre côté de la maison et apparurent vingt secondes plus tard, armées l'une et l'autre d'un fusil.

— Tu es qui, bordel de merde ?

Dane leva les deux mains en l'air pour montrer qu'il n'avait pas d'arme.

— Je m'appelle Dane Hartwell. Je suis à la recherche de ma femme.

Comme il l'avait espéré, ses paroles les arrêtèrent dans leur mouvement. Il avait fait exprès d'utiliser le nom de famille de Bryn, pour donner plus de crédit à son histoire. Si Bryn avait été sa femme, ils auraient porté le même nom de famille. Il y avait de fortes chances pour qu'elle leur ait donné le sien, donc le mentionner l'aiderait, espérait-il, à prouver qu'elle était réellement celle qu'il prétendait.

Le plan que l'équipe avait élaboré était risqué, mais Dane pensait qu'il était réalisable. Selon l'information que Tex leur avait relayée, Knox était du genre vieille école. Il avait passé du temps en Irak, avec les talibans. Il avait vécu avec eux, persuadé que les femmes ne devaient être ni vues ni entendues. Tout son rôle, dans le plan de sauvetage, était basé là-dessus.

Dane avait passé un vieil uniforme qu'il avait gardé d'avant sa blessure. C'était un treillis, sale et froissé. Il l'avait rangé, refusant de porter encore une fois les yeux sur lui, mais il avait réalisé qu'il devait se faire passer pour l'« un de ces gars » aux yeux de l'extrémiste, donc il devrait avoir la tête de l'emploi. Il avait sanglé un holster vide autour de sa taille, laissant exprès son pistolet dans le pick-up, et il avait mis sa prothèse, alors qu'il ne l'utilisait presque plus quand il était avec Bryn.

Avant ce jour-là, il ne s'était guère intéressé à l'effet produit par son appareillage, mais pendant qu'il parlait avec Truck, il avait acquis la certitude que cette prothèse, c'était ce dont il avait besoin dans cette situation. Comme ses actions l'avaient prouvé à la réception de mariage de Fletch, il pouvait s'avérer tout aussi dangereux sans sa prothèse, mais pour cette opération, il porterait son bras avec le crochet au bout. Il avait remonté la manche de son uniforme, afin de s'assurer qu'elle était aisément visible et qu'on ne se méprenait pas sur ce dont il s'agissait.

— Ta femme ? Tu l'as égarée ?

Heureux que son intuition semble avoir été la bonne, Dane poursuivit sur un ton irrité :

— Oui. Cette salope est trop curieuse pour son propre bien. Je lui ai dit et répété de se mêler de ses putains d'affaires, mais elle n'est pas vraiment obéissante. Il va vraiment falloir que je travaille plus sérieusement là-dessus.

L'homme ne s'approcha pas davantage, mais abaissa son fusil, de sorte que son canon pointait plus vers le sol que vers Dane. L'homme tendit par ailleurs la main et abaissa le canon du fusil que tenait la femme à côté de lui.

— Je ne dis pas que je sais où elle est, mais on dirait bien que tu as vraiment besoin de la discipliner mieux. Qui aime bien châtie bien, comme on dit.

Dane ricana.

— Thomas Moore a dit un jour que si tu laisses ta femme te marcher sur l'orteil un soir, elle se dressera sur ton visage le lendemain.

Dane crut qu'il était allé trop loin quand l'homme se

contenta de le regarder, perplexe. Il devait être plus direct. Se souvenant d'une conversation qu'il avait eue avec Bryn et combien elle avait été offensée par l'information qu'elle avait recherchée, il sortit les faits de sa tête et afficha un mauvais rictus sur son visage.

— Tu sais ce qui cloche dans ce pays ? Il y a trop de putains de lois contre un homme qui fait ce qu'il est né pour faire et obligé de faire. Merde, comment on peut être des hommes en charge de nos familles quand les femmes se baladent en chialant pour leurs droits ? Je te le demande. C'est pour ça que je suis venu dans l'Idaho, merde ! Je voulais lui apprendre comment être une bonne épouse. Je vois que tu es un vrai mec, toi, un gars qui sait prendre soin de ses affaires. Tu savais qu'en Inde, le gouvernement a ajouté discretos une clause, dans leur législation, qui dit qu'aucune sorte d'interaction sexuelle d'un homme avec sa femme, qu'elle soit d'accord ou non, ne peut être considérée comme un viol ? Ça, c'est un gouvernement selon mon cœur. Au Liban, si un homme épouse une femme qu'il a kidnappée, on ne peut pas le poursuivre pour ça.

Dane retint son souffle, car l'homme devant lui ne réagit pas immédiatement, mais il fut plus soulagé qu'il n'aurait su le dire quand l'autre hocha finalement la tête.

— Comment tu as perdu ta main ? lâcha Knox d'une voix traînante.

Dane abaissa lentement les bras et les croisa sur son torse, en veillant à ce que le crochet soit bien visible. La femme à côté de Knox s'esquiva furtivement sur un signe de tête de l'homme. Bon sang, pourvu qu'elle n'aille pas faire le tour de la maison pour le piéger par-derrière.

Enfin, même si c'était son intention, l'équipe s'occuperait de son cas.

Comme si Hollywood lisait dans ses pensées, il entendit : « Sur elle » dans son oreillette. Dane se détendit légèrement. Il pouvait se concentrer pleinement sur Knox, maintenant, sans plus surveiller ses arrières.

— À cause du putain de gouvernement, voilà comment. Je me suis engagé dans l'armée parce que je croyais que je protégeais la liberté. Ces connards ont foutu une femme dans mon détachement. Cette connasse ne savait pas ce qu'elle faisait. Elle a failli me faire tuer : elle s'est mise à paniquer à la seconde où les balles ont commencé à voler. Elle a tellement braillé qu'elle a trahi notre position et qu'on a eu une saleté de lance-roquettes au cul au final. On a entendu le tir et la grosse salope m'a poussé de son chemin tellement elle était pressée de se barrer de la tente. (Dane marqua une pause théâtrale avant de reprendre :) Bien fait pour elle, parce qu'elle s'est barrée dans le mauvais sens... droit sur l'ennemi. Elle a eu ce qu'elle méritait, l'abrutie.

Dane s'étranglait presque en prononçant ces mots, mais s'ils lui donnaient ce qu'il voulait – à savoir Bryn saine et sauve –, il était prêt à dire tout ce qu'il faudrait. Il adressa des excuses silencieuses à toutes les femmes aux côtés desquelles il avait servi. Non seulement elles avaient été courageuses et fiables, mais elles étaient aussi devenues des amies.

— Donc... tu as ma femme ? redemanda Dane, sur un ton agressif. C'est une vraie casse-couilles, mais un super bon coup. Une chatte sauvage, perverse comme pas deux. Elle aime se la prendre dans le cul. (Il haussa les épaules comme si ce n'était pas grand-chose.) C'est pour ça que j'ai toléré son comportement. Mais c'est terminé, tout ça.

— Oui. C'est moi qui l'ai.

Le soulagement faillit mettre Dane à genoux, mais il veilla à ne manifester aucune émotion.

— Je lui ai dit un millier de fois de ne pas quitter la ville, de pas se mêler des affaires des autres. Elle aime bien conduire dans les environs pour regarder les maisons. Ce qui est d'une connerie sans nom, vu qu'on en a déjà une, de baraque. Je te présente sincèrement toutes mes excuses pour elle. Je sais que tu as le droit de lui apprendre la discipline, mais j'aimerais bien m'en occuper moi-même... si tu vois ce que je veux dire. En plus, j'ai trouvé pile le truc qu'il faut.

— De quoi il s'agit ?

Dane n'avait pas eu l'intention d'inventer quoi que ce soit, car il se sentait désolé pour la femme de Knox, qui allait sans doute devoir expérimenter ce qu'il allait dire, si son mari ressortait vivant de ce merdier, mais Bryn était son unique préoccupation, pour le moment.

— T'as jamais essayé la privation sensorielle pour corriger ta femme ?

— Non. Je ne dirais pas ça.

— Ça fonctionne comme un putain de charme. Tu l'enfermes dans un placard ou une petite pièce. Tu lui attaches les mains dans le dos et tu lui mets un bandeau sur les yeux. Ensuite tu lui colles des écouteurs dans les oreilles et un bâillon sur la bouche. Elle ne peut plus ni entendre, ni voir, ni toucher quoi que ce soit, ou parler. Je le jure devant Dieu, il faut seulement cinq minutes pour qu'elle marche à tout ce que tu veux, elle te suppliera que tu lui accordes cette chance.

— Intéressant.

Dane détesta la lueur d'excitation maladive qui traversa le visage de l'homme.

— Je serais peut-être disposé à te la rendre. Tu l'as depuis longtemps ?

— Non. À l'évidence, pas assez pour l'avoir bien formée, même si j'y travaille.

— Qu'est-ce que j'y gagne si je te laisse une autre chance de la rendre obéissante ?

— En remerciement pour ta... générosité, j'ai quelques kits de décontamination et de détection chimique M295 dans mon pick-up.

Même à près de vingt mètres, Dane vit les yeux de l'homme s'allumer de convoitise. Visiblement, il savait combien il était difficile de les obtenir. L'armée ne permettant pas de les vendre, ces kits n'étaient utilisés que par les militaires, à l'heure actuelle.

— Combien t'en as ?

— Tout un carton.

— Comment tu les as eus ?

— J'ai gardé des contacts avec mon ancienne unité, répondit Dane. J'ai des amis qui pensent comme nous et qui bossent dans une unité de biochimie. Ils me les ont envoyés en sachant que je suis en train de construire mon propre... endroit... par ici, dans l'Idaho. Quand les choses tourneront mal, quand cette saloperie de pays s'effondrera sous sa propre merde parce que les connards qui nous gouvernent n'ont aucune idée de la manière de contrôler leurs concitoyens, je veux être en mesure de nous protéger, mes fils et moi.

— Pas tes filles ? demanda Knox.

— Qu'elles aillent se faire foutre. Des usines à gosses, toutes autant qu'elles sont.

Dane s'efforça de ne pas flancher en prononçant ces mots. Lançant une salve d'excuses aux cieux pour les futures filles qu'il pourrait avoir, il retint son souffle, espérant de toute son âme que l'appât allait être suffisant. Dans le cas contraire, il n'avait aucune idée de ce qu'il entreprendrait. Il n'avait plus aucun atout dans sa manche.

La porte du grand garage s'ouvrit et la Corolla de Bryn en sortit en marche arrière, conduite par la femme qui s'était tenue aux côtés de Knox.

Le survivaliste regarda Dane, puis le pick-up, puis revint à Dane, soupesant son offre. Finalement, il se contenta de lâcher :

— Ça marche. Attends ici.

Dane hocha la tête et alla placer sa main dans la poche avant de son pantalon. Il y conservait un canif, mais espérait qu'il n'aurait pas à s'en servir du tout.

— Je t'en suis reconnaissant.

N'ayant pas reçu le feu vert de l'équipe pour le moment, il devait s'en tenir à son histoire. Jusque-là, elle semblait fonctionner, mais il devait faire sortir Bryn du bunker et l'éloigner des explosifs qui se trouvaient sûrement à l'intérieur. Ils ne devaient surtout pas courir le risque de découvrir que ce connard cinglé avait installé un mécanisme de détonation à distance.

L'homme disparut au coin de la maison principale et Dane s'abstint de regarder dans la direction où il le savait se diriger... vers son bunker caché et, avec un peu de chance, pour récupérer Bryn.

La femme qui était avec lui sortit de la voiture de

Bryn et se dirigea vers le flanc de la maison. Elle ramassa le fusil que l'homme avait laissé et attendit, rivant sur lui un regard vide, sans ouvrir la bouche.

Dane songea à lui dire quelque chose, à lui conseiller de quitter son mari, à lui apprendre que ses parents se faisaient du souci pour elle, mais il resta muet. Il se pouvait que Knox ait un micro planqué quelque part et puisse entendre. À ce stade, il ne ferait rien qui soit susceptible de compromettre la mission. Bryn. Elle était son unique objectif.

Dix intenses minutes plus tard, Knox revint vers la maison, traversant le champ derrière sa propriété. Il avait une main sur le bras de Bryn et la forçait à avancer vers lui. Elle avait un sac sur la tête, qui l'empêchait de voir où elle avançait, et les mains menottées dans le dos, mais elle marchait – enfin, elle titubait – et semblait aller bien. Dane n'avait jamais été aussi soulagé de toute sa vie.

Il entendit un « clic » dans son oreillette, qui l'informa que l'équipe était en place. Le bunker était sécurisé, Knox ne pourrait courir s'y enfermer. La question de savoir si l'homme disposait ou non d'un détonateur à distance s'avérait cependant toujours d'actualité.

Laissant au propriétaire des lieux la direction des opérations, Dane n'ouvrit pas la bouche.

Bryn s'approchait de la maison, mais elle demeurait hors de portée de Dane.

— Les kits de décontamination d'abord. Ensuite, tu récupères ta femme.

Dane, qui s'attendait à cette condition, acquiesça d'un mouvement de la tête. Truck lui avait donné ces kits de décontamination chimique la semaine précédente. Ils étaient censés échoir à M. Jasper, pour le remercier de les avoir laissés visiter son bunker, mais, Dieu merci, il n'était pas encore allé les apporter au survivaliste. Toute cette scène aurait été bien plus compliquée sans les kits. Dane n'avait aucun scrupule à les donner à l'homme dangereux qui se trouvait devant lui. Aucun. Même s'il pensait que ce type ne méritait aucune récompense, vu ce qu'il avait fait subir à Bryn, et qu'il était un terroriste, hostile à ses compatriotes. Si cela signifiait que Bryn était saine et sauve, il lui aurait donné un chargement de missiles.

Dane se dirigea vers son pick-up, comme s'il disposait de tout le temps du monde et se fichait bien que son épouse soit malmenée. Il savait qu'il pourrait sans problème supprimer l'homme et sa femme, mais sans avoir l'assurance qu'aucun des deux ne blesse Bryn avant. Alors il continuait à jouer le jeu, content de savoir que les Deltas ne laisseraient pas ce dangereux terroriste maison s'en tirer, après ce qu'il avait fait à Bryn et vu ce qu'il projetait d'infliger à ses compatriotes. Il se rappela les paroles de Truck. Bryn devait être son unique objectif. Il allait laisser les Deltas gérer Knox et les explosifs.

Dane ouvrit la portière arrière de son pick-up et s'empara du grand carton de sa main droite, utilisant la gauche, celle qui était terminée par le crochet, pour en soutenir le fond. Il referma le battant d'un coup de hanche et apporta le carton à l'homme.

Quand il ne fut plus qu'à quelques mètres de distance, le type aboya :

— Ça suffit. Pose ça par terre.

Dane obtempéra et recula de quelques pas.

L'homme fit un signe à la femme, qui avança et tira le carton vers l'endroit où se trouvait son mari. L'extrémiste se pencha et l'ouvrit, afin de s'assurer qu'il s'agissait bien de kits de décontamination. Enchanté de constater que cela correspondait à ce que Dane avait annoncé, il s'approcha, Bryn dans son sillage.

Quand il fut à moins de dix mètres de lui, l'homme s'arrêta et déverrouilla les menottes qui enserraient les poignets de Bryn. Puis il la poussa violemment. Elle trébucha et serait tombée si Dane n'avait tendu le bras pour la rattraper. Il lui attrapa le bras de la même manière que l'homme un peu plus tôt et hocha la tête.

— Je te suis reconnaissant d'avoir veillé sur ce qui m'appartient.

Il sentit Bryn frissonner sous son bras. Elle était trempée et tremblait, mais, Dieu merci, elle n'ouvrit pas la bouche. *Tiens bon, ma chérie.*

— Tu vas lui donner une petite correction, là, maintenant ?

Remarquant la lueur malsaine qui allumait les yeux de l'homme, ce qui lui indiqua que le type prenait son pied à voir des femmes souffrir, Dane secoua la tête et répondit, d'un ton aussi badin que possible :

— Non. Je crois que je vais garder ça pour quand on sera rentrés à la maison. Ça va lui prendre plus de cinq minutes pour retenir la leçon, si tu vois ce que je veux dire. En plus, je veux qu'elle soit en état de conduire. Visiblement, tu l'as déjà rendue assez docile pour le moment. Et à ce que je vois, la tienne est bien formée. Je suis trop impatient que la mienne... (Dane secoua le bras de Bryn pour parfaire son effet.)... apprenne que sa place, c'est de se la boucler et de ne pas penser.

— Fous-la sur le dos et mets-la en cloque. Ça te l'occupera.

— Oh, pour ça, je vais l'enchaîner à mon lit dans un

avenir proche, aucun doute là-dessus. Merci pour ton... hospitalité. Tu ne vas pas t'offenser, je suis sûr, si je te dis que j'espère ne plus recroiser ta route.

L'homme hocha la tête.

Pour ne pas prolonger les adieux, Dane guida brutalement Bryn vers le côté conducteur de sa voiture. Il aurait mille fois préféré la faire entrer dans son pick-up et déguerpir d'ici, mais s'il ne voulait vraiment plus jamais recroiser la route de Knox, il ne pouvait laisser la Corolla ici. Bryn devrait conduire elle-même... et Dane détestait ça de toutes les fibres de son être.

Il leva la main droite et la glissa sous le sac en toile de jute qui couvrait la tête de Bryn. Il empoigna ses cheveux détrempés et retira le sac avec le crochet de son autre main. Pointant le crochet froid de sa prothèse sous le menton de Bryn, bien conscient que l'homme et sa femme le regardaient toujours, il se pencha sur Bryn et donna le petit spectacle que, il le savait, Knox attendait.

— C'est la dernière fois que tu me désobéis, femme. Tu as de la chance que je me sois cassé le cul à venir te sauver la mise. J'aurais dû te laisser ici. Tu m'as coûté un paquet de kits de décontamination. Tu vas me le payer. Grimpe dans ta caisse et suis-moi jusqu'à la maison. Profite de la route, parce que c'est la dernière fois que tu vas la prendre avant un long moment, bordel. Je vais te faire passer ta curiosité. Par n'importe quel moyen. Tu saisis ?

Bryn le regarda de ses yeux injectés de sang, mais n'hésita même pas un instant. Elle leva les bras pour les poser sur sa taille et dit, d'une voix humble et douce :

— Oui, maître. Je suis désolée pour tous les ennuis que j'ai causés.

La main de Dane se tordit dans ses cheveux en l'entendant prononcer ces mots. Elle tremblait encore, avait l'air effrayé, mais elle tenait bon. Elle avait parfaitement compris ce qu'il faisait. Qu'il jouait un rôle. Que ce qu'il avait vraiment envie de faire, c'était de la prendre dans ses bras et de ne jamais l'en laisser repartir. Du moins espérait-il que ce soit le cas.

— J'aurais dû te redonner à ton père. Il devrait être mortifié de voir la nullité qu'il a comme fille. Mais j'aime les défis. Je crois que je vais suivre le conseil de notre ami et te garder sur le dos pendant les mois à venir. Peut-être que j'arriverai à t'inculquer l'obéissance par la baise.

Bryn se passa la langue sur les lèvres, mais ne répondit rien. Elle se contenta de hocher la tête.

Jugeant qu'il avait assez fait l'acteur et sachant qu'ils devaient décamper pour que les Deltas puissent faire leur travail, il la relâcha et s'éloigna brusquement. Elle chancela. Si elle tombait par terre, c'était la catastrophe. Dane savait qu'il serait incapable de s'empêcher d'aller la relever et de la serrer contre lui. Heureusement, elle tendit la main et s'agrippa à la portière ouverte de sa voiture, parvenant ainsi à recouvrer son équilibre et à rester debout.

Merde, elle avait des nerfs d'acier. Il l'aimait. Chaque parcelle de Bryn. Kidnappée, morte de trouille, détrempée – il ignorait comment elle pouvait être dans cet état et savait que quand il le découvrirait, il allait péter un plomb –, elle était la personne la plus forte qu'il ait jamais rencontrée. Elle était unique en son genre. Il n'avait jamais pensé pouvoir trouver une femme qui puisse le supporter et qui le comprenne... mais c'était bel et bien le cas. Bryn était à lui.

— Colle-toi à mon pare-chocs. Si tu t'écartes de plus de cinquante centimètres, je te double ta raclée quand on sera arrivés à la maison.

— Oui, maître. Je ne te perdrai pas de vue.

Dane agita la tête et se détourna. Bon sang. Il avait besoin de la prendre dans ses bras. Mais il devait jouer son rôle jusqu'au bout. Il la tiendrait sous peu contre son cœur. Elle disait exactement ce qu'il fallait, il n'allait pas tout foutre en l'air maintenant.

Sans un regard en arrière pour vérifier qu'elle obéissait, il se dirigea à grandes enjambées vers son pick-up et grimpa dedans. Sur un petit signe du menton à l'intention de Knox, il tourna la clé dans le démarreur. Un demi-tour plus tard, il s'engageait dans le long chemin gravillonné, s'assurant, d'un coup d'œil dans son rétroviseur, que Bryn le suivait bien.

Elle était si proche qu'il ne pouvait voir son pare-chocs. Elle se conformait exactement à ses ordres, sa roue dans la sienne. Il savait que ce n'était pas parce qu'il le lui avait demandé, mais plutôt parce qu'elle avait peur. Pourtant, cela ne diminua en rien la fierté qu'elle lui inspirait, pour ne pas s'être effondrée en face d'un danger réel.

Il vit également trois hommes surgir à toute allure derrière Knox et sa femme distraits par les deux véhicules qui quittaient leur propriété.

Dane se rendit compte que, pas une seule fois, il n'avait souhaité se trouver là, aux côtés des Deltas. Il en avait terminé avec la vie de soldat. Il avait plus important à faire... à savoir aimer Bryn Hartwell.

Il roula pendant ce qui lui sembla les dix minutes les plus interminables de sa vie, jusqu'à ce qu'il parvienne au barrage de police qui bloquait la route. Sachant que les flics avaient installé un périmètre de sécurité assez large pour qu'aucun projectile n'y atterrisse au cas où une bombe exploserait, Dane arrêta brutalement son pick-up au milieu de la route poussiéreuse, enfonça la pédale de frein et ouvrit sa portière en grand. Il se retrouva devant la voiture de Bryn sans même en avoir conscience et, dans l'instant qui suivit, elle était enfin entre ses bras.

22

Bryn s'accrocha à Dane comme s'il était le seul rempart entre elle et une mort certaine... Ce qu'il avait été. Ils le savaient tous les deux. Elle n'aurait pas été capable de s'enfuir du bunker où John Smith – ou Joseph Knox, selon Dane – et sa femme l'avaient cachée. Elle aurait tout aussi bien pu être emprisonnée à Fort Knox, la fameuse chambre forte dans le Kentucky que l'on utilisait pour stocker une large part des réserves d'or des États-Unis.

À chaque diatribe et chaque insulte qui lui étaient adressées, Bryn avait compris qu'elle courait un grave danger. Elle n'avait pas réussi à s'en sortir, elle avait essayé et s'était montrée tellement stupide de croire qu'elle pourrait se contenter de passer devant la propriété de Knox sans en subir les conséquences.

Dane l'avait prévenue, mais elle ne l'avait pas écouté, pensant qu'elle en savait plus que lui sur le mode de vie survivaliste en raison de ses recherches. Bryn savait qu'elle manquait parfois de bon sens et, en général, elle s'en fichait, seulement le fait de n'avoir pas seulement mis sa vie en danger mais également risqué celle de Dane l'horrifiait.

Quand Knox l'avait quittée, la dernière fois, elle avait compris que, lors de son prochain retour, il recourrait probablement à des méthodes de plus en plus douloureuses. L'eau glacée, c'était pénible, mais ce n'était rien comparé à ce qu'il avait sans doute en réserve. Elle avait vu un câble électrique traîner dans les parages. Elle n'avait aucun doute là-dessus : il aurait commencé à l'électrocuter, si Dane ne l'avait pas trouvée.

Mais quand Knox était revenu au bunker, il s'était contenté de lui fourrer un sac sur la tête avant de la forcer à le suivre. La première fois qu'elle avait entendu la voix de Dane, elle avait éprouvé de l'effroi, au lieu de se sentir soulagée. De la terreur à l'idée qu'elle avait causé sa perte en même temps que la sienne.

Alors il lui avait pris le bras pour l'empêcher de se vautrer tête la première et il avait parlé d'elle comme d'un bien lui appartenant. Et Bryn avait compris exactement ce qui se passait. Elle avait remarqué la façon dont Knox s'adressait à sa femme. Compris qu'il considérait les femmes comme des créatures inférieures. Aussi, à la seconde où Dane avait parlé d'elle comme d'une de ses possessions, elle avait deviné quel rôle elle devait jouer. Rester silencieuse et le laisser mener la danse. Exactement comme elle l'avait fait quand ils avaient rendu visite à l'autre survivaliste.

Les paroles qu'il lui avait lancées juste avant qu'ils s'en aillent étaient censées avoir l'air menaçantes, mais quand elle avait plongé son regard dans le sien, elle n'y avait vu que des étincelles de tendresse. Elle avait consenti à tout ce qu'il avait dit, sans éprouver une seule fois le désir de le remettre en question ou de dire quoi que ce soit.

Elle n'avait aucune envie de conduire, et puis elle tremblait tellement qu'elle n'était pas certaine d'y parvenir, mais elle savait tout aussi bien que Dane qu'ils n'avaient pas le choix, elle devait jouer son rôle. Donc elle avait pris une profonde inspiration et avait suivi son pick-up d'aussi près qu'elle l'avait osé.

Et maintenant elle était dans ses bras.

Sans jamais avoir rien éprouvé d'aussi bon de toute sa vie.

Jamais.

Dane voulut s'écarter, mais elle se cramponna plus fort, refusant de le laisser partir. Elle avait tant de choses à lui dire, sans pourtant parvenir à trouver les mots. Dieu merci, il resserra les bras au lieu de la relâcher. Il s'était penché pour la tenir contre lui, mais tout à coup, il se redressa de toute sa hauteur. Comme il était bien plus grand qu'elle, les pieds de Bryn décollèrent du sol. Elle n'ouvrit pas la bouche, se contentant de s'agripper encore plus fort à l'homme qu'elle aimait, tandis qu'il la transportait vers l'une des nombreuses voitures de police qui bloquaient la route devant eux.

Elle l'aimait. Sans doute depuis qu'elle avait pris soin de lui, le soir où il était ivre. Et puis il lui avait si souvent montré, au cours des deux derniers mois, qu'il l'appréciait pour qui elle était, avec sa manie de débiter des faits aléatoires et tout. Il était venu à sa rescousse quand elle avait été en danger. Elle ignorait ce qu'il éprouvait pour elle, mais elle n'allait pas le laisser partir sans se battre.

Bryn entendit Dane parler à quelqu'un, mais elle se

moquait bien de savoir à qui et ce qu'il disait. Elle sentit qu'il s'asseyait et lui plaçait les jambes pour qu'elle se retrouve à califourchon sur ses genoux. Elle soupira de contentement quand elle put se blottir encore plus étroitement contre lui. Les bras de Dane se refermèrent sur elle, pour la tenir bien serrée.

— Merci. J'apprécie.

Bryn sursauta en sentant qu'on lui enveloppait le dos d'une couverture.

— Du calme, Smalls. C'est juste une couverture. Tu trembles.

En effet, elle n'arrêtait pas de trembler.

— J-je n-ne s-sais p-pas p-pourquoi. J-je n'ai p-pas s-si f-froid que ç-ça.

— C'est le choc, mon cœur.

— Elle va bien ?

Bryn ne reconnut pas la voix, mais sentit que Dane ôtait la main posée dans son dos pour la tendre à celui qui avait parlé.

— Ça ira. Dane Munroe.

— Jason Briggs, FBI.

— Vous savez ce qui se passe, là-bas ? demanda Dane.

— Je suis au courant, lui répondit-on. J'attends juste le feu vert pour foncer. (L'agent leva une main vers son oreillette, pour, au bout d'un moment, hocher la tête et annoncer à Dane et Bryn :) Visiblement, Knox et sa femme sont hors d'état de nuire.

— D'après mes sources, la zone est une poudrière. Je ne suis pas sûr que la police de Rathdrum doive gérer cela elle-même, souffla Dane à Briggs.

— Je suis d'accord. Et je suis presque certain, désormais, que le chef de la police de Rathdrum sera de mon avis. Cela fait un moment maintenant que cette zone est sous notre surveillance.

— Il me semble qu'on devrait surveiller moins et agir plus, s'impatienta Dane.

Bryn leva pour la première fois la tête et se tourna afin d'observer l'agent avec qui Dane parlait.

— Il a d-de l'eng-grais. B-beaucoup. Il v-veut apporter ç-ça en ville pour le faire exp-ploser. J-je ne sais pas qu-quoi n-ni où, mais il m'a d-dit ça quand il essayait de c-comprendre ce que je faisais ici.

— Merde. (L'agent, un blond très joli garçon, parut frustré en entendant cela.) Merci pour l'info, mademoi-selle Hartwell. Je suis heureux que vous alliez bien.

— Moi aussi, répondit-elle en rappuyant sa tête sur l'épaule de Dane.

Elle ferma les yeux, perplexe : pourquoi l'agent ne paraissait-il pas plus inquiet à propos des plans de Knox ? Elle décida de ne pas s'en soucier pour le moment. Elle interrogerait Dane plus tard.

— Il faut que tu ailles à l'hôpital, Smalls ? demanda Dane d'une voix douce.

Bryn secoua la tête.

Il lui prit l'un des bras qu'elle avait passés autour de son cou et lui examina le poignet. Il était rouge et sensible, il y aurait des bleus, c'était certain, mais la peau n'était pas lésée.

— Je vais bien. J-je veux j-juste r-rentrer à la maison.

Dane lui plaça une main derrière la tête et l'attira de nouveau contre lui, détestant que sa prothèse vienne s'in-terposer entre eux, mais refusant de s'écarter assez long-temps de Bryn pour pouvoir l'ôter.

— Vous voulez qu'on vous y conduise ? proposa l'agent.

— Si ça ne vous dérange pas trop, répondit Dane.

— Pas du tout. Je vais demander à deux officiers de rapatrier vos véhicules.

— Merci. Ma clé est sur le contact et j'imagine que la sienne aussi.

Bryn agita la tête contre son torse, mais n'ouvrit pas la bouche.

— Je vais m'en occuper. Encore une fois, je suis heureux que vous alliez bien, tous les deux.

Bryn sentit Dane remuer sous elle et refusa de le laisser partir. Mais il ne fit que déplacer ses jambes, pour qu'elles se retrouvent à l'intérieur de la voiture. Quelqu'un referma la portière derrière lui, les enveloppant dans le silence et la tiédeur du véhicule de police.

Elle savait qu'elle aurait sans doute dû s'inquiéter – elle était assise à l'arrière d'une voiture de police et elle trempait les vêtements de Dane par la même occasion –, mais elle n'y arrivait pas. Dans des circonstances différentes, elle aurait exploré la situation en posant un million de questions, car l'expérience était nouvelle pour elle, une expérience qu'elle espérait ne jamais répéter, mais tout ce qui occupait son cerveau, c'était la pensée qu'elle avait mis Dane en danger. Il avait dû venir la chercher, parce qu'elle ne s'était pas servie de son cerveau.

Elle rit amèrement sous cape. Elle était peut-être un génie, mais qu'est-ce qu'elle était idiote. Une idiote finie.

Dane remua de nouveau et tira son téléphone de sa poche. Il fronça les sourcils quelques secondes, puis le lança sur le siège à côté de lui et le déverrouilla. Il appuya sur deux, trois boutons pour le mettre sur haut-parleur.

— Elle va bien ? aboya, impatiente, la voix à l'autre bout de la ligne.

— Elle va bien.

— Toi, tu vas bien ?

— Oui.

— Merci, putain, lâcha Truck, visiblement soulagé. Tu as des problèmes ?

— Non. Même si j'ai la sensation que je ne vais pas récupérer mon carton de M295. Il va m'en falloir une autre pour M. Jasper.

Truck ricana.

— Tu l'auras dans quelques jours, je m'en suis déjà occupé. Ça me fend le cœur, mais il faut que j'y aille.

— Tu travailles toujours sur ton problème ? s'enquit Dane, inquiet.

— Il s'avère bien plus obstiné que je l'aurais cru, répondit Truck. Mais ne t'inquiète pas. Je m'en occupe.

— Truck ? intervint Bryn avant que Dane ne raccroche.

— Oui.

— Merci d-d'avoir assuré les arrières de D-Dane. Je suis désolée d'avoir f-fait quelque chose d'aussi s-stupide.

— De rien. Mais je n'étais pas seul. Tous les gars sont là. Tu vas bien ?

— Ç-ça va.

— Tu prévois de nouvelles expéditions dans un avenir proche ?

— Non.

— C'est bien. Tu as flanqué une peur bleue à ton homme.

— Je me suis fait peur à moi-même.

— Prends soin de toi... et de Dane, d'accord ?

— Je n'y manquerai pas.

— Dane ?

— Oui, Truck ?

— Rappelle-toi ce que je t'ai dit à propos des femmes.

— Je n'ai pas oublié.

Dane savait exactement de quoi parlait son ami. Bryn avait dit à Truck qu'elle allait bien, mais il avait le sentiment qu'il lui faudrait encore longtemps avant que ce soit réellement le cas.

— Occupe-t'en, d'accord ?

— Oui. À bientôt.

— À plus.

Dane raccrocha et passa de nouveau le bras autour de Bryn.

— Tous les gars sont là ? Ghost, Hollywood et tout le monde ?

— Ouaip.

— Bon sang, je ne voulais...

— Chut, la prévint Dane.

— Chut quoi ?

— Ne termine pas ta phrase, quelle qu'elle soit. C'est terminé. Knox va aller en prison. Rien n'a explosé, à commencer par toi. L'équipe a la situation sous contrôle. Ils vont remettre Knox et sa femme au FBI et ils mèneront leur enquête.

— Est-ce qu'on verra les gars, un peu plus tard ?

— Non. (Dane lui souleva le menton pour qu'elle le regarde dans les yeux.) Et ils ne sont jamais venus ici. Pour autant que tu saches, nous avons quitté les lieux en voiture et c'est tout. Tu saisis ?

Voyant le sérieux dans le regard de Dane, Bryn hocha aussitôt la tête.

— Je sais que tu as un million de questions et je répondrai plus tard à ce que je...

— Non, l'interrompit Bryn.

— Non quoi ?

— Je n'ai pas de question. Pour une fois dans ma vie, je ne veux pas savoir. Non, ce n'est même pas ça. En fait, je m'en fiche. Tout ce qui m'importe, c'est que je suis saine et sauve. Et que je n'ai pas causé ta mort. Je suis si contente qu'ils aient été là pour assurer tes arrières que je me moque de savoir pourquoi, comment ou quoi que ce soit sur la raison de leur présence ici. Je suis d-désolée, Dane. Je n'étais pas venue ici pour lui parler. Je voulais juste...

— Chuut, mon cœur. On discutera plus tard. Laisse-moi seulement te serrer dans mes bras, pour le moment.

Bryn branla du chef et, de nouveau, elle se détendit complètement contre Dane. Elle s'emboîtait parfaitement à lui, comme si elle avait été fabriquée dans ce but. Elle savait qu'ils avaient des tas de choses à se dire, mais pour l'instant, tout ce qu'elle était en mesure de faire, c'était inhaler son odeur et remercier Dieu qu'il soit venu la chercher.

23

L'officier de police se gara près de la maison de Dane et lui dit :

— Je vais attendre devant jusqu'à ce que je sois sûr que vous soyez en sécurité.

— Merci, répondit Dane. Bryn, écarte-toi et laisse-moi sortir. Ensuite, je te porterai à l'intérieur.

Elle se poussa. Le policier n'avait pas dit un mot alors qu'elle était assise sur les genoux de Dane et qu'ils n'avaient pas mis leur ceinture de sécurité, même si aucune réflexion de sa part n'aurait pu la faire changer de place. Elle avait enfin fini de frissonner, à la fois grâce à la chaleur du corps de Dane et à la couverture toujours enveloppée autour de son dos. Pourtant, elle se sentait bizarre, peu stable, comme si elle avait avalé trop de sucre. Puis la pensée lui vint qu'elle avait envie d'aller sur Internet pour essayer de comprendre pourquoi, mais elle la repoussa.

— Je peux marcher. Je veux juste aller à l'intérieur.

Dane ne répondit rien, mais sauta de la banquette

arrière et lui tendit la main. Bryn s'en empara et se laissa guider hors de la voiture. Il lui enroula aussitôt son bras gauche autour de la taille et Bryn transféra un peu de son poids contre lui, pendant qu'ils se dirigeaient vers sa porte d'entrée.

— J'aime mieux ton bras.

— Quoi ?

— Ton bras. Je l'aime mieux sans sa prothèse. Elle n'est pas jolie.

Dane ne répliqua rien, mais se pencha pour déposer un baiser sur le sommet de sa tête toujours mouillée. Il déverrouilla sa porte, se retourna et adressa un signe de la main au policier à l'arrêt dans son allée. Bryn l'entendit redémarrer quand Dane referma la porte.

— Je te laisse prendre une douche.

Bryn hocha la tête. Une douche, c'était pile ce dont elle avait besoin en cet instant.

Ils traversèrent ensemble le couloir jusqu'à la chambre de Dane. Il la conduisit directement à la salle de bains. Laissant retomber son bras, il s'attaqua aussitôt aux boutons de sa chemise verte de camouflage. Bryn se tenait là, un peu perdue, quand il en dégagea ses épaules, puis entreprit de détacher les lanières qui retenaient sa prothèse à son bras.

Même si elle brûlait d'envie de l'examiner pour voir comment l'appareillage fonctionnait, elle hésita. Finalement, quand l'objet tomba au sol dans un claquement sonore, elle demanda, hésitante :

— Dane, qu'est-ce que tu fais ?

— Je t'emmène sous la douche.

— Je peux y arriver.

Il fit un pas vers elle, pour poser sa main valide sur un côté de sa tête et se pencha vers elle.

— Je sais, Smalls. Simplement, je ne supporte pas de te perdre un instant de vue, là.

— Oh, d'accord.

Ses bras se couvrirent de chair de poule sous le calme et la fermeté de son ton.

Il se pencha pour ouvrir l'eau.

— Déshabille-toi, mon cœur.

Sans plus réfléchir, Bryn s'exécuta. Elle agrippa l'ourlet de son T-shirt et le fit passer par-dessus sa tête, avant de le laisser tomber sur le sol dans un « ploc » humide. Puis elle déboutonna son pantalon et le repoussa le long de ses jambes. Après quoi, elle se retourna pour regarder Dane, mais il lui tournait le dos : la main sous le jet, il en testait la température.

Pendant le court laps de temps qu'il avait fallu à Bryn pour ôter ses vêtements, il s'était débarrassé de son pantalon et de son boxer. Les muscles de son dos et de ses fesses ondulaient. C'était d'un sexy fou.

Toute idée de pudeur envolée, ne désirant plus que se retrouver peau contre peau avec Dane, Bryn enleva son soutien-gorge et sa culotte, pour se diriger vers la douche, juste au moment où Dane se tournait vers elle.

Ses yeux effectuèrent un balayage de son corps, comme pour y chercher des blessures, puis il tendit la main. Bryn s'en saisit et il l'aida à entrer dans la cabine. L'eau chaude fut presque douloureuse sur sa peau frissonnante, mais avant qu'elle puisse éprouver le moindre inconfort, Dane l'avait attirée contre son torse et avait pivoté de façon à ce que le jet frappe son dos à lui et non le sien.

Il la tenait si serrée que Bryn sentait son cœur lui battre contre la poitrine. Le « boum-boum-boum » était rassurant et apaisant en même temps. Elle s'était dit qu'elle serait gênée en se retrouvant complètement nue pour la première fois avec Dane, mais elle avait au contraire l'impression que tout était naturel. Leur étreinte n'avait rien de sexuel, elle était pleine d'amour et même un peu désespérée.

Les larmes se mirent à couler avant même que Bryn s'en rende compte. Elles s'échappaient sans bruit de ses yeux. Elle avait cru faire ce qu'il fallait, mais son geste avait presque coûté la vie de Dane. Elle aurait pu supporter d'être blessée, c'était elle qui avait pris cette décision stupide, mais si quelque chose était arrivé à Dane, après tout ce qu'il avait déjà traversé dans sa vie, elle ne se le serait jamais pardonné.

Il recula et fronça les sourcils devant ses larmes. Pourtant, il n'ouvrit pas la bouche. Il se borna à la faire pivoter pour qu'elle se retrouve sous un jet et se mouille les cheveux. Puis il la frictionna au shampooing et à l'après-shampooing, tout cela sans un mot. Sa main était douce et tendre alors qu'il lui savonnait les cheveux, puis il plaça une fleur de douche dans le creux de son coude et y versa une dose de son savon à lui. Et il se lança dans le frottement de chaque centimètre carré de son corps, depuis sa tête jusqu'à ses orteils.

Quand la mousse s'était évacuée sous le jet, il embrassait ses bleus l'un après l'autre : ses poignets, ses chevilles et ses bras, là où Knox l'avait serrée si brutalement. Et pendant tout le processus, les larmes de Bryn ruisselaient à un rythme régulier. Il la lâcha assez longtemps pour passer sans ménagement la fleur de douche sur sa propre peau et rincer le savon, mais dès que ce fut fait, il revint l'étreindre.

Puis il coupa l'eau et tendit le bras vers une immense serviette éponge qui pendait à un crochet à côté de la douche.

— Je peux le faire, murmura Bryn.

— Chuut, je m'en occupe.

Elle resta donc dans la douche, laissant l'homme qu'elle aimait prendre soin d'elle. Dane lui sécha les bras, puis la poitrine et le dos. Après quoi il la fit pivoter et lui passa la serviette sur chaque jambe. Finalement, il s'attaqua à ses cheveux, qu'il débarrassa autant que possible de leur eau avant de l'aider enfin à regagner la pièce embuée.

Il se passa vite fait la serviette désormais mouillée sur le corps et la jeta résolument sur le sèche-linge. Se penchant pour lui embrasser le front, il murmura :

— J'ai une brosse à dents supplémentaire dans le tiroir. Fais ta toilette et viens au lit, Smalls.

Elle hocha la tête et regarda, les yeux écarquillés, Dane ouvrir la porte et la refermer rapidement derrière lui, pour être certain que l'air chaud ne déserte pas la petite pièce.

Bryn prit une profonde inspiration. Elle n'arrivait pas à cesser de pleurer. Sans doute était-ce un effet de l'adrénaline, mais cela commençait à devenir embêtant. Elle se hâta de se brosser les dents et regarda autour d'elle, dans l'espoir de dénicher quelque chose à porter.

Refusant catégoriquement de renfiler les habits détrempés dont elle venait de se débarrasser, ainsi que la serviette trop humide, elle finit par ouvrir la porte.

Dane était allongé dans son lit *queen size*, attendant

qu'elle arrive. En la voyant pointer le bout de son nez, il demanda :

— Quel est le problème ?

— Tu as quelque chose que je puisse porter ?

Tendant la main, il secoua la tête.

— Non. Viens ici, mon cœur.

Bryn écarquilla les yeux, mais se faufila hors de la salle de bains. Dane avait allumé une lumière tamisée à côté de son lit pour que sa chambre baigne dans une douce lueur. Cela suffisait pour qu'elle voie où elle allait, mais n'éclairait pas complètement la chambre.

Gênée d'être nue, maintenant qu'ils n'étaient plus sous la douche, Bryn fila jusqu'au lit et prit la main de Dane. Il se décala et rabattit les couvertures pour elle. Rassurée de pouvoir se couvrir, elle grimpa dans le lit et s'y allongea, soupirant de contentement quand Dane remonta la couette sur son corps frissonnant.

Il tendit le bras pour l'attirer doucement vers lui et elle suivit son mouvement pour se pelotonner contre son corps chaud. Elle sentit son bras qui s'enroulait autour d'elle et sa grande main qui se posait dans le creux de ses reins. Il lui caressait les fesses du bout des doigts, pressant ses hanches vers lui. Du moignon, il lui effleurait l'avant-bras qu'elle avait posé sur son torse. Ils restèrent plusieurs minutes dans cette position, à se respirer mutuellement.

Quand elle fut incapable de supporter le silence plus longtemps, Bryn répéta encore une fois :

— Je suis désolée, Dane.

— Je sais.

— Je voulais seulement recueillir davantage d'informations sur cette adresse. Je n'avais pas l'intention de parler à qui que ce soit.

— Je sais, Bryn.

Elle se mordilla la lèvre, mais ne souleva pas la tête. Il se montrait très compréhensif et c'était déconcertant.

— Pourquoi tu ne me cries pas dessus ?

— Ça servirait à quelque chose ?

— Qu'est-ce que tu veux dire ?

— Bryn, tu sais que tu as commis une erreur. Que je te crie dessus ou que je te dise quelque chose que tu sais déjà, ça ne changera rien à ce qui s'est passé.

— Peut-être, mais je pense que ça m'aiderait à me sentir mieux.

Entendant ces mots, Dane remua. Il amena son moignon sous le menton de Bryn et le lui souleva doucement jusqu'à ce qu'elle le regarde dans les yeux.

— Tu m'as flanqué la frousse, Smalls. Quand j'ai entendu ton message téléphonique et réalisé ce que tu avais fait, j'étais en colère. Nous avions discuté du fait que des gens de la région étaient dangereux. Et malheureusement pour nous, ce gars était l'incarnation du danger. C'était un terroriste, Bryn. Il a passé du temps à s'entraîner en Irak, avec les talibans. Il déteste les États-Unis et ne rêve que de les voir s'effondrer et disparaître dans les flammes.

— Je sais, je sais. Je n'ai pas réfléchi.

— En fait, tu as trop réfléchi, Bryn. Depuis que j'ai été blessé, j'ai eu le sentiment d'être un sous-homme. J'étais inquiet en permanence de ce que les autres gens pensaient de moi. S'ils pensaient que je ne servais à rien avec un seul bras, s'ils me regardaient bizarrement quand j'étais ici ou là. Mais tu as changé tout ça. Depuis que je suis gamin, personne n'a pris soin de moi. Je n'en avais pas besoin ou je ne le voulais pas. Mais tu as posé les yeux sur moi, au supermarché, nerveuse et anxieuse, et tu as voulu rendre ma vie meilleure... plus facile. Et tu as pris des mesures dans ce sens. Tu ne t'es pas laissé chasser par mes propos stupides. J'ai besoin de toi, Smalls. J'ai besoin de toi dans ma vie, pour me sortir tout à trac des faits aléatoires. J'ai besoin que tu me gardes les pieds sur terre. Quand tu te plonges dans tes recherches au point de m'oublier, ça me fait sourire, ça ne me met pas en colère.

— Euh, c'est un peu bizarre, ça, Dane.

— Je sais. Qui se ressemble s'assemble, ma chérie. (Bryn cilla, puis sourit lentement.) Oui, je vois que tu commences à comprendre. Tes bizarreries ne me dérangent pas, parce que les miennes ne te gênent pas non plus. Mais... autant j'aime ton cerveau et la façon dont il fonctionne, autant je déteste que tu te mettes en danger. S'il te plaît, je t'en conjure, parle-moi avant de te précipiter dans le monde en quête de réponses. Je ferai tout ce qui est en mon pouvoir pour t'aider à dénicher les informations dont tu as besoin... mais je veillerai à ce que tu sois en sécurité, ce faisant.

— Je t'aime. (Le sourire qui se dessina sur le visage de Dane faillit l'aveugler, mais elle continua :) Enfin, je sais que nous ne nous connaissons pas depuis très longtemps et je ne veux pas te faire peur. C'est juste que... quand j'étais enfermée dans ce bunker, traitée comme une prisonnière de guerre, j'ai eu peur de ne plus jamais te revoir et j'étais triste que tu ne l'apprennes jamais. Bien entendu, c'est très possible que tu n'aies pas envie de le savoir maintenant, donc c'était sans doute présomptueux de ma part, mais il n'y a pas une minute – d'accord, pas beaucoup de minutes – où je ne pense pas à toi. Peut-être que c'est parce que je suis vraiment une harceleuse et pas amoureuse, mais je vais faire avec pour le moment.

— Smalls, je...

— Ce n'est pas grave si tu ne m'aimes pas. Enfin, j'espère que tu m'aimeras un jour. En 2011, une étude a montré que les hommes avaient tendance à dire « Je t'aime » avant les femmes. Et une autre étude a même calculé que les hommes prenaient en moyenne quatre-vingt-huit jours pour le dire, alors qu'il fallait en général cent trente-quatre jours aux femmes. Ça n'a pas du tout été comme ça pour nous, donc voilà, j'ai réussi à mettre le désordre là-dedans aussi. Mais je ne pouvais pas continuer à me taire. Tu signifies plus pour moi que tous les diplômes que j'ai obtenus. Oh, et même plus que le laps de temps pendant lequel j'ai pu parler à James Watson.

— James Watson ? Qui est-ce ? demanda Dane qui souriait toujours.

— C'est le gars qui a codécouvert la structure de l'ADN. Il a été récompensé par le Prix Nobel de Médecine en 1962. Il a travaillé à Harvard pendant un moment et a donné une conférence à laquelle j'ai assisté. J'ai pu le rencontrer et nous avons parlé pendant treize minutes et vingt-deux secondes. Ça a été génial. Mais tu sais, Dane, ajouta-t-elle en se dressant sur un coude pour lui poser son autre main sur la joue, je ne m'en serais jamais remise si tu avais été blessé ou tué. Jamais.

— Je t'aime moi aussi, Bryn.

— Vraiment ?

— Bien sûr. Comment pourrait-il en aller autrement ?

Et tu n'étais pas là, mais sache que la recherche que tu as effectuée sur les droits des femmes dans les autres pays...

La voix de Dane s'éteignit alors qu'il repensait aux propos affreux qu'il avait tenus à Knox.

— Oui ? Qu'est-ce qu'il y a, Dane ?

— C'est ça qui nous a tirés de cette affaire, s'empressa-t-il de répondre pour aller de l'avant. Alors n'arrête jamais d'être toi. Je t'aime telle que tu es, d'accord ?

Bryn se laissa tomber sur le torse de Dane, sans entendre le petit « ouille » qu'il laissa échapper quand elle atterrit.

— D'accord. Mais je vais essayer de maîtriser le je-ne-suis-pas-bien-maligne-en-explorant-tous-les-recoins-sauvages-de-l'Idaho.

— J'apprécierais, en effet.

Au bout de quelques secondes, Bryn se mordilla la lèvre et demanda doucement :

— Tu m'aimes vraiment ? Tu ne dis pas ça parce que je l'ai dit ou parce que tu as pitié de moi ?

— Je t'aime, Smalls. Point à la ligne. J'aime tout en toi. Depuis ton cerveau incroyablement intelligent, que je n'ai aucune chance d'égaler, jusqu'aux minuscules orteils de tes adorables pieds.

Bryn soupira de contentement et ferma les yeux.

— Tu te sens bien ? Vraiment ? demanda-t-il doucement.

— Oui. Je vais avoir des bleus sur les bras et j'ai encore mal aux poignets à cause des menottes, mais rien qui résiste aux antidouleurs. (Bryn réfléchit un peu puis releva la tête.) Oh, tu voulais qu'on fasse l'amour.

Dane partit d'un ricanement et secoua la tête.

— Pas ce soir. Je suis épuisé et je savoure le fait de te tenir juste comme ça dans mes bras.

— D'accord. Mais... bientôt ?

— Oui, mon cœur.

— Super. Tu penses que ce sera différent parce que nous nous aimons ? Je veux dire, je sais que les gens ont souvent des aventures sans lendemain et que je n'ai jamais été marquée par les parties de jambes en l'air que j'ai eues jusqu'à maintenant, mais c'était peut-être parce que je n'aimais pas les gars avec qui j'étais. Je ne veux pas me monter la tête, mais si ce que nous avons fait l'autre jour était un signe, je dois dire que...

— Chuut, Smalls. Endors-toi.

— Mais...

Bryn s'interrompit d'elle-même en sentant Dane appuyer sur ses fesses pour la plaquer encore une fois contre lui. Elle se blottit et l'entendit prendre une profonde inspiration dans ses cheveux.

— Je regrette la noix de coco, même si je dois reconnaître que j'aime quand tu sens l'odeur de mon savon. Traite-moi d'homme des cavernes, mais il y a quelque chose qui me touche quand je sais que tu étais nue dans ma douche et que tu as utilisé mon savon. Et oui, comme nous nous aimons, lorsque nous jouirons ensemble, ce sera inouï, je n'ai aucun doute là-dessus. Je t'aime. Tellement que je ne peux pas imaginer passer ne serait-ce qu'un jour loin de toi.

Embrassant tous les endroits de son torse qui lui tombait sous les lèvres, Bryn le serra contre elle.

— Moi non plus.

— Merci de m'avoir laissé gérer ça, aujourd'hui.

— Je t'en prie.

Bryn savait exactement ce qu'il voulait dire. Si elle avait ouvert la bouche et argumenté, ou essayé d'une manière ou d'une autre de lui lancer un appel à l'aide, Knox et sa femme ne les auraient pas laissé s'échapper aussi facilement. C'était seulement parce qu'elle avait confiance en Dane pour faire le nécessaire afin de les tirer de là.

— Je peux commettre des erreurs stupides, mais quand c'est important, je sais me taire. Je t'aime.

— Endors-toi.

— Mmmmh.

La dernière pensée de Bryn, ce fut de se dire qu'elle avait beaucoup de chance d'avoir décidé de veiller sur Dane, il y avait plusieurs semaines de cela. Sa meilleure décision de tous les temps.

24

Bryn se réveilla quelques heures plus tard, l'esprit aussitôt vrombissant de tout ce qui s'était produit. Elle aurait voulu se lever plus tard, mais comme d'habitude, elle ne dormit que quelques heures après s'être assoupie dans les bras de Dane.

Elle leva précautionneusement la tête de l'endroit où elle reposait sur le torse de Dane et constata qu'il dormait toujours. Elle prit le temps de l'examiner sans qu'il le sache. Le bras au départ posé sur la main qu'elle avait nichée sur son torse était maintenant au-dessus de sa tête et elle voyait le moignon sous son coude.

En le scrutant, Bryn tenta d'imaginer ce que cela pouvait faire d'être privé de la moitié d'un bras... et bien sûr, elle échoua. Ses yeux se déplacèrent vers le bas, par-dessus les biceps, puis vers son visage. Il avait une barbe de deux jours. Quel effet cela ferait-il si elle frottait sa peau dessus ? Les lèvres de Dane étaient légèrement entrouvertes. Il respirait profondément, à l'évidence toujours endormi.

Elle remua. La main de Dane tomba de ses fesses sur le matelas à côté de lui. Leurs couvertures avaient glissé à un moment pendant la nuit, si bien qu'elle voyait maintenant le large torse de Dane sous elle. S'agenouillant lentement, passant outre sa propre nudité, tout à son empressement de le voir entièrement.

Elle l'avait vu sous la douche et l'avait caressé jusqu'à l'orgasme, mais il paraissait différent, cette fois. Il avait quelques cicatrices sur le torse, qu'elle n'avait encore jamais vues, mais l'un dans l'autre, il était parfait. Bryn savait qu'il ne serait pas d'accord et qu'il désignerait son moignon et ses cicatrices, puis pointerait toutes ses autres imperfections imaginaires, pourtant au fond de son cœur, elle savait qu'il était parfait pour elle.

Elle déplaça le regard de son torse à son ventre, puis à son pénis. Il était là, flasque entre ses jambes, différent de la dernière fois où elle l'avait vu et touché. D'après les études qu'elle avait consultées, elle savait que la longueur moyenne d'un pénis était de huit centimètres et demi au repos – celui de Dane paraissait plus grand. Elle regretta soudain de ne pas avoir de règle avec elle.

Tendant la main, elle passa l'index sur son sexe et eut la surprise de le trouver très doux. Sans apport de sang supplémentaire, il semblait bien moins intimidant... et plus mou. Bryn continua à passer le doigt de haut en bas sur le membre de Dane alors que ses pensées se portaient vers la baleine bleue. L'animal avait le plus gros pénis de tous les animaux, de deux à trois mètres de long. Il pesait entre quarante-cinq et soixante-dix kilos et pouvait éjaculer jusqu'à vingt litres de semence. Elle aimerait bien voir ça, rien qu'une fois. Ça devait être en même temps effrayant et stupéfiant.

Au moment où Bryn réalisa que le sexe sous ses doigts n'était plus flasque, mais grossissait rapidement, Dane murmura :

— Bonjour, mon cœur.

— Tu savais qu'il y avait un musée du pénis en Islande ?

Il grogna et s'étira, lui ouvrant son corps, naturellement.

— Non, je n'en avais aucune idée.

— Si, si. Et un homme éjacule en moyenne 7 200 fois dans sa vie, dont 2 000 en se masturbant. Ça fait beaucoup de sexe. Je ne sais pas exactement combien de ces 7 200 fois tu as déjà utilisées, mais je suis très impatiente d'entamer le reste.

Elle poussa un cri quand Dane se releva soudain pour la repousser en arrière. Il descendit sur elle, lui emprisonnant les deux poignets de sa main valide. Elle remarqua qu'il était très attentif à ne pas appuyer trop fort sur les bleus qui étaient apparus pendant la nuit.

— Est-ce que je dois m'inquiéter de te savoir aussi au fait en ce qui concerne le sexe masculin, Smalls ?

— Quoi ? Non. C'est juste qu'une vidéo porno est apparue sur ma page des réseaux sociaux. Je l'ai regardée et je n'ai pas été impressionnée, mais ça m'a fait penser à… des trucs. Alors j'ai effectué des recherches.

— Qu'est-ce que tu as trouvé sur les sexes féminins ?

— Les vagins ?

Il ricana et abaissa son autre bras pour lui caresser le bas-ventre de son moignon.

— Oui. Qu'est-ce que tu peux m'en dire ?

Il se déplaça jusqu'à toucher son entrejambe de sa chair balafrée.

Bryn se cambra sous la sensation.

— Oh... c'est tellement bon, Dane.

— Des faits, Smalls.

— Euh... en latin, *vagina* signifie « fourreau d'une épée ».

Dane posa la bouche dans son cou et en titilla la peau sensible.

— C'est cohérent. Autre chose ?

Bryn se trémoussa sous l'emprise de Dane, se pressant contre son moignon. La sensation était délicieuse, elle voulait, brûlait d'envie d'avoir ses doigts à cet endroit.

— Les vagins sont moins intéressants que les pénis.

— Je ne suis pas de cet avis. J'aime le tien. Dis-moi quelque chose que tu as appris.

— Certaines femmes peuvent être allergiques au sperme. Plus spécifiquement aux protéines qu'il contient.

— Ne bouge pas les mains, Bryn. Laisse-les au-dessus de ta tête. Dis-m'en plus.

Bryn soupira de soulagement quand Dane relâcha ses poignets et sema des baisers sur sa poitrine. Utilisant sa main pour lui caresser l'un de ses seins, il suça et titilla l'autre avec sa bouche. Comme elle ne répliquait rien, il releva la tête.

— Plus tu me donneras de faits, plus vite j'irai à l'endroit où, visiblement, tu veux que j'aille.

Bryn rougit : elle savait que ses hanches ondulaient sous lui, le suppliant presque de la toucher ou de l'embrasser dans leurs replis.

— La plupart des vagins sont identiques. Il y a des milliers de surnoms pour désigner un vagin : la parenthèse d'amour, le rez-de-chaussée, le bénitier, la tabatière, le petit creux à se faire du bien, le riant bocage, le terrier rose, le buisson pointu.

Elle entendit Dane ricaner, mais comme il se déplaçait vers l'endroit où elle voulait, elle continua de parler :

— La longueur moyenne d'un vagin non excité est de six à sept centimètres. Les poils poussent autour en trois semaines seulement, alors que sur une tête, ils continuent de grandir pendant sept ans. Les requins comme les vagins sécrètent une substance appelée « squalène »... Elle est sécrétée par le foie du requin et chez les femmes, c'est un lubrifiant naturel. Euh... Bon sang, Dane... oui, c'est tellement bon...

Bryn leva la tête et baissa les yeux vers Dane. Il était allongé entre ses jambes écartées, son moignon sur une cuisse qu'il ouvrait à son regard et sa main élargissant les replis autour de son clitoris.

— Je sais deux ou trois choses moi aussi, Smalls. Tu veux les entendre ?

Non. Elle ne voulait pas les entendre. Elle voulait qu'il lui procure la même sensation exquise que l'autre fois. Elle voulait sa bouche sur son clitoris... Comme elle ne répondait rien, il déclara :

— On pourrait se lever pour regarder *Mythbusters*, à la place.

En entendant le rire dans sa voix, elle eut envie de le gifler. Alors pour s'en empêcher, elle répondit, à bout de souffle :

— Oui, des faits. Vas-y.

Elle sentit un doigt frotter son clitoris dans ce qui était à peine un effleurement.

— Le clitoris d'une femme est en érection quand il est stimulé. Il s'engorge de sang sous l'effet de l'excitation, exactement comme une queue. Il est également bien plus long que ce qu'on peut voir de l'extérieur. (Dane se pencha et le lécha une fois, avant de reprendre :) Et les caresses sont bien meilleures quand il est mouillé. C'est un fait bien connu que l'orgasme clitoridien est plus fort que celui des hommes, simplement parce que les terminaisons nerveuses sont plus concentrées... ici... que dans une bite.

Dane se pencha, continuant à l'ouvrir pour lui et à donner des coups de langue sur son clitoris. Encore et encore, il lécha son bouton durci. Bryn sentait ses hanches pousser contre le visage de son homme, mais sans parvenir à les en empêcher.

— Donne-moi ta main, ordonna-t-il soudain, pile au moment où Bryn se crut sur le point d'exploser.

Elle gémit, mais obéit, amenant vers lui l'une des mains toujours derrière sa tête.

— Ouvre-toi pour moi. Je n'ai qu'une main et j'ai besoin de l'employer ailleurs. C'est bien, mon cœur. Aide-moi. Parfait. (Les mots suivants disparurent quand il donna des coups de langue plus énergiques sur son clitoris.) Juste. Comme. Ça.

Bryn sentit la main de Dane passer dans ses replis sensibles, puis un doigt s'enfoncer profondément en elle tandis que sa langue continuait ses assauts. Elle se cabra, mais l'autre bras de Dane la maintint immobile sous lui.

— Oh Bon Dieu, Dane.

Il ne répondit rien, mais augmenta la vitesse de ses coups de langue en même temps que son doigt se repliait vers le haut et caressait ses parois internes. Elle se contracta autour de ce doigt explorateur, désireuse de plus.

Il appuya contre son point G. Quand elle gémit, il leva la tête et murmura :

— Oui. J'aime t'entendre gémir pour moi.

Elle descendit son autre main, sans trop savoir pourquoi, et agrippa l'épaule de Dane afin d'y enfoncer les ongles.

— Putain, ce que tu es belle, Bryn. Tu as eu un orgasme vaginal quand j'ai fait ça, l'autre fois...

Bryn ne pouvait ni parler ni respirer. Elle secouait frénétiquement la tête d'avant en arrière, tout à la fois désireuse de l'arrêter et de lui ordonner de continuer. La dernière fois qu'il l'avait fait jouir, ça avait été monumental, presque effrayant.

— Détends-toi et laisse les choses venir encore une fois. Certaines femmes n'aiment pas ça, mais je n'ai pas l'impression que tu fasses partie de l'une d'elles. Tu as joui tellement fort, l'autre jour. Tu es trempée, et tellement belle. Jouis pour moi, Bryn. Jouis sur ma main. Laisse-moi te goûter.

Dane rabaissa la tête et il se remit à passer la langue sur son clitoris, non sans cesser de masser en même temps le point extrêmement sensible à l'intérieur du corps de Bryn.

Elle ne mit pas longtemps à comprendre qu'elle était sur le point de jouir. Ses pieds s'écartèrent et se posèrent sur le matelas, à côté des épaules de Dane, alors que ses hanches se propulsaient vers le haut. Il ne relâcha pas sa prise sur elle, mais cessa ses coups de langue pour refermer la bouche sur son clitoris et le sucer.

Il n'en fallut pas plus. Bryn explosa dans un orgasme si violent qu'elle vit des étoiles, elle aurait pu le jurer. À l'intérieur de son sexe, le doigt de Dane continua son massage érotique pendant un instant, puis il s'immobilisa. Elle tressaillit et se contracta sous l'effet de quelques petits spasmes supplémentaires.

— J'ai besoin de venir en toi, Smalls.

— Oui ! Bon sang, oui, Dane, hoqueta Bryn.

Avant même que son nom ait franchi les lèvres de la femme qu'il aimait, Dane s'était déplacé. Lui écartant encore les genoux, il s'insinua entre ses jambes, prenant appui sur son épaule à l'aide de sa main valide.

— Mets-moi en toi, ordonna-t-il. Je ne peux pas me soutenir et faire ça en même temps.

Bryn ouvrit les yeux et les plongea dans les siens tandis qu'elle s'emparait de son sexe dur comme la pierre. Levant les hanches, elle l'enduisit de ses sécrétions avant d'en presser la pointe contre sa fente.

Tous deux gémirent pendant qu'il s'enfouissait lentement entre ses replis brûlants. Bryn posa les mains sur les fesses de Dane pour l'attirer en elle. Il s'effondra sur ses coudes et grogna, en plongeant le nez dans ses cheveux.

Elle contracta ses muscles internes. Bon sang, avec lui elle se sentait complète ! C'était merveilleux. Elle se trémoussa sous lui, soulevant son bassin pour être plus proche de lui. Dane descendit son bras gauche et la serra contre lui.

— Putain, tu es stupéfiante, mon cœur. Mais avant qu'on aille plus loin… je n'ai pas mis de préservatif.

— Je sais. J'ai un stérilet.

Dane s'immobilisa et la regarda, intrigué, les sourcils haussés.

— J'ai des fibromes utérins, s'empressa-t-elle d'expliquer. (Elle ne voulait pas qu'il aille s'imaginer qu'elle en avait besoin en raison de mœurs légères.) Des tumeurs non cancéreuses. Le stérilet permet de les contrôler, afin qu'elles ne me fassent pas souffrir.

— Mais tu peux toujours avoir des enfants ?

Bryn lui sourit.

— Oui. Parce que ça se retire.

— Bon sang, merci ! Je suis *clean* pour ma part, mon cœur. Je ne voudrais pas te mettre en danger. Je te le jure.

En guise de réponse, elle le regarda dans les yeux et ordonna :

— Bouge.

Il esquissa un sourire.

— Tu veux que je te baise, Smalls ?

— Oui.

— Peut-être que j'ai envie de te sentir qui te contractes et qui me caresses un peu plus…

— Dane, je t'en prie, gémit Bryn en l'attrapant par les flancs pour y enfoncer légèrement les ongles. J'ai attendu toute ma vie de me faire baiser par l'homme que j'aime, alors ne me fais pas attendre plus longtemps.

— Comment puis-je résister à une supplique aussi agréable ? répliqua Dane du tac au tac.

Et il recula le bassin pour mieux replonger en elle.

— Encore.

— Gourmande.

— De toi, concéda Bryn.

Elle garda les yeux ouverts et observa Dane aller et venir lentement en elle. Chaque poussée le serrait contre son corps, ce qui lui donnait envie de le garder en elle et de ne plus jamais l'en laisser partir.

Dane se redressa sur son bras et regarda vers le bas, là où leurs deux corps se joignaient. Ses hanches ondulaient, le projetant en elle, puis l'en écartant lentement.

— Bon sang, regarde comme tu es trempée. Ma queue est toute mouillée. Smalls, c'est beau, merde. Frotte ton clito pour moi. J'aurais bien aimé pouvoir le faire moi-même, mais ce n'est pas possible. Pas si je veux pouvoir me tenir au-dessus de toi pour regarder le spectacle.

Bryn rougit, gênée de se toucher devant lui. S'apercevant de son état d'esprit, il se pencha et lui donna un baiser passionné avant de s'écarter de nouveau, juste assez pour lui dire :

— Il va falloir que tu t'y habitues. Je n'ai qu'une main et elle est occupée pour le moment.

Elle hocha la tête sous lui.

— D'accord.

— D'accord, confirma-t-il en s'écartant encore, pour pouvoir la regarder. Commence doucement, oui, c'est ça. C'est bon ?

— Mmmh.

— Purée. Je sens déjà comme tu aimes ça. OK, Smalls, il va falloir que tu te dépêches. Je ne pourrai pas me retenir bien longtemps. Frotte-toi fort. C'est ça, plus fort, mon cœur. Fais-toi jouir sur ma queue, je veux le sentir.

Bryn utilisa frénétiquement ses doigts pour les presser sur son clitoris, tandis que Dane la martelait de son sexe. Il ne se retenait plus et la sensation était inouïe. Portant son autre main entre leurs deux corps, elle descendit vers la base du sexe de Dane, là où se trouvait, comme il le lui avait dit, une zone extrêmement sensible, et, à la seconde où elle le toucha, il grogna, plongeant en elle avant de s'immobiliser. Sur une dernière chiquenaude sur son clitoris, Bryn explosa. Ce ne fut pas aussi renversant que les orgasmes vaginaux que Dane lui avait offerts, mais ce fut intense tout de même.

Elle sentit la base du membre de Dane tressauter sous ses doigts alors qu'il rejetait la tête en arrière. Les veines de son cou saillirent quand il frissonna sous l'effet de son propre orgasme. Il se laissa tomber sur elle, puis les fit rouler jusqu'à ce qu'elle se retrouve sur lui.

Bryn entendit et sentit son souffle brûlant tandis qu'il luttait pour reprendre son calme. Elle se tortilla afin de s'installer plus confortablement sur lui, souriant de voir qu'il restait en elle alors qu'il mollissait.

— Je t'aime.

Bryn sourit encore et revint se blottir sur son torse.

— Je t'aime, moi aussi.

— Ça fait toute la différence du monde, murmura Dane.

Sachant exactement de quoi il parlait, Bryn ne put qu'abonder dans son sens.

— L'amour rend les orgasmes plus forts et le sexe bien meilleur. On peut recommencer ? (Dane éclata de rire et elle le sentit glisser de son sexe.) Non ! Ne ris pas, tu vas… Mince. Trop tard, grommela-t-elle en sentant son sexe redevenir si mou qu'il s'échappa d'elle. (Elle s'assit à califourchon sur son ventre, le toisant du regard.) Je ne vais pas changer.

— Tant mieux.

— Je veux dire que je serai toujours bizarre. Je ne peux pas m'empêcher de vouloir apprendre des trucs, Dane. Je suis ainsi faite.

— Et j'aime comme tu es faite, Bryn. Du moment que tu continues à m'expliquer les choses que je ne comprends pas et que tu m'écoutes quand je te dis que quelque chose est dangereux, le reste, je m'en tape.

— Je vais essayer.

— Parfait. Dans ce cas, sois bizarre. J'aime ta bizarrerie.

Elle sourit et descendit les hanches jusqu'à ce qu'elles se retrouvent au-dessus du sexe amolli. Elle se tortilla en sentant le sperme s'en échapper.

— Si tu jouis à l'intérieur de moi, tu dois en gérer les conséquences tout autant que moi, ce n'est que justice.

— Tu ne te rappelles pas la dernière fois ? Ça ne me dégoûte pas, en fait, ça m'excite. Savoir que ma semence s'écoule de toi alors qu'au départ elle était là. C'est sexy à mort, même si c'est salissant.

Bryn regarda, incrédule, son sexe durcir à nouveau, puis reporta le regard vers lui.

— Super, haleta-t-elle.

Dane la rallongea et emprisonna ses lèvres sous les siennes. Quand il se retira, après un baiser intense, il lâcha :

— Merci de ne pas avoir rendu nos ébats malcommodes. Avec une seule main, je ne peux pas tout faire. Tu as rendu ça amusant.

— Parce que c'est le cas. Du moins avec toi.

— En effet. Tu veux essayer une autre position ?

— Oui, répondit aussitôt Bryn.

— Chevauche-moi. Ça libérera ma main pour... d'autres choses.

Bryn sourit et se souleva, laissant cette fois Dane se cramponner exactement là où elle le voulait. Elle s'enfonça sur lui et soupira de contentement.

La vie était belle. Plus que belle.

ÉPILOGUE

Dane roula sur le matelas et tendit le bras vers Bryn, pour découvrir, sans surprise, qu'il était seul. Il jeta un coup d'œil au réveil. 5 h 53. Lançant ses jambes au bas du lit, il se dirigea vers la salle de bains.

Sa vessie vidée, il enfila un survêtement noir élimé sur ses jambes nues et s'en fut trouver Bryn. Depuis qu'elle avait emménagé ici, il dormait nu, sans une once de gêne. Pas avec elle.

Appuyé au chambranle de la porte, il l'observa pendant quelques secondes. Elle était assise sur le canapé, jambes croisées et l'ordinateur sur celles-ci, à marmonner pour elle-même. Dane ne savait pas ce qui lui avait valu autant de chance, mais il ne s'écoulait pas un jour sans qu'il ne remercie sa bonne étoile. Cela faisait deux mois qu'ils vivaient ensemble et chaque jour était meilleur que le précédent.

Le soleil ne se lèverait pas avant deux heures, mais une journée chargée les attendait. Il laissa passer un instant avant d'entrer dans la pièce pour aller s'asseoir à côté d'elle, poser un bras sur ses épaules, l'attirer contre lui et l'embrasser sur la tempe.

— Qu'est-ce que tu regardes ?

— Tu savais que 2,7 millions de chats et de chiens sont tués chaque année parce que les refuges sont trop pleins et qu'il n'y a pas assez de maisons pour les adopter ?

— Hmmmm, murmura Dane en plongeant le nez dans les cheveux de sa nuque, pour inhaler sa senteur unique de noix de coco.

Elle s'était mise à utiliser son savon à lui, plutôt que le sien, si bien qu'elle sentait en général son shampooing aux parfums de plage et son odeur à lui. Chaque fois qu'il s'approchait d'elle, leurs senteurs mêlées lui donnaient envie de plonger tout au fond d'elle.

— Cela fait cinq chiens et sept chats sur dix. Et en plus, nous payons pour endormir ces animaux. De un à deux milliards de dollars de nos impôts sont utilisés pour financer les refuges. C'est tellement affligeant, Dane.

— Qu'est-ce qui t'a mise sur le sujet, Smalls ? demanda Dane en lui massant doucement la nuque.

— Je re-regardais la saison 5 de *Mythbusters*, lui expliqua tristement Bryn, sans quitter son ordinateur des yeux, où elle faisait défiler les pages d'un site consacré aux chiens sans logis.

— On ne peut pas apprendre de nouveaux trucs à un vieux chien ? demanda Dane, en se remémorant l'épisode.

Ils avaient regardé l'émission si souvent et l'avaient tant disséquée qu'il avait mémorisé dans quelle saison figuraient la plupart des épisodes.

— Oui. Je me suis interrogée sur les chiens, puis j'ai

commencé à penser à un chien errant que j'avais vu, l'autre jour, à Rathdrum. Ensuite, je me suis demandé ce qui se passerait s'il était capturé, si quelqu'un l'adoptait. J'ai entamé des recherches et maintenant, je me dis que je veux adopter une tonne de chiens et de chats, pour m'assurer qu'ils ne soient pas mis à mort.

Dane sourit à Bryn. Il aimait son enthousiasme et son côté fonceur. Elle ne cessait jamais de le surprendre par la bonté de son cœur et par sa capacité à explorer une idée, jusqu'à ce que son cerveau ait réuni assez d'informations pour qu'elle ait la satisfaction de l'avoir complètement comprise.

— On a des choses à faire, aujourd'hui, mon cœur. Mais je te jure que dès qu'on sera rentrés de notre lune de miel, je t'emmènerai dans un refuge, soit à Rathdrum soit à Cœur d'Alene et on se trouvera quelques animaux. D'accord ?

Bryn renifla, mais hocha la tête.

Dane l'obligea à tourner le visage jusqu'à ce qu'elle le regarde, lui, au lieu de l'écran d'ordinateur.

— Tu es levée depuis longtemps ?

— Non. Seulement 4 h 30.

— Tu es nerveuse à propos d'aujourd'hui ?

Elle le regarda, confuse.

— À propos de quoi ?

— De notre mariage ? De revoir tes parents après tout ce temps ? De quoi que ce soit d'autre ?

Elle haussa les épaules avec nonchalance.

— Non, pas particulièrement. Du moment que tu m'aimes, rien d'autre ne compte.

— Je t'aimerai toujours, Bryn.

— C'est bien, approuva-t-elle, rayonnante.

Puis elle se retourna vers l'ordinateur, cliquant sur un nouvel écran pour ouvrir la page « Adoption » d'un refuge local.

Dane sourit et l'embrassa une fois de plus sur la tempe, puis, s'étant levé, consulta sa montre. Ils avaient encore beaucoup de temps avant l'heure où ils étaient censés se trouver au Smokey's Bar. Pour commencer, il n'avait pas fait grand cas de l'idée de Bryn. Qui se mariait dans un boui-boui ? Mais plus il y avait réfléchi, plus il avait aimé l'idée.

C'était là que sa relation avec Bryn avait vraiment commencé. Le jour où il lui avait hurlé dessus au supermarché ne comptait pas. Ils n'auraient pas à se préoccuper de servir de la nourriture ou de l'alcool, puisqu'ils allaient faire le mariage et la réception au bar. Et ce serait certainement un mariage unique, qu'ils se rappelleraient toute leur vie.

Rosie et Bonnie de la bibliothèque seraient là, ainsi que quelques autres employés. Leurs parents respectifs feraient le déplacement, même si ceux de Bryn ne resteraient que pour la cérémonie civile. Ils n'étaient pas enchantés par la perspective de séjourner dans un bourg aussi petit que Rathdrum, préférant les plus grandes villes et n'appréciant pas particulièrement que le mariage se tienne dans un bar.

Truck, Ghost, Beatle, Coach et Blade seraient également là. Hollywood restait chez lui, pour veiller sur sa femme. Kassie avait vraiment souffert de nausées matinales, ces derniers temps. Et Annie avait un événement scolaire que ni Fletch ni Emily ne voulaient manquer.

Dane n'avait pas réalisé à quel point traîner avec ses amis lui avait manqué, depuis qu'ils étaient venus pour le barbecue impromptu qu'il avait organisé, quelques mois plus tôt. C'était génial de revoir les gars sans être en plein milieu d'une opération.

Heureusement, il n'y avait aucune chance que Knox prenne sa revanche contre Bryn ou lui, ou qu'il ruine leur grand jour d'une autre manière. Il avait été jeté dans une prison fédérale. Dane ignorait si l'homme savait qu'il lui devait son arrestation, mais il avait sans doute de forts soupçons.

Dès que Bryn et lui avaient disparu de sa propriété, Ghost, Beatle et Coach avaient fondu sur Knox et sa femme, qu'ils avaient maîtrisés. Puis l'ATF et le FBI avaient déboulé pour fouiller la propriété où ils avaient non seulement trouvé des armes et des munitions illégales, mais assez d'engrais et de bombes artisanales pour faire exploser chaque immeuble de Cœur d'Alene.

La femme de Knox avait écopé d'une sentence légère, après que les abus dont elle avait été victime eurent été mis en lumière. Knox en revanche allait rester en prison sans doute pour le restant de ses jours. Il n'était pas tout jeune et sa sentence de soixante ans signifiait qu'il mourrait probablement derrière les barreaux.

Dane chassa l'homme de ses pensées pour le remplacer par sa presque épouse. La vie avec Bryn n'était jamais ennuyeuse, elle le maintenait en permanence sur le qui-vive, quelque chose que Dane n'aurait jamais cru souhaiter auparavant. Mais grâce à elle, chaque jour valait la peine d'être vécu. Elle continuait à travailler à la bibliothèque et il avait racheté la moitié de l'affaire de Steve. En divisant la charge de travail, ils avaient ainsi tous les deux assez d'argent pour vivre et du temps à passer avec leur famille.

Ayant fait couler l'eau de la douche, Dane regarda la blessure cicatrisée de son bras. Son moignon ne le préoccupait presque plus. Les douleurs fantômes étaient sur le point de disparaître elles aussi. Quand des gamins faisaient des commentaires là-dessus, Bryn se contentait de leur expliquer les mécanismes de la prothèse, s'il la portait, ou elle leur racontait comment il avait été blessé en servant son pays.

Elle ne s'attardait pas sur le sujet, elle le traitait simplement comme un homme. Son homme.

Dane regagna le salon et se pencha pour ôter l'ordinateur des genoux de Bryn, ignorant son « Eh ! Je regardais quelque chose ! ».

Il l'obligea à se lever et la porta jusqu'à la salle de bains.

— Tu regarderas ça plus tard. J'ai quelque chose que tu pourras examiner sous la douche.

Elle enroula les bras autour de son cou et sourit.

— Quatre-vingts pour cent des gens qui font l'amour sous la douche veulent recommencer.

— Il est bon de savoir que nous appartenons à la majorité, murmura Dane.

— Quelle position va-t-on expérimenter, cette fois ?

— Eh bien, on a fait ça assis, en levrette, façon Superman, interpellation et debout – ce qui a été stupéfiant, mais je sais que tu as eu mal pendant plusieurs jours, ensuite –, donc je suggère que pour le jour de notre mariage, on fasse ça de la bonne vieille manière : moi qui te porte.

— C'est juste que tu aimes me porter.

— En effet.

Dane lui sourit et ôta son survêtement. Il était déjà

dur. À croire qu'il suffisait d'un regard de Bryn pour qu'il soit plus que prêt à la prendre.

Bryn arracha le T-shirt qu'elle avait enfilé en sortant du lit, un peu plus tôt ce matin-là. Il lui prit la main et l'aida à entrer dans la douche comme il le faisait toujours. Dès que ses pieds furent stabilisés, il l'attrapa et elle grimpa dans ses bras, lui cramponnant ses jambes autour de la taille.

— Merci de prendre mon nom aujourd'hui, Bryn, lui dit-il avec sérieux.

— Bryn Munroe, réfléchit-elle en frottant son nez contre le sien. Même si j'ai apprécié que tu aies dit t'appeler Dane Hartwell à Knox, je crois que je préfère ton nom au mien.

— Ce sera la dernière fois qu'on fera l'amour hors mariage, répliqua-t-il avec un sourire.

Il la déplaça entre ses bras, jusqu'à ce qu'il puisse se pencher et s'insinuer entre ses jambes. Une fois qu'il fut installé, il reposa la main sur sa taille pour la soutenir et glisser au fond d'elle. À sa place.

Bryn laissa retomber sa tête en arrière et gémit tout en serrant le sexe de Dane avec ses muscles internes.

— Tu es trempée, Smalls. Pourquoi ?

Elle sourit timidement.

— Quand je me suis levée, tu étais vraiment sexy. Je voulais faire des recherches, mais je me suis mise à penser à toi, tout nu dans notre lit. Je sais que la plupart du temps, tu te réveilles avec la trique et que c'est le sexe matinal que tu préfères. Alors je... me suis préparée pour toi.

— Merde, tu es vraiment celle qu'il me faut. Je t'aime,

ma très bientôt Bryn Munroe. Je te garde et je ne rendrai jamais. Ja-mais.

— Et je t'aime, Dane Munroe. Merci de m'aimer même si je suis zarbi.

— Merci de ne pas avoir lâché l'affaire quand j'étais un connard.

Puis il n'y eut plus un mot alors qu'ils se perdaient l'un dans l'autre. Même si aucun d'eux n'était parfait aux yeux de la société, ils étaient parfaits l'un pour l'autre.

* * *

Trente-deux heures plus tard

— Vous savez pourquoi le commandant nous a fait venir, les gars ? demanda Blade. On vient juste de rentrer du mariage de Fish. Je pourrais passer douze heures d'affilée à dormir.

— Il est heureux ? s'enquit Hollywood.

— Putain, oui, confirma Beatle. Il n'a pas arrêté de sourire pendant tout son mariage. Même quand Bryn a interrompu le célébrant pour lui expliquer d'où venait la tradition des anneaux. Je pense qu'il a trouvé la meilleure manière de détourner son attention quand elle commence à déblatérer sur quelque chose.

— Qu'est-ce que c'est ? demanda Fletch.

— Il l'embrasse. Ça lui cloue chaque fois le bec, constata Beatle avec un petit air suffisant.

Chacun s'esclaffa, heureux que Fish semble finalement avoir trouvé ce qu'il lui fallait pour aller de l'avant. Il avait vécu ce qui était le pire cauchemar de tout membre de la Delta Force. Ses amis étaient tous enchantés qu'il ait été capable, non seulement d'avancer dans sa vie, mais également de trouver une femme capable de guérir son cœur dans le même temps.

Tous les hommes se levèrent et saluèrent leur commandant qui entrait. Il avait les sourcils froncés, l'air inquiet, et la tension s'épaissit soudain dans la pièce. Apparemment, leur petit somme de douze heures n'était pas près de se produire.

Le commandant s'assit, tendant aussitôt des dossiers aux hommes autour de la table.

— Décollage dans deux heures, leur annonça l'officier. La fille de l'ambassadeur du Danemark aux États-Unis a été kidnappée. Elle étudie dans une université et se trouvait en mission de recherche au Costa Rica quand elle a été enlevée. (Il tapota sur une photo à l'intérieur du dossier.) Elle s'appelle Astrid Jepsen. Vingt-deux ans. Elle a été enlevée en même temps que deux condisciples et leur professeur, alors qu'elles effectuaient des recherches dans la jungle, aux environs d'une petite ville appelée Guacalito. La grande ville la plus proche est Liberia.

La chaise de Blade grinça et tomba quand il se leva brusquement.

— Quel est le nom des autres otages ? demanda-t-il, alarmé.

Le commandant fouilla dans ses papiers pour chercher l'information demandée par Blade.

— Jaylyn Jones, Kristina Temple et Casey Shea.

Le bras de Blade jaillit avant que personne n'ait le temps de réagir. Il pivota et frappa le mur derrière lui, laissant dans le placo un trou de la taille de son poing.

Avant qu'il puisse y assener un second coup, Truck surgit derrière lui, pour le prendre entre ses bras puissants.

— Lâche-moi ! siffla Blade. Merde, Truck, lâche-moi !

— Pas avant que tu te détendes, putain, et que tu nous dises ce qui cloche afin qu'on puisse arranger ça, répliqua Truck calmement.

— Ils ont ma sœur ! hurla Blade qui s'affaissa entre les bras de son ami. Casey Shea est ma sœur.

— Merde. Crache le morceau, ordonna le commandant.

Au lieu des explications de Blade, ce fut Beatle qu'ils entendirent :

— Comme il vient de vous le dire, Casey Shea, la professeure, est sa sœur cadette. Ils ont la même mère, mais des pères différents, c'est pour ça que leurs noms de famille ne sont pas identiques. Elle a vingt-sept ans et elle est titulaire d'un doctorat en entomologie. Elle a emmené un petit groupe de doctorantes de l'université de Floride pour conduire une étude au Costa Rica. Elles sont là-bas depuis quoi, un mois ? Un mois et demi ? demanda Beatle à Blade.

Celui-ci hocha la tête.

— Oui. C'est à peu près ça. Il ne leur restait plus qu'une semaine et demie avant de rentrer.

— Quand as-tu eu de ses nouvelles pour la dernière fois ? fit le commandant sans lever les yeux du document qu'il était en train de remplir.

— Il y a six jours, environ. Elle appelait d'une cabine publique – en PCV, figurez-vous –, pour m'informer qu'elle allait bien et qu'elle était tout excitée par ses recherches et les infos qu'elles récoltaient.

— Elle t'a laissé entendre que la situation était chaude par là-bas ? intervint Fletch.

— Non. Rien. Si ça avait été le cas, je lui aurais fait ramener ses fesses à la maison, déclara Blade.

Le commandant regarda l'équipe de Delta assise autour de la table... et Blade et Truck, toujours debout. Truck, qui avait relâché son ami, se tenait maintenant sur ses jambes, une main posée sur son épaule, en guise de soutien.

— La question qui se pose, c'est : pouvez-vous faire cette mission ? Ou est-ce que je ferais mieux d'appeler Trigger et son équipe ? Ils vous ont couvert par le passé, ajouta-t-il avec un regard à Hollywood, quand vous n'avez pas été en mesure de mener une mission à bien.

— On s'occupe de celle-là, déclara Ghost d'une voix ferme.

— Je ne suis pas sûr... commença le commandant.

— Si, monsieur. Avec tout le respect qu'on vous doit, on va s'en occuper. Oui, Casey fait partie de la famille, mais tout ce que ça signifie, c'est qu'on sera encore plus prudents, notre plan plus précis et qu'on fera tout ce qui est en notre pouvoir pour ramener les quatre otages chez elles, saines et sauves. Vous avez notre parole. C'est notre mission. Laissez-nous ramener Casey et les autres à la maison.

Un silence de mort s'abattit sur la pièce pendant que le commandant examinait chacun des hommes qui l'entouraient. Finalement, il branla du chef.

— Si c'était ma femme, ma fille ou ma sœur qui étaient là-bas, vous êtes ceux que je choisirais pour les ramener au bercail, les gars. Alors, allons-y, planifions l'opération.

Truck donna une tape dans le dos de Blade et ramassa sa chaise comme celle de son ami, toutes les deux tombées sur le sol.

Alors que les gars autour d'eux se mettaient à parler stratégie et logistique, Beatle se pencha vers Blade et lui confia à voix basse, avec la plus grande sincérité :

— Je n'aime peut-être pas les insectes, mais je ferai tout ce qu'il faut pour te ramener Casey. Je m'allongerai sur une fourmilière, je mangerai des blattes et je ferai ami-ami avec tous les putains de moustiques que je croiserai. Tu as ma parole.

Les lèvres de Blade se serrèrent, mais il hocha la tête avec raideur, avant de revenir à la conversation.

Beatle se rassit sur sa chaise et prit une profonde inspiration. *Je ne te connais pas, Casey Shea, mais comme tu signifies visiblement beaucoup pour mon frère d'armes, je vais te trouver et te ramener saine et sauve à la maison. Tiens-le-toi pour dit.*

*

Ne ratez pas le prochain tome de la série *Delta Force Heroes* : Un héros pour Casey.

DU MÊME AUTEUR

<u>Autres livres de Susan Stoker</u>

<u>Delta Force Heroes Series</u>

Un héros pour Rayne

Un héros pour Emily

Un héros pour Harley

Un mari pour Emily

Un héros pour Kassie

Un héros pour Bryn

Un héros pour Casey (Février)

Un héros pour Wendy (Mars)

Un héros pour Mary (Avril)

Un héros pour Macie (May)

<u>Forces Très Spéciales Series</u>

Un Protecteur Pour Caroline

Un Protecteur Pour Alabama

Un Protecteur Pour Fiona (Février)

Un Protecteur Pour Summer

Un Protecteur Pour Cheyenne

Un Protecteur Pour Jessyka

Un Protecteur Pour Julie

Un Protecteur Pour Melody

Un Protecteur Pour the Future

Un Protecteur Pour Kiera

Un Protecteur Pour Dakota

En Anglai

Delta Force Heroes Series

Rescuing Rayne

Rescuing Emily

Rescuing Harley

Marrying Emily (novella)

Rescuing Kassie

Rescuing Bryn

Rescuing Casey

Rescuing Sadie (novella)

Rescuing Wendy

Rescuing Mary

Rescuing Macie (novella)

Delta Team Two Series

Shielding Gillian (Apr 2020)

Shielding Kinley (Aug 2020)

Shielding Aspen (Oct 2020)

Shielding Riley (Jan 2021)

Shielding Devyn (TBA)

Shielding Ember (TBA)

Shielding Sierra (TBA)

<u>SEAL of Protection: Legacy Series</u>

Securing Caite

Securing Brenae (novella)

Securing Sidney

Securing Piper

Securing Zoey

Securing Avery (May 2020)

Securing Kalee (Sept 2020)

<u>Ace Security Series</u>

Claiming Grace

Claiming Alexis

Claiming Bailey

Claiming Felicity

Claiming Sarah

<u>*Mountain Mercenaries Series*</u>

Defending Allye

Defending Chloe

Defending Morgan

Defending Harlow

Defending Everly

Defending Zara (Mar 2020)

Defending Raven (June 2020)

<u>**SEAL of Protection Series**</u>

Protecting Caroline

Protecting Alabama

Protecting Fiona

Marrying Caroline (novella)

Protecting Summer

Protecting Cheyenne

Protecting Jessyka

Protecting Julie (novella)

Protecting Melody

Protecting the Future

Protecting Kiera (novella)

Protecting Alabama's Kids (novella)

Protecting Dakota

<u>**Badge of Honor: Texas Heroes Series**</u>

Justice for Mackenzie

Justice for Mickie

Justice for Corrie

Justice for Laine (novella)

Shelter for Elizabeth

Justice for Boone

Shelter for Adeline

Shelter for Sophie

Justice for Erin

Justice for Milena

Shelter for Blythe

Justice for Hope

Shelter for Quinn

Shelter for Koren

Shelter for Penelope

À PROPOS DE L'AUTEUR

Susan Stoker est une auteure de best-sellers aux classements du New York Times, de USA Today et du Wall Street Journal. Elle a notamment écrit les séries Badge of Honor: Texas Heroes, SEAL of Protection et Delta Force Heroes. Mariée à un sous-officier de l'armée américaine à la retraite, Susan a vécu dans tous les États-Unis, du Missouri jusqu'en Californie en passant par le Colorado, et elle habite actuellement sous le vaste ciel du Tennessee. Fervente adepte des fins heureuses, Susan aime écrire des romans où les sentiments laissent place au grand amour.

http://www.StokerAces.com

facebook.com/authorsusanstoker

twitter.com/Susan_Stoker

instagram.com/authorsusanstoker

goodreads.com/SusanStoker